クリスティー文庫
57

パーカー・パイン登場

アガサ・クリスティー

乾信一郎訳

PARKER PYNE INVESTIGATES

Agatha Christie

早川書房

5319

PARKER PYNE INVESTIGATES
by
Agatha Christie

Translated by
Shinichiro Inui
Published 2023 in Japan by
HAYAKAWA PUBLISHING, INC.
This book is published in Japan by
arrangement with
AGATHA CHRISTIE LIMITED
through TIMO ASSOCIATES, INC.

目次

パーカー・パイン登場

The Case of the Middle-Aged Wife

中年夫人の事件
The Case of the Middle-Aged Wife

うなるような不満の声が四回、いったいどうして帽子をかまわずにはおけないのか、という怒った声、ばたんと強くドアを閉める音、そしてパキントン氏はロンドン行きの八時四十五分発の列車に乗り遅れないようにと出ていった。パキントン夫人は朝食のテーブルについて座ったままだった。顔は赤らみ、口はとんがり、泣き出さないでいるのは、どたん場になって悲しみが怒りにとって代わったからにほかならない。「もうとても辛抱できないわ」パキントン夫人がいった。「もうとても辛抱できないわ！」しばらくむっつり考えこんでいたが、やがてつぶやいた。「浮気女。きたないこそ泥女！　どうしてジョージはあんなにばかなのかしら？」

怒りが薄らいでくると、悲しみが戻ってきた。パキントン夫人の目は涙でいっぱいになって、その中年のほおをゆっくりと流れ落ちた。「わたし、辛抱できないなんていってるけど、どうしたらいいかしら？」

突然、彼女は一人ぼっちで、頼りなくて、まるでむなしい気持ちになった。そろそろと朝刊紙を取り上げると、これがはじめてではないのだが、一面の広告を見た。

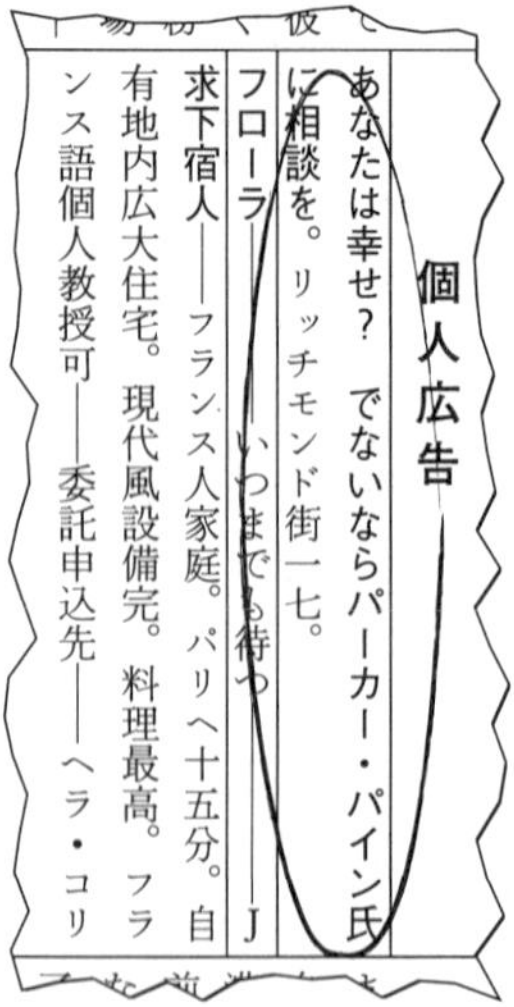

個人広告

あなたは幸せ？　でないならパーカー・パイン氏に相談を。リッチモンド街一七。

フローラ——いつまでも待つ——J

求下宿人——フランス人家庭。パリへ十五分。自有地内広大住宅。現代風設備完。料理最高。フランス語個人教授可——委託申込先——ヘラ・コリ

「ばかばかしい！」パキントン夫人がいった。「まったく、ばかばかしいわ！」そして、しばらくして、「でも、とにかくちょっと会ってみるだけなら……」とつぶやいた。

というような次第で、少々緊張気味のパキントン夫人は、十一時にパーカー・パイン氏のプライベート・オフィスへ通されていた。

すでにいったとおり、パキントン夫人は緊張気味ではあったが、パーカー・パイン氏を見ただけで、どういうわけか気が安まる感じがした。彼は肥満体というほどではないが、図体が大きくて、形のよいはげ頭に度のきつい眼鏡、そしてその小さな目には輝きがあった。

「どうぞおかけください」パーカー・パイン氏がいった。「こちらへおいでになったのは、わたしの広告をごらんになってのことですな？」助けるようにいい足した。

「はい」とパキントン夫人はいったが、そこでつかえてしまった。

「つまり、あなたはお幸せじゃないんですな」とパーカー・パイン氏は元気づけるような、事務的な声でいった。「幸せな人って少ないもんですよ。どんなに幸せな人が少ないか、おわかりになったら、それこそびっくりなさいますよ」

「あら、そうでしょうか？」とパキントン夫人はいったが、よその人たちが幸せであろうがあるまいが、自分には関係ない気がしていた。

「興味をお持ちにならないのはわかっております」パーカー・パイン氏がいった。「しかし、わたしにはたいへん興味があるんですよ。なにしろ、人生の三十五年間をわたしはある官庁で統計収集の仕事をしておったんですからね。退職した今、わたしは思いついたんですが、身についた経験を新しい形で使ってやろうと。それはまことに簡単なことです。不幸というものは五大群に分類できます……それ以上ではありません、絶対に。ひとたび病根がわかりさえすれば、治療は不可能ではありません。

わたしは医師の役をつとめます。医師はまず患者の悪いところを診断して、それから手当ての指導忠告へと進みます。なかには、どんな手当ても役に立たないような病状もあります。そのような場合には、わたしには何もできないと率直に申しあげます。しかしパキントン夫人、わたしが問題を引き受けた以上、治ることはまずまちがいないと確約いたします」

そううまくいくかしら？　これは冗談なのだろうか、それともひょっとして本当なのだろうか？　パキントン夫人は期待をこめて彼をじっと見つめていた。

「では、あなたの病状を診断いたしましょうか？」パーカー・パイン氏がにこにこしていった。彼は椅子の背に深く寄りかかると、両手の指先をそろえて合わせた。「ご心配はご主人に関することですな。これまでの結婚生活はだいたいにおいてお幸せでしたね。あなたのご主人は世間的に成功された方だとわたしは思います。この件には若いご婦人が関係しているようですが……たぶん、ご主人の事務所にいる若い婦人でしょう」

「タイピストなんですよ」パキントン夫人がいった。「胸が悪くなるように着飾った、つまらない浮気女……口紅と絹のストッキングとカールした髪、それだけ」言葉が彼女からあふれ出た。

　パーカー・パイン氏は慰めるようにうなずいた。「何も悪いことしてるわけじゃないよ、というのがご主人の決まり文句とちがいますか」

「そのとおりです」

「それではなぜ、ご主人がこの若い婦人と清純な交友を楽しみ、彼女の退屈な人生に少しばかりの明るさと少しばかりの喜びとをもたらしてはいけないんです？　かわいそうな彼女には、あまりにも楽しみがない。これがご主人の心情だと、わたしは想像しますね」

　パキントン夫人は強くうなずいた。「ごまかしですよ……まったくのごまかし！　主人は彼女をテムズ川に連れていきます……わたしだって川遊びに行くのが大好きなんですけど、五年か六年前のことでした、主人は川遊びはゴルフに差し支えるといったんです。それなのに、彼女のためだとゴルフをやめるんですからね。わたしはお芝居が好きなんですけど……ジョージはいつも、夜出かけるのはどうも疲れていてできない、といってたんですよ。ところが今は彼女をダンスに……ダンスにですよ、連れ出してるんですからね！　そして帰りは朝の三時なんですよ。わたし、もう……」

「そしてご主人はきっとこう嘆くんでしょう――女というのは、嫉妬ぶかい、まったく理由もないのに、とんでもないやきもちを焼くと？」

またまたパキントン夫人はうなずいた。「そうなんです」彼女は鋭く訊いた。「どうしてこんないろんなこと、ご存じなんです？」

「統計ですよ」パーカー・パイン氏はそう答えただけだった。

「わたし、とても情けなくて」とパキントン夫人がいった。「わたしはずっとジョージのよい妻でした。結婚したてのころは、わたし、ほんとに骨身も惜しまずに働きました。主人が出世できるように手伝いました。ほかの男の人なんかには目もくれませんでした。主人の身に着けるものはいつもきちんと整えておきましたし、おいしい食事も作ってやり、家計もりっぱに取り仕切ってまいりました。そして今、こうしてわたしたちには富も地位もできて、楽しく暮らせるようになりましたし、いつかそのうちにと望んでおりました、いろいろなことや旅行なども少しはできる身分になってきたというのに……ねえ、このありさまなんですよ！」彼女は感情をぐっと抑えこんだ。

パーカー・パイン氏は重々しくうなずいた。「ご事情、とてもよくわかりました」

「で、なんとかしていただけますかしら？」夫人はささやくような声で訊いた。

「大丈夫ですよ、奥さん。治療法はあります。ええ、治療法はありますとも」

「それはどんな方法でしょうか？」夫人は目を見張り、期待して返事を待っていた。

パーカー・パイン氏は穏やかに、力強くいった。「わたしにお任せください、手数料は二百ギニーということになりますが」

「二百ギニーですか！」

「そのとおり。パキントン夫人、あなたにはこれくらいの手数料なら、出される力がおありです。何かの手術のためなら、こんな金額、すぐに支払われるにちがいない。幸せというものは、肉体的な健康同様、大切なものですからな」

「あとでお支払いすればよろしいんでしょう？」

「そうはいきません」パーカー・パイン氏がいった。「前払いでお願いします」

パキントン夫人は立ち上がった。「わたし、残念ですけど、どうも決心がつきませんので……」

「品物も見ずに物は買わないとおっしゃるわけですね？」パーカー・パイン氏がにこにこしていった。「まあ、おっしゃるとおりでしょう。大金を賭けるわけですからね。まあ、わたしを信頼していただくより仕方ありませんが。お金をお払いになって、あとは運に任せること。これがわたしとしての要求額です」

「二百ギニーですか！」

「そのとおり。二百ギニーです。たしかに大金ですがね。ごきげんよう、パキントン夫人。決心が変わりましたら、どうぞお知らせください」と夫人と握手を交わし、穏やかな笑みをもらした。

夫人が出ていくと、デスクの上のブザーを押した。眼鏡をかけたいかめしい顔つきの若い女性が、それに応えて出てきた。

「ミス・レモン、ファイルを頼む。それからクロード君にいっといてくれないか、すぐに用ができそうだと」

「新規依頼人ですか？」

「新規依頼人だ。今のところ彼女はためらっているんだがね、すぐに戻ってくるよ。おそらく午後の四時ごろにはね。彼女を記入しといてください」

「A表ですね？」

「もちろんA表だ。だれでもみんな、自分のケースは特別だと思ってるんだからおもしろいよ。それではと、クロード君に注意しといてください。あんまり異国趣味はいけないよ、と。香水などつけないこと、髪は短く刈っといたほうがいいだろう」

パキントン夫人がふたたびパーカー・パイン氏の事務室へ入ってきたのは、四時十五分過ぎだった。夫人は小切手帳を取り出して、書き入れをすると、それを彼に手渡した。領収書が出された。

「それでは？」と、パキントン夫人は大いに望みをかけて彼を見ていた。

「それではと」パーカー・パイン氏がにっこりしながらいった。「お宅へお帰りになってよろしい。明日の第一便で、わたしからいくつかの指示を受け取られることになるでしょうが、それを実行してくだされば けっこうです」

パキントン夫人はごきげんな期待の気持ちで家へ帰っていった。パキントン氏のほうは、もしも朝食での場面が再開されるようなことになったら自分の立場を大いに主張しようと、防衛の気がまえで帰宅した。しかし、安心したことに、妻はどうやら戦闘モードではないらしかった。彼女は常になく思いやりがあった。

ジョージはラジオを聴きながら考えていた——あのかわい子ちゃんのナンシーは毛皮のコートを受け取ってくれるだろうかと。彼女がとてもお高くとまっていることはわかっている。彼女の感情を傷つけてはいけない。だけど、彼女は寒さを訴えていた。彼女のあのツイードのコートは安物なんだから、あれでは寒さしのぎにはならないだろう。彼女の気持ちを傷つけないようないい方が何かあるだろうか……

間もなくまた二人でぜひ夜出かけることにしなくてはならない。あのような若い娘を小粋なレストランへ連れていくのは楽しい。若者どもが彼をうらやんでいるのがわかる。彼女はめったにないくらい美しい。そして、彼のことを好いていてくれる。彼女にとって、彼は少しも年寄りには見えない、と彼女がいったことがある。

顔を上げたら妻の目とかち合った。急にうしろめたい気がして、彼は当惑した。なんてマリアは、心の狭い、疑り深い女なんだろう！　かけらほどの幸せも彼に与えようとしないのだ。

彼はラジオのスイッチを切るとベッドに入った。

パキントン夫人は翌朝、思いがけない手紙を三通受け取った。一通は、印刷された有名美容院の予約確認書だった。もう一つは、服の仕立屋との予約だった。三通目はパーカー・パイン氏からのもので、その日の昼食を〈リッツ〉でご一緒願いたいというものだった。

パキントン氏はその晩仕事のことである人物に会わなくてはならないので、夕食には帰れないだろうといっていた。パキントン夫人が上の空でうなずいたので、パキントン氏は嵐が避けられたのをひそかに喜びながら、家を出た。

美容師の応対はひどく印象的だった。よくもまあ、こんなにほったらかしになさって！　奥様、どうなさったんです？　もう何年も前に、お手入れをなさらなくちゃいけませんでしたね。でも、まだ手遅れではございませんよ。

彼女の顔にあれこれと手が施された――押したり、もんだり、蒸したり。顔に泥のパックがされた。クリームが塗られた。パウダーがはたかれた。仕上げに修整も施された。おしまいに鏡を見せられた彼女は、「わたし、ずっと若がえったみたい」とひそかに思った。

ドレス作りの妙技も同じくすごかった。なんともおしゃれで、流行にマッチしていて、現代風だわと感じながら、彼女は出てきた。

一時半に、パキントン夫人は約束どおり〈リッツ〉へ現われた。パーカー・パイン氏は非の打ちどころのない身なりで、人の心をやわらげ安心感を与えるような彼独特の雰囲気を持って、彼女を待ち受けていた。

「じつにお美しい」経験豊かな目つきで、彼女の頭のてっぺんから爪先までなでるように見ながらいった。「勝手ですが、あなたのために、ホワイト・レディーを注文しておきましたよ」

パキントン夫人はカクテルを飲む習慣を身につけていなかったのだが、べつに反対もしなかった。彼女は刺激の強い液体を用心しながらちびちび飲み、この親切な指導者の話に耳を傾けていた。

「あなたのご主人はですね、パキントンさん」とパーカー・パイン氏がいった。「〝びっくりさせ〟なくてはいけません。おわかりですか……〝びっくりさせる〟ということ。

それを手助けするために、わたしの若い友人を一人、ご紹介しましょう。本日、その者と昼食を一緒されるとよろしい」

そのとき、一人の青年があちこちへ目をくばりながらやって来た。彼はパーカー・パイン氏を見つけると、二人のほうへ上品に近づいてきた。

「クロード・ラトレル君です、パキントン夫人」

クロード・ラトレルは三十にちょっと届かないくらいの齢《とし》だろうか。優美で、愛想がよくて、身なりも完璧、それにすごい美男子だった。

「お目にかかれてうれしいです」彼がつぶやくようにいった。

三分後、パキントン夫人は二人用の小さなテーブルで、新しい指導者と向き合っていた。

彼女ははじめ固くなっていたが、間もなくラトレル君に楽な気分にさせられていた。彼はパリのことをよく知っていたし、リヴィエラにも相当長いあいだいたことがあった。彼はパキントン夫人に向かって、ダンスはお好きでしょうかとたずねた。パキントン夫人は、好きですけど主人が夜出かけたがらないので、このごろはめったにダンスなんかしたことがありません、と答えた。

「でも、ご主人はそんなあなたを家の中に閉じこめておくなんて、あんまり思いやりがなさすぎますね」クロード・ラトレルはにっこりして、まぶしいばかりの歯並びを見せた。「当節、男性のやきもちを堪え忍んでいるような女性はいませんよ」

パキントン夫人はもう少しのところで、やきもちはこの問題には関係ない、というところだった。でも、口には出さずにおいた。それはともかく、気分のいい意見ではあった。

クロード・ラトレルはナイトクラブのことを生き生きとしゃべっていた。その次の夜、パキントン夫人とラトレル君はいま評判の〈レサー・アークエンジェル〉をひいきにすることにした。

パキントン夫人はこのことを主人に打ち明けるのに、ちょっとばかり気がひけた。ジョージは、とんでもないことだと思うにちがいない、おそらく、変だと思うだろう。だが、彼女はこの点ではうまく救われた。朝食のときに打ち明けようと思っていたが、臆していいだせずにいたら、二時になって電話の言伝てで、パキントン氏はロンドンで夕食をとるということだった。

その夜は大成功であった。娘時代にダンスのうまかったパキントン夫人は、クロード・ラトレルの巧みなリードで、たちまちのうちにモダンなステップを覚えこんでしまった。彼は夫人のドレスや髪型などをほめてくれた（その朝も、彼女のために一流美容師との予約が取ってあったのだ）。さよならをいうとき、彼は夫人の手にわくわくさせるようなやり方でキスをした。パキントン夫人にとって、こんなにも楽しい夜を過ごしたのは何年ぶりのことだった。

それから、びっくりするような十日間がつづいた。パキントン夫人は、ランチに出かけ、お茶を飲み、タンゴを踊り、ディナーを食べ、ダンスをし、夜食を共にした。クロード・ラトレルのひどい子供時代の話もすべて聞いた。彼の父親が有り金全部を失った悲しい事情も聞かされた。彼の悲劇的なロマンスのこと、そして一般女性に対する彼の悪感情のことも聞かされた。

十一日目、二人は〈レッド・アドミラル〉でダンスをしていた。パキントン夫人は自分の夫が彼女を見つける前に、向こうを見つけていた。ジョージは自分の事務所の、例の若い女と一緒だった。双方のカップルともダンスをしていた。

「おや、ジョージ」とパキントン夫人は、両方のダンスの軌道が一緒になったとき、気軽な調子で声をかけた。

夫人にとって、夫の顔がはじめ赤くなって、次には驚きで赤紫に変わるのを見ていることは、すごく愉快だった。驚きに加えて、悪いことをしているのが発覚したという表情がごっちゃになっていた。

パキントン夫人は、この場の支配者になっている感覚がおもしろかった。あわれ、気の毒なジョージ！　自分の席に戻ると、夫人は二人をじっと見守った。彼はなんてぶくぶくに肥っていることか、はげ上がって、どたばたとものすごいステップの踏み方！　二十年前の古い型でダンスをしてる。あわれなジョージ、一生懸命、若ぶっている！　そして、彼と踊っているあの娘、それが好きだというふりをしてるのもかわいそう。彼女、もういい加減うんざり、といった顔をしているのだが、主人の肩越しになっていて、その顔は主人には見えないのだ。

それにくらべると、こちらははるかにうらやましがられる状況だと思うと、パキントン夫人は満足だった。彼女は完全無欠のクロードのほうをちらと見てみた、彼は機転をきかして黙りこんでいた。なんと彼女のことをよく理解してくれてることか。彼は絶対に気に障ることをしなかった……夫というものは、何年かたつと必ずといっていいくらい、こちらの神経を逆なでするものなのだが。

夫人はもう一度彼のほうを見た。二人の目が合った。彼がにっこりした——すごく憂いのある、すごくロマンチックな、きれいな彼の目が優しく彼女の目に見入った。

「またダンスをしますか？」彼がささやいた。

二人はまた踊った。まさに天国だった！

ジョージの申し訳なさそうな目が、二人を追っているのが彼女にはわかっていた。そうだ、ジョージにやきもちを焼かせようと企んだことがあったっけ。もうずいぶんと昔のことだわ！　今ジョージにやきもちを焼かれたくはない。そうなったら、夫はめちゃめちゃな気持ちになってしまうだろう。かわいそうに、そんな気持ちにしてはいけないわ。みんながこんなに幸せだというのに……

パキントン夫人が帰ってきたときには、パキントン氏はもう一時間も前から家にいた。どうやら、そわそわしている様子だった。

「ふん」と彼がいった。「やっぱり帰ってきたか」

パキントン夫人は、その朝四十ギニーも出して買ったばかりの夜会用のショールを放り出すと、「ええ」とにっこりして、「ただいま」といった。

ジョージはせき払いをして、「ああ……あれはちょっと妙な出会いだったな」

「そうだったわね」パキントン夫人がいった。

「あのな……あの女の子を、どこかへ連れていってやるのは思いやりだと思ったものだからね。あの子、家庭でいろいろといざこざがあってね。だからその……思いやりが必要だと思ってね」

パキントン夫人はうなずいてみせた。気の毒にジョージったら……どたばたダンスをして、あんなに興奮して、勝手なことして。

「おまえと一緒にいたあの若僧はなんだい？　わたしの知らん男だ、そうだろ？」

「ラトレルっていう人。クロード・ラトレル」

「どうして知り合った？」

「ええ、ある人が紹介してくれたのよ」パキントン夫人はあいまいにいった。

「少し変じゃないかね、おまえがダンスに出かけるなんて……齢に似合わんよ。物笑いの種にならんようにな、いいね」

パキントン夫人はにこにこしていた。あらゆることがよく見えて仕方がない気がしていたから、いわなくてもいいことを答えた。「気晴しって、いつでも気分がいいものね」彼女が愛想よくいった。

「おまえ、気をつけなくちゃいかんよ。ああいうナイトクラブなんかをうろつきまわって、女にたかるやつがうんといるんだよ。どうかすると中年女がひっかかってばかをみる。いいか、おまえ、わたしは用心にいってるだけだ。おまえが齢に不似合いなことをやってるのは見ちゃおれんからな」

「ああいう運動は健康のためにとてもいいわよ」パキントン夫人がいった。

「うーん……そうだな」

「あなたもおやりになったら」パキントン夫人が優しくいった。「幸せになるって、すばらしいことね？　あなたが十日ほど前、朝食のときにそういってたの覚えてるわ」

夫は鋭い目つきで彼女を見ていたが、その表情には皮肉の影はなかった。彼女はあくびをした。

「わたし、もう休まなくちゃ。それはそうと、わたしこのごろ、すごく金遣いが荒くなっちゃってるの。びっくりするような請求書がそのうちに来ますからね。あなた、かまわないでしょ？」

「請求書？」パキントン氏がいった。

「ええ、そう。ドレスの。それからマッサージ代。それにヘア・トリートメントも。わたしすごくお金使っちゃった。でも……あなた、いやとはおっしゃらないわよね」

夫人はさっさと二階へ上がっていってしまった。パキントン氏は開いた口がふさがらないままだった。マリアが今晩のことを何も口やかましくいわなかったのは、ほんとうにびっくりした——まったく気にもしていない様子だった。だが、突如として彼女に浪費癖がついたのは困ったことだ。あの締まり屋の見本のマリアが！

女どもが！　とパキントン氏は首を打ち振っていた。あの女の子の兄弟たちが最近困窮していた。彼は喜んで援助してやった。しかしまあ、どうでもいい、ロンドンでは何事もあんまりうまくいってはいないんだから。

ため息をつきながら、こんどはパキントン氏がそろりそろりと二階へ上がっていった。その当時は効き目を現わさなかった言葉の意味が、あとになって思い出されることがある。パキントン氏が述べたいくつかの言葉は、その明くる朝まで、ほんとうはその妻の胸にこたえていなかったのである。

女にたかる男、中年女、ばかなまねをして物笑いの種になる、などの言葉。

パキントン夫人はまことに勇猛果敢であった。しっかり座りこんで、彼女は事実に相対した。ジゴロか。新聞でジゴロのことはよく読んでいた。また、中年女の愚行についてもよく読んでいた。

クロードはジゴロなのかしら？　そうとも思われる。だけど、ジゴロというのは金をせびるものなのに、クロードは彼女のためにいつも支払いをしている。そう、だが支払っているのはクロードではなく、パーカー・パイン氏なのだ……というより、ほんとは彼女自身のあの二百ギニーなのだ。

彼女は愚かな中年女なのか？　クロード・ラトレルは陰で彼女のことを笑ってるのだろうか？　そう考えたら顔が真っ赤になってきた。

いいえ、それがなんだというのだ？　クロードはジゴロでいいじゃないか。彼女は愚かな中年女。これまでに何か彼にプレゼントしておくべきだった。金のシガレット・ケースか何か。

奇妙な衝動にそこまで考えが及ぶと、彼女は〈アスプリー〉の店まで駆り立てられて行った。金のシガレット・ケースを選んで支払いをした。彼女は昼食にクロードと〈クラリッジ〉で会うことになっていた。

二人がコーヒーを飲むころになると、彼女はそのシガレット・ケースをバッグから取り出した。

「ほんのちょっとしたプレゼントよ」彼女がささやくようにいった。

彼は目を上げると、いやな顔をした。「ぼくにですか？」

「そうよ。あの……あなたの気に入るといいんだけど」

彼は手をその上にかぶせると、テーブルの上を乱暴にすべらせてよこした。「なんでそんなものをぼくにくれるんです？　そんなものもらえないな。引っこめてくれ。引っこめろというんだ」彼は怒り出した。黒い目がぎらぎら光っていた。

彼女はつぶやくように「ごめんなさい」というと、それをバッグの中へ戻した。

その日、二人のあいだは気まずいことになった。

明くる朝、彼から電話がかかってきた。「ぜひお目にかかりたいんです。午後、お宅へうかがってもいいでしょうか？」

彼女は三時に来てくれるようにといった。

やって来た彼はすごく顔色が青ざめ、緊張していた。お互いに二人はあいさつを交わした。気まずさはいっそうはっきりしていた。

いきなり彼はぱっと立ち上がると、まともに彼女に面と向かった。「いったいあなたは、ぼくのことをなんだと思ってるんです？　そのことを聞きに来たんです。ぼくらは友だちじゃなかったんですか？　そう、友だちでしたね。なのに、やっぱりぼくのことを……その……ジゴロと思ってるんだ。女を食いものにして生きてるやつ。そう思ってる、そうでしょう？」

「ちがうわ、ちがうわ」

彼は夫人の抗議を払いのけた。顔色がすごく青くなっていた。「そう思ってるにちがいないんだ！　そして、それはほんとなんだ。そのことをいいに、ぼくはやって来た。それがほんとなんだ！　ぼくは命令でもって、あなたをあちこち連れ歩いたり、楽しませてやったり、恋をささやいたり、あなたのご主人を忘れさせるようにしたりしたんだ。そいつがぼくの商売。最低の商売だろう、え？」

「なんでそんなことをわたしにいうの？」夫人が訊いた。

「というのも、もうこんなこととは手を切ったからなんだ。もうこれ以上、ぼくはこんなことつづけていけない。とくにあなたに対してはできない。あなたはちがうんだ。あなたは信じられる、頼りになる、敬愛できる女の人だ。こんなこと口先だけだとあなたは思ってる……これも遊びの一部なんだと」彼は夫人に身体を寄せてきた。「そうじゃないってことをぼくは証明してみせます。ぼくは姿を消します……あなたのために。今のようないやらしいやつから、りっぱな男に成り変わるんだ、あなたのために」

　彼はいきなり彼女を抱きしめた。唇が彼女の唇に押しつけられた。そして彼女を放すと、身を引いた。

「さようなら。ぼくはろくでなしだった……これまでずっと。でも誓ってもいい、もうちがう。いつかあなたがいっていたこと、覚えてるかな、あなたは〈身上相談欄〉の広告を見るのが好きだって？　毎年、この日、あなたはあの欄にぼくからのたよりを見つけることになる――ぼくは覚えている、そして目的に向かって進んでいる、と。そのときになって、ぼくがあなたにとってどんな人間だったかがわかるでしょう。それからもう一つ。ぼくはあなたから何一つ取らなかった。どうか、ぼくからある物を受け取ってもらいたい」そういうと、自分の指から、飾りのない印章付きの金の指輪を抜き取った。

「これはぼくの母のものだったんです。これを差しあげます。では、さようなら」手に指輪を持ったまま、あっけにとられて突っ立っている夫人を残して、彼は出ていった。

ジョージ・パキントンは早目に家へ帰ってきた。妻がぼんやりと暖炉の火を見つめているのに気がついた。彼女は彼に優しく、しかし上の空で話していた。

「おいマリア」と彼は突然、吐き出すように口走った。「あの女の子のことか？」

「ええ、なあに？」

「わたしはその……わたしは絶対に、おまえをめちゃめちゃにする気はないんだよ。あの女の子のことでね。あれはなんでもないんだよ」

「わかってるわ。わたしがばかだったのよ。あなたが幸せになれるんだったら、どうぞ、いくらでもあの子とお会いになるがいいわ」

この言葉は、ジョージ・パキントンを喜ばせるにちがいなかった。ところが妙なことに、この言葉が彼を悩ませた。自分の妻にはっきりと勧められて、夫たるもの、若い女の子を連れてのうのうと楽しめるものかどうか？　ちくしょう、かっこ悪い！　いい気な遊び人の気分も、火遊びをしている実力者みたいな気分も、シュンと音を立ててしぼんでしまい、恥辱にまみれた死を迎えてしまった。ジョージ・パキントンは急に疲れを感じるのと同時に、ふところがやけにさびしいのを覚えた。あの娘はなかなかのちゃっかり屋だった。

「よかったらマリア、しばらく一緒にどこかへ旅にでも出ようじゃないか？」彼がおずおずと持ちかけてみた。

「あら、わたしのことなら気にしなくてもいいのよ。わたしはけっこう幸せなんですもの」

「でも、わたしはおまえを旅に連れ出したいんだよ。リヴィエラなんか、どうだろう」

パキントン夫人は少し離れたところから彼に微笑を見せていた。救いようのない、いとしの夫。気の毒なジョージ。彼女は彼のことが好きなのだ。救いようのない、いとしの夫。夫の人生には、彼女の人生にあったような秘密の華やかな出来事など一つもなかった。彼女はいっそう優しさを込めた微笑を見せた。

「それはすてきだわね、あなた」彼女がいった。

パーカー・パイン氏がミス・レモンに訊いていた。「接待費は？」

「百二ポンドに十四シリング六ペンスです」ミス・レモンが答えた。

ドアが押し開けられて、クロード・ラトレルが入ってきた。不機嫌そうな顔つきだった。

「おはよう、クロード」パーカー・パイン氏がいった。「万事申し分なく片づいたね？」

「そう思います」

「指輪は？　ところで、指輪にはなんて名前を入れたんだ？」

「マチルダ、一八九九年です」クロードが陰気臭くいった。

「けっこう。広告の文句は？」

「〝目的達成中。いまだ忘れず。クロード〟です」

「今の文句をノートしておいてください、ミス・レモン。〈身上相談欄〉です。十一月三日付……ええと、広告料は百二ポンドに十四シリング六ペンス。そう、期間は十年になるでしょう。それでと、われわれの利益として残るのは、九十二ポンド二シリング四ペンスということになる。充分だ。まさに充分」

ミス・レモンは部屋を出ていった。

「あ、ちょっと」クロードが大きな声を出した。「気に入りませんね、こんなこと。汚いやり方だ」

「なんだって！」

「汚いやり方ですよ。あれはちゃんとした婦人でしたよ……善良な。あんな嘘っぱちや、お涙ちょうだいをさんざん聞かせるなんて、ひどいよ、ぼくはむかむかしてくるな！」

パーカー・パイン氏は眼鏡の具合を直すと、クロードを一種の科学的な興味の目で見た。「おや、おや！」と無愛想にいった。「わたしはね、きみのその悪名高い……エヘン！……経歴の中で、きみの良心がとがめたというようなことは、たしか全然なかったと覚えてるんだがね。リヴィエラでの恋愛事件などはとくに恥知らずなものだったし、またカリフォルニアの〝きゅうり王〟の妻ハティ・ウエストへの売り込みはきみが示した生まれつきの金銭目当ての冷酷さを見せつけた特別卓越したものだったじゃないか」

「でも、ぼくは考えが変わってきてるんだ」クロードがぼそぼそいった。「あれは……よくないですよ……この仕事は」

パーカー・パイン氏は、お気に入りの生徒を教え諭《さと》す校長先生のような口調でいった。

「クロード君、きみはまことにりっぱな仕事をしてくれたんだよ。きみは、あらゆる女が求めているものを、一人の不幸せな女に与えたんだ。ロマンスをね。女というものは、情熱をばらばらに引き裂いて、何もうるところなしにしてしまうが、ロマンスは大切に心の中にしまいこんでおいて、長いあいだずっとそれを眺めて生きていくものなんだよ。わたしは人間性を心得ているからきみにいっとくが、女というものは、あのような出来事を糧《かて》にして長いこと生きていけるんだよ」と打ち明けた。「われわれは、パキントン夫人の依頼を申し分なく果たすことができたんだよ」

「でも」とクロードがつぶやくようにいった。「ぼくは気に入らないですね」と部屋から出ていった。

パーカー・パイン氏は引き出しから、新しいファイルを取り出した。彼は以下のように書き記した――札つきのジゴロにも、興味深い著しい良心の痕跡が認められる。覚書＝さらなる成長を観察すること――

The Case of the Discontented Soldier

退屈している軍人の事件

The Case of the Discontented Soldier

ウィルブラム少佐はパーカー・パイン氏のオフィスのドアでためらっていた。というのも、それに引かれて彼はここへ来たのだったが、その朝刊の広告をもう一度見るためだった。広告はいかにも簡単なものだった——

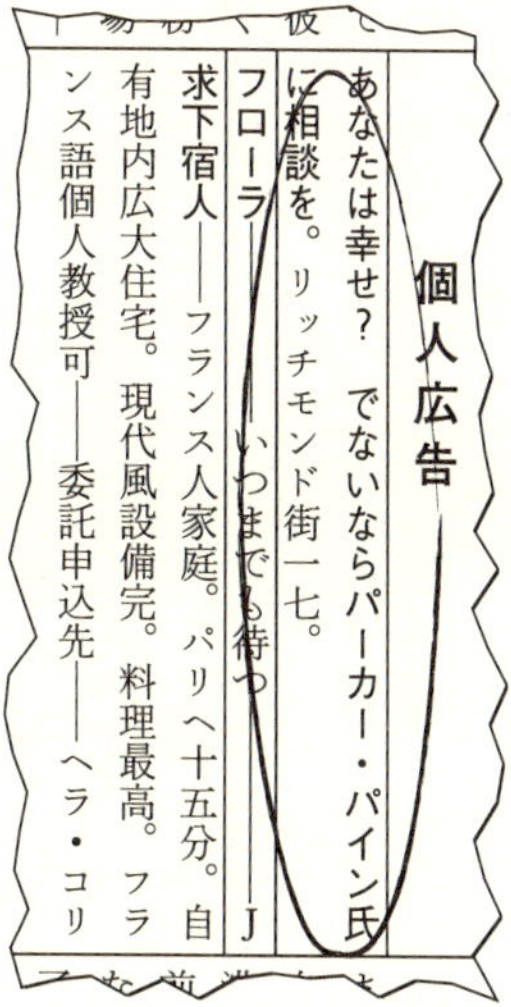

個人広告

あなたは幸せ？　でないならパーカー・パイン氏に相談を。リッチモンド街一七。

フローラ——いつまでも待つ——J

求下宿人——フランス人家庭。パリへ十五分。自有地内広大住宅。現代風設備完。料理最高。フランス語個人教授可——委託申込先——ヘラ・コリ少佐は深呼吸を一つすると、控えの事務室へ通ずるスイング・ドアにいきなりとびこんでいった。あまり器量のよくない若い女が、タイプライターから顔を上げると少佐を不審そうにちらと見た。

「パーカー・パインさんは？」といって、ウィルブラム少佐は赤面した。

「どうぞ、こちらへ」

彼女について少佐は奥の事務室へ入っていき……人あたりのよい物腰をしたパーカー・パイン氏の前へ出た。

「おはようございます」パイン氏がいった。「おかけになりませんか？　さて、どういうご用件でしょうか、うかがいましょう」

「わたしはウィルブラムというもので……」と相手がはじめた。

「少佐ですか？　中佐？」パイン氏がいった。

「少佐です」

「ああ、そして最近、海外からお帰りになった？　インドから？　東アフリカですか？」

「東アフリカです」

「いい国らしいですな。そこでと、本国へお帰りになったが……それがあなたの気に入らない。問題はこれですか？」

「まったくあなたのおっしゃるとおり。しかし一体どうして、そんなことがあなたにわかる……」

パーカー・パイン氏は圧倒するかのように力強く手を振った。「わたしの仕事は知るということなんですよ。なにしろ、人生の三十五年間をわたしはある官庁で統計収集の仕事をしておったんですからね。退職した今、わたしは思いついたんですが、身についた経験を新しい形で使ってやろうと。それはまことに簡単なことです。不幸というものは五大群に分類できます……それ以上ではありません、絶対に。ひとたび病根がわかりさえすれば、治療は不可能ではありません。

わたしは医師の役をつとめます。医師はまず患者の悪いところを診断して、それから手当ての指導忠告へと進みます。なかには、どんな手当ても役に立たないような病状もあります。そのような場合には、わたしには何もできないと率直に申しあげます。しかし、わたしが問題を引き受けた以上、まず治るのはまちがいないことを確約いたします。

ウィルブラム少佐、はっきり申しますが、いわゆる退役した英帝国建設者たちの九十六パーセントが不幸せなんですよ。これらの人たちは、活気ある生活、重責を負った生活、危険に遭遇するかもしれない生活を、いったいなんと引き換えにしたのでしょうか？　狭められた収入、うっとうしい気候、そして、全体としては陸に上がった魚のような感じですね」

「あなたのいってることは、みな本当だ」少佐がいった。「わたしは退屈なのがかなわん。退屈で、村のつまらん問題で果てしもなくつづくくだらんおしゃべり。だが、どうしようもないんだ。わたしは恩給のほかに少しばかりの金は持っている。コバムの近くにこぎれいな家もある。狩りとか鉄砲射ちとか魚釣りをするほどの余裕はない。わたしは結婚はしていない。近所の人たちは、みないい人たちばかりなんだが、この島国以外のことにはなんの関心も持っていない」

「要するに、生活が単調退屈だというわけですな」パーカー・パイン氏がいった。

「やりきれんほど単調退屈です」

「刺激的なこと、できるだけ危険なことが、あなたはお好きなんですね？」パイン氏が訊いた。

軍人は肩をすくめた。「そんなものは、このちっぽけな国にはないですよ」

「ちょっと失礼」真剣な様子でパイン氏がいった。「そこがまちがってるんですよ。どこを探せばいいかわかれば、ここロンドンには危険や刺激が山ほどあります。あなたは英国生活のほんの上っ面、穏やかで心地よいところしか見ておられない。しかし、ここにはべつの面もあるのです。お望みでしたら、べつの面をお見せしましょう」

ウィルブラム少佐はつくづくと彼を見つめていた。パイン氏にはどこか人を安心させるようなところがあった。彼は肥満体というほどではないが、図体が大きくて、形のよいはげ頭に、度のきつい眼鏡、そして小さな目には輝きがあった。それに何かを発散するオーラのようなもの……頼りがいのあるオーラが彼にはあった。

「しかし警告しておかねばなりません」パイン氏がつづけた。「これには冒険の要素があることです」

軍人の目が輝いて、「それでけっこうです」といった。それからいきなり、「で……料金は？」

「料金はですね」パイン氏がいった。「五十ポンド、前払いです。もし一カ月たってもまだ、あなたが同じ単調退屈の状態におられたらですね、お金はお返しします」

ウィルブラムは考えていたが、しまいには「けっこうです」といった。「承知しました。今、小切手を差しあげよう」

取引完了。パーカー・パイン氏はデスクの上のブザーを押した。

「今、一時ですがね」と彼がいった。「昼食に若い婦人を一人、お連れ願いたい」ドアが開いた。「あ、マドレーヌ、ウィルブラム少佐を紹介しよう。きみを昼食にお連れくださるそうだ」

ウィルブラムはちょっと目をぱちくりさせたが、それも決してふしぎではなかった。部屋へ入ってきた若い女は髪は黒く、なにかものうげな様子で、すばらしい目と長く黒いまつ毛、申し分のない血色、官能的な深紅の唇をしていた。このうえなく優雅なドレスが彼女のゆれ動くような身体の線をいっそう際立たせていた。頭のてっぺんから爪先まで、彼女はまったく非の打ちどころがなかった。

「あ、……それはうれしいことで」ウィルブラム少佐がいった。

「ミス・ド・サラです」パーカー・パインがいった。

「ご親切、ほんとにありがとう」マドレーヌ・ド・サラがささやくようにいった。

「あなたの住所はわかっておりますので」とパーカー・パイン氏がはっきりいった。

「明朝、さらにわたしからの指示を差しあげます」

ウィルブラム少佐と美しいマドレーヌは出かけていった。

三時にマドレーヌが帰ってきた。

パーカー・パイン氏は顔を上げると、「どうだった？」とたずねた。

マドレーヌは首を横に振りながら、「あたしをこわがってるようよ」といった。「あたしのこと、男をだますあばずれか何かと思ってるのね」
「そんなとこだろうと思っていたよ」パーカー・パイン氏がいった。「わたしの指示どおりにやったろうね？」
「ええ。ほかのテーブルのお客さんたちのことを、遠慮なしにあれこれ話し合ったりしたわ。あの人の好きなタイプはね、金髪、青い目、ちょっと顔色の青白い、あまり背の高くない人」
「それならわけない」パイン氏がいった。「B表を取ってくれないか、それでと、現在の手持ちを調べてみよう」と名簿を指でたどっていたが、やがてある名前のところで止まった。「フリーダ・クレグだ。うん、フリーダ・クレグならうまくやってくれそうだ。それについてオリヴァ夫人に会っといたほうがよさそうだな」

あくる日、ウィルブラム少佐は短い手紙を受け取った。それにはこう書いてあった——

――

　次の月曜、朝十一時にハムステッドのフライヤース通りイーグルモントへ行き、ジョーンズ氏をお訪ねください。あなたはグアバ海運会社からの者といってください。

指示どおりに次の月曜日（偶然その日は銀行の休業日だった）、ウィルブラム少佐はフライヤース通りイーグルモントへと出かけていった。彼は、今いったように、出かけてはいったのだが、目的地には着かなかった。というのは、向こうへ着く前にある事が起きたのだった。

ネコもしゃくしもハムステッドへ向かっているように思えた。ウィルブラム少佐は人混みに巻きこまれ、地下鉄で息が詰まりそうになり、フライヤース通りがどこにあるのか見つけるのに苦労してしまった。

フライヤース通りは袋小路になっていて、忘れ去られたような道は車の跡だらけで、両側の家は道からずっとひっこんだところにあった。その家々は大きくて栄えたときもあったのだろうが、今は荒れるに任せてあった。

ウィルブラムが門柱の半ば消えかかった名前をのぞき見ながら歩いていると、突然、身のすくむような音を聞いた。のどが鳴るような、半ば息を止められたような叫び声だった。

またその声がして、こんどはかすかだが「助けて！」という言葉だとわかった。その声はいま彼が通りかかっている家の塀の中から聞こえてくるのだった。

一瞬のためらいもなく、ウィルブラム少佐はガタガタになっている門を押し開け、雑草に覆われている車寄せを音も立てずにまっしぐらに駆け上がっていった。そこの植木の茂みの中で、一人の若い女性が二人の大男の黒人に捕まって、逃げようともがいていた。女はなかなか勇敢で、身体をよじり、蹴とばしたりして戦っていた。一人の黒人が、女が頭を振り離そうと猛烈に抵抗しているのをかまわず女の口を手でふさいでいた。

女との格闘に夢中の二人の黒人は、どちらもウィルブラムが近づいたのに気づいていなかった。その二人が気づいたのは、女の口をふさいでいた男が、あごに強烈なパンチをくらって、うしろによろめいたときだった。不意をつかれたもう一人の男は、捕まえていた女を放り出すと向き直った。ウィルブラムは身がまえていた。ふたたび彼のこぶしがとび出して、その黒人はうしろへよろめくとぶっ倒れた。ウィルブラムは背後に迫っていたもう一人のほうへ向き直った。

だがすでに、二人の男は戦う気をなくしていた。二番目の男はころがりまわって座りこみ、それから立ち上がるなり、門へ向かって一目散に駆け出した。連れの男もそのあとを追った。ウィルブラムは二人を追いかけはじめたが、思い直して、女のほうへ向き直った。女は息をはずませながら、木に寄りかかっていた。

「ああ、ありがとう！」女が息を切らせながらいった。「恐かったわ」

ウィルブラム少佐は、ちょうどいいときに助けることのできたその人を、はじめてよく見てみた。二十一、二の若い女で、金髪に青い目、どちらかといえば青白いほうだった。

「ほんとにいいところに来てくださって！」と女はあえぎながらいった。

「まあまあ」とウィルブラムは相手を落ちつかせるようにいった。「もう大丈夫。しかし、ここからは出たほうがいい。あいつらがまた戻ってくることもありうるし」

かすかな笑みが女の唇に現われた。「きっともう戻ってはきませんわ……あなたにあんなになぐられたんですもの。ああ、ほんと、すばらしかったわ！」

ウィルブラム少佐は彼女の温かい賞賛のまなざしに顔を赤らめた。「いや、なんでもないことですよ」もそもそといった。「当然のことです、ご婦人が困っているときは。あの、わたしの手につかまったら、歩けますか？　ほんとに、ひどいショックだったでしょう」

「もう大丈夫ですわ」女がいった。だが、差しのべられた手をとった。まだ少し身を震わせていた。彼女は門から出ながら家のほうを振り返って見て、「まったくわけがわからないわ」とつぶやいた。「空家だとはっきりわかるのに」

「空家ですな、たしかに」少佐はよろい戸の下りた窓や、全体に荒れた様子を見上げながら、同意した。

「でも、ここはホワイトフライヤースですよね」と彼女は門の半ば消えかかった名を指さした。「それに、あたし、そのホワイトフライヤースへ来たんですけど」

「もう何も気にしないほうがいい」ウィルブラムがいった。「一、二分のうちには、タクシーが見つかりますよ。そしたら、どこかへ行って、コーヒーでも飲むことにしましょう」

その通りの外れから、もっと人通りの多い道へ出ると、ちょうど運よく一台のタクシーがそこらの家の前で客を降ろしたところだった。ウィルブラムはそれを呼んで、運転手に行先をいうと、二人は乗りこんだ。

「話はしないほうがいい」少佐は連れに注意した。「うしろへ寄りかかっていなさい。まったくひどい目に遭ったんだから」

女は感謝するように彼に向かってほほえんで見せた。

「ところで……ええと……わたしはウィルブラムというものですが」

「あたしは、クレグ……フリーダ・クレグです」

十分後、フリーダは熱いコーヒーを飲みながら、自分を救けてくれた男のほうを小さなテーブル越しに感謝をこめて見つめていた。

「まるで夢みたい」彼女がいった。「恐い夢」と身震いした。「それなのに、あのちょっと前まであたしは何か、なんでもいいから、起きてほしいと願っていたんですよ！ああ、あたし、もう冒険はこりごり」

「どんなことがあったのか話してください」

「でも、詳しくお話しするとなると、あたし自身のことをうんとおしゃべりしなくてはならなくなってしまって、申し訳ないですわ」

「いや、けっこうな話題ですよ」ウィルブラムが会釈しながらいった。

「あたし一人ぼっちなんです。あたしの父は、船長だったんですけど……あたしが八つのときに亡くなりました。母も三年前に亡くなりました。あたしはロンドンで働いてるんです。ヴァキューム・ガス会社というところに事務員として通ってます。先週のある晩、あたしが下宿に帰ってみると、一人の紳士が待っていました。弁護士で、メルボルンから来たリードという人でした。

たいへん丁重にあたしの家族のことをあれこれと聞きました。その人の説明では、ずいぶん前にあたしの父と知り合いだったということです。実際に、あたしの父のために法律問題を処理したこともあったそうです。それから、その人はやって来た目的を話しました。――〝ミス・クレグ、あなたのお父さんが亡くなられる数年前にある金融上の取引をされたその結果、あなたが利益を受けられることになりそうなのですがね〟あたしがすごくびっくりしたのは、いうまでもありません。

――〝あなたがこの件について何も聞いておられないことはよくわかります〟と彼が説明しました。〝ジョン・クレグはこの件をあまり本気にはしていなかったようです。しかしです、それが思いがけず具体化することになりましたが、その権利をあなたが主張するには、確実な書類をあなたが所持している必要があるのです。その書類は、あなたのお父さんの財産の一部であるわけですが、価値のないものとして破棄されてしまっていることも、もちろん考えられます。あなたは何か、お父さんの書類を保存しておられますでしょうか？〟

あたしの母が父の持ち物をいろいろと古い海員用の私物箱に入れて保存していたことを話しました。あたしはその箱をざっと調べてみたことがありましたが、べつに何もとくに興味を惹くようなものは見つかりませんでした。

〝あなたには、その書類の重要さがおそらくおわかりにはなるまいと思う〟彼がほほえみながらいいました。

それで、あたしは私物箱のところへ行って、中に入っていた書類数通を持ってきて、彼に渡したんです。彼はそれを見ていましたが、これが問題の件に関連のあるものかないものか、いまただちにはいえないというんです。書類を持っていって、何かわかったら連絡するということでした。

土曜日の最終便で彼からの手紙が来ましたが、問題を話し合うために彼の家まで来てもらえないか、と書いてありました。その住所が、ハムステッドのフライヤース通り、ホワイトフライヤースだったんです。あたしはそこへ十一時十五分前に行くことになってました。

その場所を探してるうちに少し遅くなってしまったんです。急いで門を入ると家のほうへ向かいました。そのときなんです、あの恐ろしい二人の男が突然、茂みからあたしへとびかかってきたのは。叫び声をあげる間もありませんでした。一人の男が手であたしの口をふさいでしまいました。あたしははげしく首を振りきって、やっと助けを求める悲鳴をあげました。幸い、あなたがそれを聞きつけてくださったんです。もしあなたがいらっしゃらなかったら……」彼女は途中で口をつぐんだ。彼女の目が言葉以上に物をいっていた。

「ほんとに偶然ですが、わたしがあそこに居合わせてよかった。だが、あの二人のけだものをとり逃がして残念です。おそらく、あなたはこれまでにあいつらを見たこともないんでしょう？」

彼女は首を横に振った。「いったい、これはどういうことなのか、おわかりになります？」

「なんともいえませんね。ただ一つだけたしかなことがあるようです。何者かが、あなたのお父さんの書類の中の何かを手に入れようとしていることです。そのリードとかいう男は、あなたにでっちあげの話をして、例の書類に目を通すチャンスを作ったわけですよ。彼が手に入れようと思っていたものは、そこにはなかったことがはっきりしますね」

「あら、そうでしょうか。土曜日にあたしがうちへ帰ってみますと、どうもあたしの持ち物がいじられていたみたいなんです。ほんとというとあたし、下宿のおかみさんが物珍しさにあたしの部屋をあれこれかきまわしたんじゃないかと思ってました。でも、こうなってみると……」

「まさにそのとおりですよ。だれかがあなたの部屋へ入る許しをえて、探しまわりはしたものの、目当ての物は見つからなかったというわけですね。その男は、あなたがその書類の値打ちを知っているものと思いこんで、それがどんな書類にしても、あなたが身につけて持ち歩いているものと考えたんですね。そこであの待ち伏せを企んだ。もしあなたが書類を身につけていたら、きっと奪い去られたにちがいない。もし持っていなかったら、あなたを監禁して書類をどこに隠しているかしゃべらせるつもりだったんでしょう」

「でも、その書類って、いったいどんなものなのでしょうか？」フリーダが大きな声でいった。

「わたしにはわからない。が、こんなことまでやるくらいだから、よほどその男にとっては価値のあるものにちがいないですね」

「そんなこと、とてもありそうにないことですわ」

「いや、それはわかりませんよ。あなたのお父さんは船乗りでしたね。珍しい土地へも行っておられる。自分でもその値打ちがわからないような物に出会われたのかもしれない」

「ほんとにそう思いますか？」若い女の青白いほおに興奮の赤味がさした。

「たしかだと思いますね。問題は、次にどうしたらいいかということです。警察には届けたくないんでしょう？」

「ええ、いやですわ」

「それはよろしい。警察には何もできはしませんし、あなたにとってただ不快なだけですからね。ところで、いかがでしょう、あなたをどこかに昼食にお連れして、それから下宿までお送りして、あなたが無事に帰られるのを見届けさせていただく。そうして、わたしたちで例の書類を探したらどうでしょう。というのは、どこかに書類はあるにちがいないからです」

「父が破り捨ててしまったのかもしれません」

「もちろん、そうかもしれませんが、相手は明らかにそうは思っていないんですから、われわれにとっても望みはあると思いますね」

「いったい、それはなんだとお思いになります？　隠されてる宝物とか？」

「いやあほんとに、そうかもしれない！」ウィルブラム少佐は声高にいった。彼の心の中に男性としての喜びがこみ上げてきた。「でも今は、ミス・クレグ、ランチだ！」

二人は一緒に楽しい食事をした。ウィルブラムはフリーダに、東アフリカでの自分の生活をすべて話して聞かせた。象狩りの話では、彼女は興奮にわくわくした。食事が終わると、少佐は彼女を家までタクシーで送るといってきかなかった。

彼女の下宿はノッティングヒル・ゲートの近くだった。到着すると、フリーダは下宿の女主人と何かちょっと話をしていた。ウィルブラムのところへ戻ってくると三階へ案内したが、そこに彼女の小さな居間兼寝室があった。

「やっぱり、あたしたちが考えたとおりでしたわ」と彼女がいった。「土曜日の朝、一人の男が新しい電線を引くので見にきたといって、やって来ました……あたしの部屋の配線に欠陥があるとおかみさんにいっていたそうです。男はしばらく部屋にいました」

「あなたのお父さんの私物箱を見せていただきたい」ウィルブラムがいった。

フリーダは真鍮帯のついた箱を見せた。「ごらんのとおり」とふたを開けながらいった。「空なんです」

少佐は考えこみながらうなずいた。「では、どこかほかに、書類のありそうなところはありませんか？」

「ありませんね。母はなんでもみんなこの中に入れていたんですから」

ウィルブラムは箱の内側を調べてみた。突然、彼が叫び声をあげた。「裏張りに裂け目がある」気をつけながら彼は手を差し入れると、探ってみた。わずかに、何かカサカサいう音がした。「何か裏にすべり落ちてるぞ」

間もなく、彼は発見した物を引っぱり出した。いくつにも折りたたまれた汚れた紙だった。彼はテーブルの上でそのしわをのばした……フリーダが肩越しにそれをのぞいていた。彼女ががっかりした叫び声をあげた。

「変な記号ばっかりだわ」

「いや、これはスワヒリ語だ。スワヒリ語とは驚いたな！」ウィルブラム少佐が叫んだ。

「東アフリカの原住民語なんですよ」

「まあ、すごい！」フリーダがいった。「じゃ、お読みになれるの？」

「少しね。それにしても、これはなんとも驚きましたね」とその紙を窓のところへ持っていった。

「何か重要なものでしょうか？」フリーダが震える声で訊いた。ウィルブラムはそれを二度読んでから、女のところへ戻ってきた。「そうですね」と彼は含み笑いをしながらいった。「やっぱり、あなたの隠された宝物はここにあったようですよ」

「隠された宝物？　まさか？　つまり、スペインの金塊とか……沈没したガリオン船の……そんなものですか？」

「いや、そんなロマンチックなもんじゃないでしょうね。でも、まあ、同じようなものかも。この紙には、象牙の隠匿場所が書かれているんです」

「象牙ですか？」若い女がびっくりしていった。

「そうです。象ですよ。射殺を許可される頭数が法律で決められているんです。あるハンターがその法律を大幅に破って逃走したんですね。当局はそのハンターを追跡したが、彼は盗品を隠匿した。ものすごい量なんですね……そして、この紙に、それを見つけるためのきわめて明確な方法が書いてあるんですよ。いいですか、われわれは……あなたとわたしとで、それを探すんです」

「つまり、たいへんなお金になるってわけなんですね？」

「ええもう、あなたにとって、りっぱなひと財産になりますね」

「でも、そんな紙がどうしてあたしの父の持ち物の中に入ってたんでしょう？」

ウィルブラムは肩をすくめた。「たぶん、その男が死にかかっていたか何かじゃないでしょうか。男はそのことを守るためにスワヒリ語で書いて、あなたのお父さんに渡したのかもしれない……お父さんはおそらく何かのことでその男に力を貸していたんでしょう。お父さんはそれが読めなくて、べつに大切なものとも思っていなかった。これはわたしの勝手な推測ですがね、しかし当たらずといえども遠からずだと思いますよ」

フリーダはため息をついた。「ほんと、すごいわ！」

「問題は……この貴重な書類をどう処置するかですよ」ウィルブラムがいった。「ここに置いといてはまずい。やつらがやって来て、また探すかもしれない。書類をわたしに預けてはくれませんか？」

「もちろん、お預けしますわ。でも……あなたが危険になりはしないでしょうか？」彼女が口ごもりながらいった。

「わたしはタフな男ですからね」ウィルブラムは断固としていった。「わたしのことは心配ご無用」彼は紙を折りたたんで財布の中へ納めた。「明日の晩、お目にかかりにやって来てもよろしいですか？」彼が訊いた。「それまでに計画を立て、地図で例の場所の見当もつけておきます。あなたがロンドンから帰ってくるのは何時になりますか？」

「六時半ごろには帰ります」

「けっこう。打ち合わせをしてから、夕食にお伴させていただきましょう。お祝いをしなくちゃ。じゃ、それまで。明日、六時半ですよ」

ウィルブラム少佐は次の日、きちんと時間にやって来た。ベルを鳴らしてミス・クレグをたずねた。お手伝いさんが玄関へ出てきた。

「ミス・クレグですか？　出かけてますよ」

「そう！」ウィルブラムは、入って待たせてくださいとはいいたくなかった。「もう少しして、また来ましょう」といった。

彼は反対側の通りをぶらぶらしながら、今にもフリーダが軽やかに彼のほうへ歩いてくるかと待ち望んでいた。何分か過ぎた。七時十五分前。七時。七時十五分過ぎ。それでもフリーダの姿はなかった。何か不吉な予感が押し寄せてきた。彼は下宿屋へ戻って、ふたたびベルを鳴らした。

「あの、わたしはミス・クレグと六時半に会う約束だったんですがね。たしかに彼女はいないの……それとも、何か伝言でも残してないですか？」

「あなた、ウィルブラム少佐ですか？」お手伝いさんがたずねた。

「そうです」

「じゃ、あなたに手紙が届いてますよ。使いが持ってきたんです」

ウィルブラムは手紙を受け取ると、引き破るように開封した。こうあった――

　ウィルブラム少佐様――ちょっと妙なことが起きました。これ以上いまは書けませんが、ホワイトフライヤースでお会いくださいませんか？　この手紙を受け取り次第、すぐおいでください。　かしこ

フリーダ・クレグ

ウィルブラムは眉根を寄せながら、急いで考えをまとめた。手では何の気なしに、ポケットから一通の手紙を引っぱり出していた。洋服屋へ出す手紙だった。「すまんが、切手を一枚、分けてもらえんでしょうか」お手伝いさんにいった。

「パーキンス夫人なら分けてくれると思いますけど」

お手伝いさんは切手を持ってすぐに戻ってきた。シリング銀貨で支払った。ウィルブラムはすぐさま地下鉄の駅へ向かって歩き出し、途中、通りがかりのポストに封筒を投函した。

フリーダの手紙はひどく気になる。何がいったい、あの若い女をただ一人で、昨日の恐ろしい出来事のあった場所へ行かせることになったのだろう？

少佐は首を振るばかりだった。事もあろうに、なんというばかなことをしたものか！　また、あのリードが現われたのだろうか？　なんとかあの女を説き伏せて、信用させでもしたのだろうか？　なんで彼女はハムステッドへなんか行ったのだろう？

少佐は時計を見てみた。七時半近くだった。彼女は、彼が六時半に来ることを期待していたにちがいない。一時間遅くなっている。間に合わない。何かヒントになることでも伝えるだけの分別はなかったものだろうか。

あの手紙は解せなかった。その気ままな書き方がなんともフリーダ・クレグらしくなかった。

フライヤース通りに彼が着いたのは八時十分前だった。もう暗くなりかけていた。彼はぬかりなくあたりを見まわした。人っ子一人、目につかなかった。ガタガタの門を、ちょうつがいが音を立てないようにそっと押した。車寄せにも人気はなかった。家は真っ暗だった。彼は用心深く左右に目を配りながら、通路を歩いていった。不意をつかれて捕まるようなことにはなりたくない。

突然、彼は立ち止まった。ちょっとのあいだ、よろい戸の隙間から一筋の光が射した。空家ではない。中にだれかいるのだ。

そっとウィルブラムは茂みの中へもぐりこむと、家の裏手へとまわった。やっと、彼が探していたものが見つかった。一階の窓の一つに掛金がかかっていなかった。それは台所の洗い場の窓らしかった。窓枠を上げて、懐中電灯（ここへ来る途中の店で買ってきた）で人気のない室内を照らしてみてから、よじ登って入りこんだ。

用心しながら洗い場のドアを開けた。なんの物音もない。もう一度、懐中電灯で照らしてみた。台所だ……何もない。台所の外には六段ほどの階段とドアがあって、家の正面のほうへ通じていることがわかった。そのドアを押し開けて、聞き耳を立てた。なんの音もない。ドアからすべり出た。そこは玄関ホールだった。やはりなんの物音もない。右手と左手にそれぞれドアがあった。右手のドアを選んでちょっとのあいだ聞き耳を立ててから、把手《とって》をまわした。把手は動いた。一インチまた一インチと少しずつドアを開けると、中へ入りこんだ。

ふたたび懐中電灯を照らした。部屋には家具も何もなかった。

そのときうしろで物音がしたので、はっとして振り向いた……すでに遅かった。何かが頭へ落ちてきて、前のめりに倒れると意識を失った……

意識が回復するまでにどれだけの時間がたったのか、ウィルブラムには見当もつかなかった。苦しい思いで生き返ったが、頭が痛い。身体を動かそうとしたが、動けない。ロープで縛りあげられていた。

急に分別が戻ってきた。ようやく思い出すことができた。頭をなぐられたのだ。

壁のずっと高い所にあるかすかな明かりで、小さな地下室にいることがわかった。あたりを見まわしてみて、心臓がとび上がった。数フィート離れて、フリーダが彼同様に縛られて横たわっていた。彼女は目をつぶっていたが、彼が心配しながらじっと見ていると、ため息をついて目を開いた。あっけにとられたように彼を見つめていたが、相手がだれかわかると、うれしさがその目に浮かんできた。

「あらあなたも！」彼女がいった。「いったい、どうなってるんでしょう？」

「すっかり期待を裏切ってしまって」ウィルブラムがいった。「まんまとわなに引っかかってしまったんです。ここであなたと会うようにと、あなたはわたしに手紙をよこしましたね？」

若い女はびっくりして目を丸くした。「あたしが？　あなたのほうから手紙が来たんですよ」

「わたしがあなたに手紙をあげたって？」

「そうですよ。会社で受け取りました。あたしの家じゃなくて、ここで会いたいと書いてあったんです」

「わたしらの両方に同じ手を使ったんだ」うなるようにいって、彼は事情を説明した。

「わかったわ」フリーダがいった。「つまり、目当ては……」

「あの書類を手に入れるためです。われわれは昨日、尾行されていたにちがいない。だから、やつらはわたしを襲ったんだ」

「それで……あの書類、取られてしまったんですか？」フリーダが訊いた。

「残念ながら、手でさわってたしかめることができない」少佐は縛られた手を悔《くや》しそうに見ていた。

そのとき、彼らは二人ともビクッとした。人の声がしたのだ……虚空から響いてくるような声だった。

「ああ、ありがとう」とその声がいった。「あれはちゃんといただいたよ。まちがいなくちょうだいした」

正体のないその声に、二人とも縮みあがった。

「リード氏だわ」フリーダがつぶやいた。

「リードというのはおれの名前のうちの一つだよ、かわいいお嬢さん」その声がいった。「だが、その一つに過ぎないんだ。おれはたくさんの名を持ってるよ。ところで、こういっちゃ気の毒だが、おまえたちはおれの計画のじゃまをした……絶対に許せないことだ。おまえらにこの家を見つけられたことも大問題なんだ。おまえたちはこのことをまだ警察に知らせてはいないが、これから知らせるかもしれない。

そのことで、おれはおまえらをどうにも信用するわけにいかない。おまえらは約束するというかもしれない……しかし、約束というものはめったに守られたためしがないんだ。それにだ、この家はおれに非常に役立っている。ここは、いわば、おれの情報センターなんだ。入ったら最後、あともどりはできないんだよ。ここからおまえらは消え去るのだ……どこかへな。すまないが、おまえらはもう消え去りかけてるんだよ。残念なことだが……やむをえんのだ」

声はちょっと途切れたが、またつづいた。「流血はなしだ。おれは血を見るのが大きらいなんでな。おれのやり方はもっとずっと単純だ。そしてあまり痛くもない……はずだ。さて、それでは取りかかることにしようか。おやすみ、二人ともね」

「おい！」口をきいたのはウィルブラムだった。「わたしはどうなってもいい、だがこの若いご婦人は何もしていないじゃないか……何も。この人を放してやっても、おまえに害が及ぶことはないだろう」

だが、返事はなかった。

そのとき、フリーダが叫び声をあげた。「水よ……水だわ!」

ウィルブラムは必死に身体をよじって、彼女の目の向いているほうをたどった。天井に近い高いところに穴が一つあって、そこから水がちょろちょろと絶え間なく流れこんでいるのだ。

フリーダがヒステリックに叫んだ。「あたしたちを溺れさせる気だわ!」

冷汗がウィルブラムの額に吹き出してきた。「まだ万事窮したわけじゃない。助けを求めて叫んでみよう。だれかがきっと聞きつけてくれる。さあ、一緒に」

二人は声を限りにわめき、叫んだ。声がかすれてしまうまでつづけた。

「残念ながら、だめだ」ウィルブラムががっくりしていった。「地下深くだし、ドアは何かで防音されているらしい。われわれの声が届くようなら、あの人でなしは、とっくにわれわれにさるぐつわをはめてるはずだ」

「ああ!」とフリーダが大声をあげた。「これもみんなあたしのせいだわ。あたしがこんなことにあなたまで引きずりこんで」

「そんなこと気にしないで。わたしが心配してるのは、あなたのことだ。わたしはこれまでに何度も窮地に陥ったことがあったが、いつもそこから脱出している。勇気をなくしちゃいけない。必ずここから出してあげる。時間はたっぷりあるんだ。あの水が流れこんでいる速さからすると、最悪の事態が来るまで、まだ数時間はある」

「まあ、ほんとにすてきな方！」フリーダがいった。「あなたのような方にはまだ会ったことがないわ……本の中はべつとして」

「そんなことはない……ただの常識に過ぎないよ。ところで、このいまいましいロープをなんとかしてゆるめなくては」

十五分ほど強く引っぱったり、よじったりしているうちに、ウィルブラムは縛り目が少しゆるんできたのでほっとした。なんとか首を折り曲げ、手首を持ち上げて、ロープの結び目を歯で攻撃できるようになった。

手さえ自由になれば、あとはもう時間の問題だった。身体がしびれ、こわばってはいたが、自由になった彼は、若い女の上にかがみこんだ。一分後には彼女も自由になった。

水はまだ二人の足首のところまでしか来ていなかった。

「さあこんどは、ここから逃げ出すことだ」少佐がいった。

地下室のドアは階段を数段上ったところにあった。ウィルブラム少佐はそのドアを調べてみた。

「大したことはない、ここは」彼がいった。「弱い材料だ。ちょうつがいのところがすぐにこわれる」と肩を押し当てると、ぐいぐい押した。

材木がメリメリと裂ける音……バリバリと大きな音がして、ドアはちょうつがいのところから大きく開いた。

その外側に上りの階段があった。その一番上にもう一つのドアがあり……大へん珍しい造りで……一枚板に鉄のかんぬきが通してあった。

「ちょっと厄介だな、これは」ウィルブラムがいった。「やあ、これは運がいいぞ。鍵がかかっていない」

そのドアを押し開けると、あたりに目を凝らしてから、若い女に来いと手招きした。二人は台所裏の道路へ出た。次の瞬間には、フライヤース通りの星の下に立っていた。

「ああ！」フリーダはちょっとすすり泣きの声をあげていた。「ああ、ほんとに恐ろしかったわ！」

「ああかわいそうに」と彼は両腕に彼女を抱いた。「すばらしく勇敢だったよ。フリーダ……かわいい天使……その……あなたはその……わたしは愛してるよ、フリーダ。わたしと結婚してくれないか？」

適当な間を置いて、当事者が二人ともきわめて満足したところで、ウィルブラム少佐はクスクス笑いながらいった——

「その上に、われわれは象牙の隠匿場所の秘密を知っている」

「でも、あの書類は彼らに取られてしまったんでしょう！」

少佐はまたクスクス笑って、「それが、やつらにはできなかったんだ！　わたしはあれのにせの写しを書いといたんだ、そして今晩ここであなたに会う前に、本物のほうは行きつけの洋服屋へ出す手紙の中へ入れて、投函しておいたんです。やつらが奪い取ったのはにせの写し……やつらにおめでとうといっときましょう！　さて、わたしたちはこれから何をしなくちゃいけないか、わかるかい？　東アフリカへ新婚旅行に行って、例の隠匿場所を探し出すんだ！」

パーカー・パイン氏は自分のオフィスを出ると、階段を二階分上った。この家の最上階のこの部屋には、人気作家で、今はパイン氏のスタッフの一人である、オリヴァ夫人がいた。

パーカー・パイン氏はドアを軽くたたいて入っていった。オリヴァ夫人は、テーブルに向かって座っていたが、そのテーブルの上にはタイプライター、ノート数冊、散乱したばらばらの原稿、それにリンゴの入った大きな袋などが載っていた。

「たいへんけっこうな筋書でしたよ、オリヴァさん」パーカー・パイン氏が愛想よくいった。

「うまくいきましたか？　それはよかった」オリヴァ夫人がいった。

「あの例の地下室の水浸しの話ですが、またの機会には、もう少し独創的なものにしたらどうでしょうかね？」彼はかなり控え目な調子で提案してみた。

オリヴァ夫人は首を横に振ると、袋からリンゴを一つ取り出した。「わたしはそうは思わないですね、パインさん。みんなはね、ああいう筋の話をよく読まされてますからね。地下室に水が増してくるとか、毒ガスとかなんとか。前もってそういうことを知っていると、自分自身に同じことが起きた場合、よけいなスリルを感じるもんですよ。一般大衆というのは保守的なものなんですよ、パインさん。昔からある古臭い道具立てを好むんです」

「いや、よけいなことを申しました」とパーカー・パイン氏は、この女流作家の大当たりした四十六冊の小説のことを頭において、彼女のいい分を認めた――これらはみな、英米のベストセラーになり、フランス語、ドイツ語、イタリア語、ハンガリー語、フィンランド語、日本語、アビシニア語などに、盛んに翻訳もされていた。「ところで、経費のほうはどういうふうに？」

　オリヴァ夫人は一枚の紙を引き寄せた。「まあ、大したことはありませんよ。二人の黒人、パーシーとジェリーの要求は少ないもんでしたしね。若い俳優のロリマーは、五ギニーで喜んでリード氏の役をやってくれました。地下室でのあの声はもちろん、レコードでしたからね」

「ホワイトフライヤースの家はえらく役に立ちました」パイン氏がいった。「あれはただ同然で買ったものですが、もうこれまでに十一ものスリルのあるドラマの舞台になりましたよ」

「ああ、忘れてました」オリヴァ夫人がいった。「ジョニーの報酬。五シリングです」

「ジョニー？」

「ええそう。壁の穴からじょうろで水を流しこんでくれた少年ですよ」

「あ、そうですか。ところでオリヴァさん、どういうことから、スワヒリ語などをご存じだったんです？」

「わたしは、そんなもの知りませんよ」

「なるほど。すると、大英博物館ですか？」

「いいえ、〈デルフリッジ情報センター〉ですわ」

「いや、驚きましたね、今どきの商売人の頭のよさには！」パイン氏がつぶやいた。

「ただ一つ、わたしの気になることがあるんですが」オリヴァ夫人がいった。「それは、あの若い二人が向こうへ行ってみて、隠してある宝物など見つからないことです」

「何もかも手に入れようというのは虫がよすぎるでしょう」パーカー・パイン氏がいった。「あの二人、新婚旅行ができるじゃありませんか」


ウィルブラム夫人はデッキチェアに腰をおろしていた。彼女の夫は手紙を書いていた。

「今日は何日だったかな、フリーダ？」

「十六日よ」

「十六日か。おやおや！」

「なんなの、あなた？」

「いやなんでもない。ジョーンズという男のことを、ちょっと思い出したんだ」

どんなに幸せな結婚をした者にも、話せないことがあるものだ。

ウィルブラム少佐は考えていた――「こんちくしょう、あすこへ行って金を返してもらうんだったたな」だが、彼は話のわかる人間なので、問題をべつの面から考えてみた。

「どっちみち、約束を破ったのはこのわたしなんだからな。もしわたしがジョーンズに会いに行ってたら、何か事が起きていたにちがいない。それにともかく、ジョーンズに会わなかったからこそ、フリーダが助けを求める悲鳴が聞こえたんだし、そうでなかったら、絶対に彼女には会えなかっただろう。そうだとすると、間接的に、彼らはあの五十ポンドの金を自分のものにする権利があることになる！」

ウィルブラム夫人も一連の考えをたどっていた――「あたしってなんてばかな女だったんでしょう、あんな広告なんか信じこんで、三ギニーも払ったなんて。もちろん、あの人たち、お金に相当することは何もしてくれなかったし、何も起きなかったわ。でももしも何が起きるかわかっていたらどうだったかしら……初めにリード氏、それからあの奇妙なロマンチックなやり方でチャーリーがあたしの人生に入りこんできた。そうよ、あのほんとの偶然がなかったら、あたしは絶対に彼に会えなかったろうと思うわ！」

彼女は振り向いて、夫のほうにほれぼれする微笑を投げた。

The Case of the Distressed Lady

困りはてた婦人の事件

The Case of the Distressed Lady

パーカー・パイン氏のデスクのブザーが控え目に鳴った。「はい？」堂々とした体格の男が応答した。

「若いご婦人がお目にかかりたいといってます」秘書が告げた。「お約束はないとおっしゃってます」

「お通ししてください、ミス・レモン」そしてすぐあとで、来客と握手をしながら、「おはようございます。さあ、どうぞおかけください」といった。

若い女は腰をおろすと、パーカー・パイン氏をじっと見ていた。まだとても若く、美しい女性だった。髪は黒く波を打っていて、うなじに沿ってカールが並んでいた。頭の上の編んだ白い帽子から、薄手の靴下、上品な靴にいたるまで、まことに見事な装いだった。見るからに、そわそわと落ちつきがなかった。

「あなたがパーカー・パインさんですか？」と女が訊いた。

「そうです」

「あの……広告をお出しになっている方？」

「広告を出しているのはわたしです」

「広告には、その……幸せでない……幸せでない人は……こちらへおいでなさいとありましたが……」

「そのとおりです」

女は思い切って話しはじめた。「あの、あたしものすごく不幸せなんです。それで、やって来たんです……とにかくお目にかかるだけでもと思って……」

パーカー・パイン氏は待っていた。話にはもっと先があるはずだと。

「あたし……あたし、ほんとにすごく困ってるんです」女はそわそわと両手を握りしめていた。

「そのようにお見受けしますが、いかがです、お話しくださいますか？」パーカー・パイン氏が促した。

女はまだなんとも決心がつかないようだった。絶望的な様子でパーカー・パイン氏をじっと見つめている。突然、女は堰《せき》を切ったように話しはじめた。

「はい、お話しいたします。やっと決心がつきました。あたし、心配で頭がおかしくなりそうなんです。自分でもどうしていいかわかりませんし、だれのところに行ったらいいのかもわからないんです。そんなときに、あなたの広告が目についたんです。何か人をだまして金を取るか何かだろうと思ったんですけど、頭に残ってました。どういうわけか、何か元気づけてくれるようなところがありました。それであたし考えたんです……そうよ、行ってただ会うだけならべつに害もないんじゃないだろうか。いつでも何か口実を見つけて、出てくればいいんだからって……もしもあたしが……もしも」

「いやごもっとも、ごもっとも」パイン氏がいった。

「その……つまり、信頼できなければ」女がいった。

「それで、わたしを信頼できそうですか？」微笑しながらいった。

「それが、変なんですけど」女は無作法な言葉に気がついていなかった。「信頼できます。あなたのことなんにも知らないんですけど！　はっきりと信頼できますわ」

「あなたの信頼を裏切るようなことは絶対にありませんよ」パイン氏がいった。

「それでは、お話しいたします。あたしの名は、ダフネ・セント・ジョン」

「ミス・セント・ジョン」

「ミセスです……結婚してますので」

「いやどうも！」パイン氏は彼女の左手の薬指にプラチナの指輪があるのに気づいてつぶやいた。「いや、これはまぬけなことでした」

「あたしが結婚していなかったら、これほどまで気に病まなかったことでしょう。いえ、このことがこんなに問題にならなかったでしょう。問題はジェラルドの考えがどうなのか……そうです、それが……それが悩みなんです！」

女はバッグに手を突っこむと、何かを取り出してデスクの上へ放り出した……それはぴかぴか光り輝きながらデスクの上をパーカー・パイン氏のほうへ転がっていった。

大粒のダイヤ一個がついたプラチナの指輪だった。

パイン氏は指輪を拾い上げると、窓のところへ持っていって、窓ガラスで試してみて、宝石商が使うレンズを目にはめて入念に調べた。

「格別見事なダイヤですね」とテーブルへ戻りながら感想を述べた。「値段のことをいわせていただくなら、少なくとも二千ポンドはしますね」

「そうなんです。そして、これは盗まれたものなんです！あたしが盗んだんです！だけどあたし、どうしたらいいかわからない」

「こりゃ驚きましたな！」パーカー・パイン氏がいった。「たいそう興味あるお話ですね」

　依頼人は泣きくずれ、およそはでなハンケチで顔を覆った。

「まあまあ、万事うまくいきますよ」パイン氏がいった。

　若い女は涙をふいて、しゃくり上げた。「うまくいく？　ほんとに？」

「もちろん、大丈夫ですよ。まあ、とにかくすべて話してごらんなさい」

「事の起こりは、あたしがお金に困ったことからなんです。あの、あたしすごい浪費癖があるんです。そのことをジェラルドがとても気にしてたんです。ジェラルドはあたしの主人ですの。主人はあたしよりずっとずっと年上で、それはもう……とても考え方がきびしいんです。借金をするなどということは、とんでもないことだと思ってるんです。ですからあたし、主人には何もいわずにいました。そして、お友だち何人かと一緒にフランスのル・トゥケーへ行ったのは、運よくいけば賭けトランプの勝負で借金が返せて元どおりになれるかもしれないと思ったからなんです。はじめのうちは勝っていました。そのうちに負けてしまい、もっとつづけて勝負しなければいけないと思いました。そして、つづけたんです。すると、すると……」

「ええ、わかりましたよ」パーカー・パイン氏がいった。「細かいお話をなさる必要はありません。あなたは前よりもよけいに苦しい立場になられた、そうじゃありませんか？」

　ダフネ・セント・ジョンはうなずいてみせた。「そうなりますと、いよいよジェラルドには話せなくなってしまいました。といいますのは、主人は賭け事が大きらいなんです。あたし、もうほんとに苦しいことになってしまいました。ところで、あたしたちコバムの近くのドートハイマーの家へ滞在してましたの。この方は、申すまでもありませんが、ものすごいお金持ちなんです。奥さんのナオミとは学校が一緒でした。とてもきれいで、親切な人なんです。あたしたちの滞在中に、この指輪の台座がゆるんだんですね。あたしたちがおいとまする朝、彼女があたしに、これをロンドンへ持っていって、ボンド街の彼女の行きつけの宝石商へ届けてくれないかと頼んだのです」とここでひと息ついた。

「それで奥さん、いよいよいいづらい部分にさしかかりましたね。どうぞ先をおつづけください」パイン氏が助けるようにいった。

「だれにも絶対に話さないでいただけますね？」若い女が嘆願するようにいった。

「ご依頼人の秘密は神聖なものですからね。それはともかく、奥様はこれまでにもう充分お話しをなさったんですから、あとはわたしのほうでだいたいの見当がつくと思いますが」

「そのとおりですね。ええ。ほんとに、話すのはとてもいやなんです……すごくひどい話なんですもの。あたし、ボンド街へまいりました。もう一つべつの、ヴィロという宝石商があるんです。そこは……宝石類の模造をつくってくれます。急にあたし、頭がおかしくなってしまったんですね。あたし、指輪を持って店に入ると、完全な模造を頼みました……海外へ行くので、本物のほうは持っていきたくないからといいますと、店の者たちは当然のような顔をしてました。

こうしてあたしは模造宝石を手に入れたんですけど……とてもよくできていて、本物と見分けがつきません……あたしはそれを書留郵便でドートハイマー夫人宛に送ったんです。あたしは都合よく、例の宝石商の名の入った箱を持っていましたので、商売人らしい小包に作り上げることができました。そして、あたし……本物のほうを質入れしたんです」と女は両手で顔を隠した。「あたしったら、なんということをしてしまったんでしょう？　なんてことを？　あたしってほんと、最低のいやしい、けちな泥棒ね」

パーカー・パイン氏はせき払いをした。「まだお話しはおしまいではないように思われますね」

「ええ、まだ終わってません。申すまでもないと思いますが、これは六週間ほど前のことなんです。あたしは借金をみんな返して、借り貸しなしの身に戻れたんですけど、ずっとみじめな気持ちだけはぬけませんでした。そうしているうちに、年寄りのいとこが亡くなりまして、相当な遺産がわたしのものになりました。まずあたしは、あのいまわしい指輪を質から請け出しました。まあ、それはそれで、このとおり指輪はここにありますからいいんですけど、ここでほんとに困ったことになってしまったんです」

「は？」

「あたしたち、ドートハイマーさんたちと争いごとをしてしまったんです。それはルーベン卿がジェラルドに買うようにと勧めた株のことについてでした。ジェラルドはおかげですごい損をしてしまったものですから、ルーベン卿のことをさんざん悪くいったんです……恐ろしいことになりましたわ、ほんと！　そんなわけで、おわかりのように、あたし、指輪を返せなくなってしまったんです」

「匿名でドートハイマー夫人へ郵送されたらどうです？」

「そんなことをしたら、何もかもおしまいですわ。彼女は自分の手もとにある指輪を調べてみるでしょう、そしたらそれが模造ということがわかって、たちまちあたしのしたこともわかってしまいます」

「奥さんはあなたのお友だちだとおっしゃいましたね。何もかもほんとのことをお話しになって……許してもらったらどうでしょう？」

セント・ジョン夫人は首を横に振った。「それほどの親しいお友だちじゃないんです。ナオミはお金とか宝石とかのことになると、情け容赦ないんです。あたしが指輪を返したら彼女も告訴はしないでしょうけど、だれそれかまわずあたしのしたことをしゃべってしまうでしょうし、そしたらあたしの人生はおしまいです。ジェラルドがそのことを知ったら、絶対に許してはくれないでしょう。ああ、なんて恐ろしいことかしら！」女はまた泣きだした。「あたし、考えに考えたんですけど、どうしたらいいかわからないんです！　パインさん、なんとかしていただけませんか？」

「いくつか、やれることがありますね」パーカー・パイン氏がいった。

「やっていただけます？　ほんとに？」

「ええ、もちろん。さきほどわたしが最も単純な方法を持ち出したのは、これまでの長い経験で、単純な方法がいつでもベストだということがわかっているからなんです。予期しなかった面倒が省けます。それでも、あなたは反対されました。今のところこの不幸な出来事を知っているのは、あなたご自身だけですね？」

「それに、あなたです」セント・ジョン夫人がいった。

「ああ、わたしは数のうちには入りませんよ。そこで、今のところ、あなたの秘密は安泰だ。ここで必要なことは、さとられない方法で指輪を取り替えることですね」

「そうですわ」と若い女が強くいった。

「それならたいしてむずかしくはありません。ちょっと時間をかけて、最上の方法を考えることですな……」

女がさえぎった。「でも、そんな時間はないんです！　だから、あたし頭がおかしくなりそうなんですよ。夫人は指輪の台座を取り替えようとしてるんですから」

「どうしてそんなことがわかるんです？」

「ほんの偶然からなんです。先日、ある女性と昼食を一緒にしてましてね、その人がはめていた、大きなエメラルドの指輪を誉めたんです。彼女は、これは最近手に入れたものので……ナオミ・ドートハイマーも彼女のダイヤの指輪をこの指輪みたいな台座に直そうといってる、というんです」

「ということは、われわれとしては、早急に事を運ばねばならんということですね」パイン氏が考えこみながらいった。

「ええ、そうなんです」

「それには、その家へ入りこむ資格をえること……それも、できることなら使用人といったような立場ではないこと。使用人では貴重な指輪など取り扱うチャンスはめったにないものですからね。あなたのほうに何かいい考えはありませんか、セント・ジョン夫人？」

「ええ、ナオミは水曜日に大がかりなパーティをやることになっているんです。そしてこのお友だちがいってたんですけど、余興に出すダンサーを探してるんですって。もう決まってるかどうかわからないんですけど……」

「それはなんとかなるかもしれませんね」パーカー・パイン氏がいった。「もしすでに決まっていたら、ちょっと費用がよけいにかかりますが、それだけのことです。それからもう一つ、その家の電源のスイッチがどこにあるか、ひょっとしてご存じじゃないでしょうか？」

「偶然のことからですけど、知ってます。といいますのは、ある晩遅く、使用人たちがもうみんな寝てしまってから、ヒューズがとんでしまったことがあったもんですから。廊下の奥の箱がそれですが……小さな戸棚の中にあります」

　パーカー・パイン氏の求めで、女は略図を書いた。

「さて、これで万事うまくいくでしょう、心配はご無用ですよ。指輪はどうします？　わたしが持っていましょうか、それとも、水曜日まであなたがお持ちになりますか？」

「そうですね、あたしが持っていたほうがよさそうですわね」

「それでは、もう決して心配なさらないように」パーカー・パイン氏が忠告した。

「それで、あの……手数料のほうは？」おずおずと彼女が訊いた。

「それはあとでけっこうです。必要な経費は水曜日にお知らせします。手数料のほうはわずかなもんですよ、ええ」

彼は夫人をドアのところまで案内してから、デスクの上のブザーを鳴らした。

「クロードとマドレーヌにこっちへ来るように」

クロード・ラトレルは英国じゅうでも指折りの、社交界あたりをぶらつくハンサムな女たらし。マドレーヌ・ド・サラは非常に魅惑的な妖婦型《ヴァンプ》。

パーカー・パイン氏は満足げにしげしげと二人を眺めた。「きみたちにやってもらいたい仕事があるんだ。国際的に有名なショウ・ダンサーになってもらう。いいかねクロード、よく話を聞いて、正しく理解してもらいたい……」


ドートハイマー夫人は舞踏会の手はずにすっかりご満悦だった。花の飾りつけを調べてみて気に入り、使用人頭にいくつか最後のいいつけをしてから、夫に向かって、もう何もまずいところはないといった。

ちょっとがっかりだったのは、〈レッド・アドミラル〉から来るはずになっていたマイケルとジュアニータ組のダンサーが、ジュアニータが足首を捻挫したために直前になって約束を果たせなくなったことだったが、その代わりに、パリで熱狂的な人気を博している（という電話での話だった）二人の新人ダンサーが来ることになっていた。

二人のダンサーは定刻にきちんとやって来て、ドートハイマー夫人の気に入られた。その夜は、すべてがうまく運んでいった。ジュールズとサンチアは自分たちの演目をまことに見事にやってのけた。革命的なスペインのダンス。次は《退化する夢》というダンス。そしてモダンダンスの絶妙な演技。

〈余興〉が終わると、一般のダンスがまたはじめられた。ハンサムなジュールズがドートハイマー夫人にダンスを申し込んだ。二人はふわふわと浮いているようにダンスした。こんなにも完璧なダンスの相手はドートハイマー夫人にとってはじめてだった。

ルーベン卿のほうは、魅惑的なサンチアを探していたが……むだだった。舞踏室にはいなかったのだ。

じつは彼女は人気のない廊下に出て小さな箱のそばで、宝石飾りのついた腕時計にじっと目をこらしていた。

「あなたのダンスのなさり方は、英国人じゃございませんね……英国人とは思えませんん」ジュールズがドートハイマー夫人の耳にささやいていた。「あなたは妖精、風の精でいらっしゃる。ドローシカ・ペトロヴカ・ナヴァローチ」

「今のはどこの言葉ですの？」

「ロシア語です」ジュールズが嘘っぱちをいった。「ぼくは、英語ではとてもあなたにいえないことを、ロシア語で申しました」

ドートハイマー夫人は目をつぶった。ジュールズがぐっと彼女を引き寄せた。

突然、電灯が消えた。暗やみの中でジュールズは身をかがめると、肩に置かれていた手にキスをした。夫人がその手を引っこめようとするのを捕えて、自分の唇まで持ち上げふたたびキスした。なぜか夫人の指から指輪が抜けて、彼の手中に入っていた。

ドートハイマー夫人には、電灯がふたたびつくまで、ほんの一瞬だったような気がした。ジュールズは夫人に向かってにっこりしていた。

「あなたの指輪ですよ」彼がいった。「抜けてしまったようですね。お許しください……」と夫人の指へ戻してやった。そうしているあいだも、彼の目はいろいろなことを物語っていた。

ルーベン卿は電源のスイッチのことをしゃべっていた。「ばかものが。ただの悪ふざけだろう」

ドートハイマー夫人は気にもしていなかった。数分間の暗やみがまことに楽しかったのだ。

パーカー・パイン氏が木曜日の朝にオフィスへ来てみると、もうセント・ジョン夫人が彼を待ち受けていた。

「部屋へご案内して」パイン氏がいった。

「どうでした？」夫人は熱を込めてたずねた。

「お顔の色がよくありませんね」とがめるように彼がいった。

夫人は首を横に振りながら、「あたし、昨夜ちっとも眠れませんでしたの。心配で……」と答えた。

「ええと、経費の明細ですが、汽車賃、衣裳代、それからマイケルとジュアニータに五十ポンド、計六十五ポンド十七シリングです」

「ええ、ええ！　ですけど昨夜……うまくいったんでしょうか？　ちゃんと処理できたんでしょうか？」

パーカー・パイン氏は驚いたように夫人を見た。「奥様、もちろんうまくいってますよ。おわかりになってるとばかり、思っておりましたがね」

「それで安心ですわ！　もしかして……」

パーカー・パイン氏はとがめるように、首を振っていた。「失敗という言葉は、ここでは許されない言葉なんですよ。成功できないと思ったら、わたしは事件をお引き受けいたしません。事件を引き受けた以上、成功することははじめから決定済みのことなのです」

「ほんとに彼女、もとのあの指輪を手にして、それで全然何も変に思わなかったんでしょうか？」

「もちろん、まったくね。工作は細心の注意を払って実施されましたので」

ダフネ・セント・ジョンはため息をもらした。「あたしの心からどれほどの重荷が降りましたことか、おわかりにはならないでしょう。経費について何かおっしゃってましたね？」

「六十五ポンド十七シリングです」

セント・ジョン夫人はバッグを開けると金を数えて払った。パーカー・パイン氏は礼をいって、領収書を書いた。

「ですけど、あなたの手数料は？」とダフネがつぶやくようにいった。「これは経費だけなんでしょう」

「この件におきましては、手数料はいただきません」

「まあパインさん！　そんなことって、ほんとに！」

「いや奥様、ぜひそうさせていただきます。一ペニーもいただくわけにはまいりません。わたしの主義に反するんです。さあ、これが領収書です。それからですね……」

見事にトリックをやってのけた手品師のような笑みを浮かべながら、彼はポケットから小箱を一つ取り出すと、テーブル越しにそれを押しやった。ダフネがその箱を開けた。中には、どこから見てもまったく同じダイヤの指輪が納まっていた。

「けだもの！」セント・ジョン夫人がそれを見て顔をしかめた。「なんていやな人でしょう！　ほんとにあなたを窓から放り出してやりたい」

「それはおやめになったほうがよろしいでしょう」パイン氏がいった。「人がびっくりしますよ」

「たしかにこれは本物のほうじゃないんですね？」ダフネがいった。

「ええ、ちがいますよ！　先日、あなたがわたしにお見せになったほうは、無事にドートハイマー夫人の指へ戻っておりますよ」

「それじゃ、これでいいわ」ダフネはうれしそうに笑って立ち上がった。

「そんなことをお聞きになるのは、おかしいんじゃないですか」パーカー・パイン氏がいった。

「もちろんあのクロードは、かわいそうに、あまり頭がよくないんです。ひょいと、へまでやらかさないとも限りません。で、念のため、わたしは今朝、専門家にこれを見てもらいました」

セント・ジョン夫人はちょっとあわててふたたび腰をおろした。「まあ！　それで、その人なんといってました？」

「格別上出来のイミテーションだといいましたよ」パーカー・パイン氏は晴れ晴れした顔で答えた。「第一級の仕事だそうです。ですから、ご安心なさってよろしいんじゃないでしょうか？」

セント・ジョン夫人は何かいいかけて、やめてしまった。パーカー・パイン氏をじっとにらみつけるように見ていた。

パイン氏はデスクの椅子へ戻ると、優しく夫人を見ていた。「火の中の栗を拾うネコか」と何か空想するようにいった。「あんまりいい役割じゃないな。わたしの部下にはあまりやらせたくない役割だ。あ、これは失礼。何かおっしゃいましたか？」

「あたし……いえ、べつに」

「なら、けっこう。セント・ジョン夫人、実はちょっとしたお話をお聞き願いたいんですよ。ある若いご婦人のことなんですがね。金髪の若い婦人だと思います。未婚です。そうで名はセント・ジョンではありません。ダフネなどという洗礼名でもありません。そうではなくて、彼女の名はアーネスティン・リチャーズ、最近までドートハイマー夫人の秘書だったのです。

ところで、ある日、ドートハイマー夫人のダイヤの指輪の台座がゆるんでしまったので、ミス・リチャーズが修理のためロンドンへ持っていきました。まるであなたのお話とそっくりですね？　また、ちょうどあなたが考えられたのと同じ考えが、このミス・リチャーズの頭にも浮かんできたというわけなんです。彼女は指輪の模造を作らせました。しかし、彼女なかなか先見の明がある婦人でした。いずれはドートハイマー夫人に、この替え玉を見破られるときが来るにちがいない。そうなったとき、夫人は指輪をロンドンへ持っていったのはだれだったか思い出して、すぐさまミス・リチャーズに疑いがかけられるにちがいありません。

そこで、どうしたか？　まずミス・リチャーズは〝ラ・メルヴェイエーズ〟のかつら……七号だと思いますがね、横分けの……それを買いました」と依頼人の波を打った巻毛になんとなく目をやった。「……色は濃い褐色。そして、彼女はわたしのところを訪ねてきた。わたしに指輪を見せ、それがたしかに本物だということを納得させ、かくてわたしの疑惑を解消させる。そうしておいて、替え玉が用意され、この若い婦人は指輪を宝石商へ持っていく、当然の手順で指輪はドートハイマー夫人へ返されました。

昨晩、もう一つの指輪、つまり偽物が、ウォータールー駅で発車間際に大急ぎで手渡されました。ミス・リチャーズがラトレル君はダイヤのことに詳しくあるまいと考えたのは、まったくそのとおりでした。ですが、わたしとしては念には念を入れよというわけで、友人の宝石商に、その列車に乗りこんでもらっていたのです。彼はその指輪を見るなり、いいましたよ――これは本物のダイヤじゃない、が、すばらしい模造品だ――と。

セント・ジョン夫人、話の要点はもちろんおわかりと思いますが？　ドートハイマー夫人がその損害に気づいたら、どんなことを思い出すでしょう？　あのチャーミングな若いダンサーが、電灯が消えたときに指輪を抜き取ったこと！　夫人は問い合わせをするにちがいないし、そうすると、はじめに約束したダンサーたちは買収されて、来ないようにされていたことがわかります。そして、事態をたどってわたしのオフィスへいたれば、わたしが話すセント・ジョン夫人のことなどはまったくわけのわからん話になります。ドートハイマー夫人はセント・ジョン夫人などという人を全然知らないんですからね。話はまったく見えすいた作り事ということになりますね。

そこでもうおわかりと思うが、こんなことを、わたしとしては許しておけますかね？　そういうわけで、わたしの友人クロードは、自分が抜き取ったその同じ指輪をドートハイマー夫人の指へ戻しておいたんです」パーカー・パイン氏の笑顔はもはや優しいものではなくなっていた。

「わたしが手数料を取れないわけがおわかりでしょう？　わたしは幸せを与えることを請け合っているんだ。明らかに、わたしはあなたを幸せにしてやれなかった。もう一言だけいわせてもらおう。あなたは若い……おそらく、こんなことをやったのははじめてだろうと思う。ところで、わたしはといえば、あなたと比べて年上だし、統計の収集では長い経験を持っている。その経験から断言できることだが、不正事件の八十七パーセントは引き合わないということだ。八十七パーセントだ。よく考えてみるほうがいいね！」

偽セント・ジョン夫人はぶっきらぼうな態度で立ち上がると、「この、口先のうまいけだもの！」といった。「あたしをうまく引っかけやがって！　経費なんか払わせて！　はじめからわかっていて……」言葉に詰まって、ドアのほうへ駆け出していった。

「あんたの指輪だ」パーカー・パイン氏が指輪を差し出していった。

女はそれを引ったくると、じっと見てから、開いている窓から外へ放り投げた。

バタンとドアが閉まって、女は出ていってしまった。

パーカー・パイン氏はちょっとおもしろそうに窓から外を見ていた。「思ったとおりだ、相当な騒ぎがはじまってるな。物売りの先生、何が何やらわけがわからんようだ」

The Case of the Discontended Husband

不満な夫の事件

The Case of the Discontented Husband

中すまでもなく、パーカー・パイン氏の最も偉大な資質の一つは、その思いやりのある態度であった。信頼を呼ぶ態度である。オフィスへ入ってきた途端に、依頼人たちがある種の無力感に襲われることをパイン氏はよく心得ていた。そこで、必要な打ち明け話をさせる道をととのえてやるのがパイン氏の仕事なのだった。

この朝、彼はレジノルド・ウェードという新しい依頼人と対座していた。ウェード氏は、はっきりと物のいえないタイプの人だな、とパイン氏はすぐに見当をつけた。何か感情にかかわることだと、言葉に出せなくなるタイプである。

依頼人は背が高くて横幅もある身体、優しそうな感じのいい青い目、よく日に焼けた顔色をしていた。何かぼんやりと小さな口ひげをつまんだりしながら、彼は物いわぬ動物みたいないじらしさでじっとパーカー・パイン氏を見ていた。

「見ましてね、あなたの広告を」ぽつりぽつりと話しはじめた。「やっぱり行ってみたほうが、よかろうと思いまして。なにしろ、奇妙なことが起きて、まったくわけがわからないので」

パーカー・パイン氏はこの意味のよくわからない言葉をこう解釈して翻訳した。「事がうまくいかないときには、とにかくやってみることですね」

「そうなんですよ、まったくそうなんです。ぼくはやってみる気です、どんなことでもです。どうもぼくにとって、もの事がうまくいってないんだ、パインさん。どうしたらいいかわからない。厄介なんだな、すごく厄介なんだ」

「そこで、わたしの出番というわけですね」パイン氏がいった。「わたしなら、どうしたらいいか、ちゃんとわかると思います！　わたしは、人間のあらゆる種類のトラブルに関する専門家です」

「いや、それがね……ちょっと、厄介すぎる話なんですよ！」

「そんなことはありませんよ。人のトラブルというものは、いくつかの大きな項目に簡単に分類できるんです。健康問題。倦怠。夫のことで困っている妻。妻のことで……」と、ここで間を置いて、「困っている夫」

「じつはそれ、図星ですよ。まさに図星です」

「ではその話を」パイン氏がいった。

「それほど話すこともないんです。ぼくの妻が離婚してくれというんです、そうすれば、ほかの男と結婚できるからと」

「当節、よくあるやつですな。ところで、あなたはどうやらこの件について、奥さんとは同意見じゃないようですね？」

「ぼくは彼女が好きなんですよ」ウェード氏は率直にいった。「つまり、その……ぼくは彼女が好きなんです」

率直で、少々意気地のない表明ではあったが、もしウェード氏が、「ぼくは彼女を熱愛しているんです。彼女が歩いた地面をも崇めます。彼女のためなら、身をずたずたにされてもいい」とでもいっていたとしたら、パーカー・パイン氏に彼のことがこれほど明瞭に理解できなかったかもしれない。

「とにかくですね……」ウェード氏がつづけた。「いったいぼくに何ができます？　つまりその、男は無力です。彼女がもし、べつの男のほうが好きだというならですね……まあ公明正大な態度をとるより仕方がない、ただ傍観しているだけですよ」

「奥さんからあなたと離婚するという申し入れですな？」

「そうなんですよ。ぼくとしては彼女を離婚裁判でひきずりまわしたくないんです」

パーカー・パイン氏はじっと考えこみながら彼を見ていた。「しかし、わたしのところへこうして来ているのは？　これはどういうわけです？」

相手は照れ笑いをしていた。「それがわからないのです。その、ぼくはあまり利口な男じゃないんで。いろいろ考えることができないんです。その……あなたなら、何か考えて忠告してくださるだろうと思ったのです。六カ月の猶予がありますからね。彼女もこれに同意したんです。六カ月目の終わりになっても、やっぱり彼女の気持ちが同じだったら……そしたら、ぼくは引き下がります。あなたなら、何か一つ二つヒントを与えてくださると思いましてね。今は、ぼくのすることが何もかも彼女の気に入らないのです。

パインさん、こうなったわけは、まあこういうことなんです――ぼくは頭のいい男じゃないです！　ぼくはボールを打ってまわるのが好きでしてね。ゴルフやテニスをするのが好きなんですよ。音楽とか美術とかいったものは苦手でね。ぼくの妻は賢いんです。妻は絵やオペラや音楽会が好きなもんで、自然とぼくといてもつまらないんですな。一方、この髪を長くした、いやらしい奴は、こういうことをなんでも知ってるってわけです。やつは、こういうことについておしゃべりできる。ぼくはできない。いうなれば、頭のいい美しい女が、ぼくみたいなアホに飽き飽きしちまったたってことが、ぼくにもわかりますよ」

パーカー・パイン氏はウーンとうなった。「結婚されてから……どれくらいになります？……九年ですか？　それで、おそらくあなたは、そもそもはじめからそういう態度をとっていたんでしょう。失礼ながら、それはいけないですよ、とんでもないですね！女性に対しては、絶対にいい訳がましい態度をとるもんじゃありません。奥さんは、あなたが自分のことを評価しているとおりに受け取っている……そう受け取られるのは、あなたがいけないんです。あなたは自分のすぐれた運動能力を誇りとしなければいけなかった。美術や音楽については〝家内の好きなあんなくだらないもの〟というふうにいえばよかったんですよ。奥さんがうまくスポーツがやれないことを慰めてやればよかったんだ。いいですか、卑屈な精神は、結婚生活を色あせたものにしてしまいますよ！どんな女性もそれには立ち向かえるものではない。あなたの奥さんが堪えられなかったのもふしぎじゃないですね」

ウェード氏は当惑した様子で彼を見ていた。「では、ぼくとしてはどうしたらいいとお考えでしょうか？」

「それがじつは問題なんですよ。九年前にやるべきことでしたからね、今になっては手遅れですよ。新しい戦術を採用しなくてはなりませんね。あなた、よその女の人とこれまで浮気をされたことがありますか？」

「まったくありません」

「いや、こういったほうがよかったですかね、ほんのちょっとでも関心を持ったことは？」

「ぼくは女に思い悩んだことがないんです」

「まちがいですな。今からはじめること」

ウェード氏はびっくりしたようだった。「いや、あのですね、そんなこと、とてもできないですよ、ぼくには……」

「あなたにご面倒はおかけしませんよ。うちのスタッフの一人をその目的のために提供します。彼女があなたのなすべきことをいってくれますし、あなたが彼女に対して何か気を配ってやることは、もちろん単に仕事上のこととして彼女は理解します」

ウェード氏はほっとした表情を見せた。「それなら、まあいいでしょう。しかしですね、ほんとに……いや、ぼくにはどうも、アイリスが前よりいっそう熱心にぼくを追っ払いにかかるんじゃないかって気がするんですが」

「ウェードさん、あなたは人間性というものがおわかりになってない。また女性の天性というものがよけいにおわかりになっていない。今のあなたは、女性の側から見れば単なる廃棄物ですよ。だれも見向きもしない。だれも見向きもしないものを女性が必要とするでしょうか？　そんな女性はいないでしょう。では、べつの角度から見てみましょう。かりにあなたが、奥さんと同じように自由を取り戻そうとしていることが奥さんにわかったら、どうでしょう？」

「きっと喜ぶでしょう」

「喜ぶかもしれないが、ひょっとすると喜ばないでしょう！　それに加えて、あなたがすごく魅力的な若い女……どんな男でも選り好みできる若い女を惹きつけたことが奥さんにもわかる。たちまちあなたの株は上がります。奥さんの友だちがみな、あなたのほうが奥さんに飽きてそれよりずっと魅力のある女性と結婚を望んでいる、などというにちがいないと、奥さんは思います。というわけで、奥さんはいらいらしてくるでしょう」

「そう思いますか？」

「絶対たしかですよ。もはやあなたは〝かわいそうなレジー〟ではなくなります。〝あのずるいやつレジー〟ということになる。まったく、たいへんなちがいだ！　奥さんはもう一人の男を手放さないまま、きっとあなたを取り戻しにかかる。それにあなたは負けてはならない。あなたは分別を持って、今まで奥さんがしきりにいっていたことをいい返すんです――〝別れたほうがどれだけましか〟とか〝性格の不一致〟とか。その間、いろいろなことがあなたにはわかってくる――奥さんがいっていたことは本当だったとか、あなたは奥さんのことをまったく理解していなかったとか――また、奥さんのほうもあなたをまったく理解していなかったとか。しかし、今この問題に立ち入る必要はありません。いよいよそのときになったら、こちらから充分な指示を差しあげます」

ウェード氏はそれでもまだ信じられない様子だった。「このあなたの計画、うまくいくと、ほんとに思ってるんですね?」半信半疑で訊いた。

「絶対確実とは申しあげますまい」パーカー・パイン氏は慎重だった。「奥さんがこの男にすっかり首ったけで、あなたがなんといおうと、どんなことをしようと、全然びくともしない可能性もありますが、しかし、わたしはまずそんなことはあるまいと考えています。奥さんがこの恋愛沙汰に駆り立てられたのは、あなたがまことに愚かにも奥さんを包み込んでしまった無批判な献身、絶対貞節などの雰囲気から来る退屈、その退屈のせいなんですよ。まあ、わたしの指示に従っておやりになれば、九十七パーセント程度、あなたに有利な見込みありでしょう」

「それで充分です」ウェード氏がいった。「やってみることにします。ところで……ええと……おいくらで？」

「わたしの手数料は二百ギニー、前金でお願いします」

　ウェード氏は小切手帳を取り出した。


　ロリマー・コートの庭は、午後の陽光のもと美しかった。長椅子に横たわっているアイリス・ウェード夫人が一点の快い色彩になっていた。微妙な色合いのフジ色のドレスと上手な化粧が三十五歳の彼女をずっと若々しくしていた。

友だちで、いつも話の合うマシントン夫人に話しかけていた。両夫人とも、公債や株やゴルフの話しかしないスポーツ型の夫に悩まされていたのである。

「……こうして人は生きること、生かされることを学ぶものなのね」とアイリスが話を結んだ。

「とてもすてきよ、あなた」マシントン夫人がいって、すばやく付け加えた。「ねえ、その女っていったい何者なの？」

　アイリスは仕方なさそうに肩をすくめてみせた。「知るもんですか！　レジーが見つけてきた女よ。レジーのかわいいお友だちなんですって！　おもしろいわよね。主人たら、まず絶対に女の子なんかには目もくれないほうなのよ。その彼がわたしのとこへ来てね、せき払いをしたり口ごもったりしたすえに、このミス・ド・サラを週末に家へ招きたいが、どうだろうって訊くの。もちろん、わたし笑っちゃった……笑わずにいられなかったわよ。だって、あのレジーがよ！　で、彼女が来てるわけ」

「どこでご主人はその人と出会ったんでしょうね？」

「知らないわ、わたし。そのこととなると彼、全然あいまいなの」

「じゃあ、もうかなり前からご主人、その女を知ってたんじゃない」

「あら、わたしはそうは思わないわ」ウェード夫人がいった。「いうまでもないことだけど」と夫人がつづけた。「わたしは喜んでるの……単純に喜んでるの。つまり、今の状態のほうがわたしにとってはうんと好都合なのよ。だって、レジーってあんないい人でしょう、それを考えるとわたし、みじめな気がしてたの。シンクレアにずっといいつづけてたのも、そのことだったの……わたしたちのこと、すごくレジーの心を傷つけるんじゃないかって。でも、シンクレアはいうのよ、そのうちにうまく切り抜けるさって……彼がいってたこと、どうやら当たってたらしいわ。二日前のレジーはとてもがっくりしてる様子だったのに……今はもう、あんな女の子なんか連れてこようってわけでしょう！　さっきもいったように、わたしおもしろいいと思ってるの。レジーが楽しんでるの、わたし見ていたいわ。主人たら、わたしがやきもちでも焼くかと本気に思ってるらしいの。冗談じゃないわ！——わたし、いってやったの、〝どうぞ、そのあなたのお友だちお連れくださいって。かわいそうに、レジーったら……あんな女が主人みたいな男に関心を持つわけがないわ。女のほうはただおもしろがってるだけよ」

「彼女って、すごく魅力的じゃない」マシントン夫人がいった。「恐ろしいくらい魅力的よ、わたしのいう意味わかるでしょう。男のことしか考えてないような女ね。でも、ほんとにすてきな女にはなれない女よ」

「なれっこないわ」ウェード夫人がいった。

「すばらしい服着てるわね」マシントン夫人がいった。

「エキゾチックすぎるんじゃない？」

「でも、すごく高そうね」

「ぜいたくね。豪華に見せすぎてるわ」

「ほら、二人が来るわよ」マシントン夫人がいった。

マドレーヌ・ド・サラとレジー・ウェードが芝生を横切って歩いてきた。二人は笑い合ったり語り合ったり、たいへん楽しそうだった。マドレーヌは軽やかな身のこなしで椅子へ腰かけると、かぶっていたベレー帽を脱ぎ捨てて、美しい黒い巻毛を手でかき上げた。彼女は文句なしの美人だった。

「あたしたち、ほんとにすばらしい午後を楽しんだわね」彼女が大声でいった。「あたし、すごく暑い。ひどい顔になってるでしょう」

レジー・ウェードは自分のせりふをいうきっかけの言葉にはっとした。「あなたの顔……あなたの顔は……」とちょっと笑って、「いや、いいますまい」で終わってしまった。

マドレーヌの目が彼の目とかち合った。彼女は、よくわかっているわという目つきをした。マシントン夫人がそれに目ざとく気づいていた。

「あなたもぜひゴルフをおやりになるといいわ」マドレーヌが女主人にいった。「やらないなんて残念だわ。どうしておはじめにならないの？　あたしのお友だちでゴルフをはじめた人がいるんですけど、とっても上手になって、それでもあなたよりずっと年上の人なんですよ」

「わたし、そういうものには関心がありませんの」アイリスが冷やかにいった。

「スポーツのほうは不得手でいらっしゃるんですか？　おかわいそうに！　いろんなことを忘れさせてくれますよ。でもね、奥様、最近ではコーチの教え方がとてもよくなりましてね、だれでもけっこううまくやれるようになるんですよ。あたしなんかも、去年の夏にテニスがとても上達したんですの。でも、ゴルフのほうはどうもだめですけど」

「そんなことはない！」レジーがいった。「コーチさえしてもらえればいいんです。今日の午後だって、ちゃんとあのブラッシー・ショットができたじゃないですか」

「それは、あなたが打ち方を見せてくださったからだわ。あなたって、ほんとにすばらしい先生なんだから。大抵の人は教えることもできないもんだけど。あなたには生まれつきの才能がおありなんだわ。なんでもおできになるって、ほんとにすばらしいわね」

「いや、とんでもない。ぼくはだめなんだ……なんにもできやしない」レジーは面喰らっていた。

マドレーヌはウェード夫人のほうへ向き直って、「さぞ、ご主人がご自慢でいらっしゃいましょうね」といった。「長年のあいだ、どういうふうにしてご主人を守っていらっしゃるのかしら？　あなた、きっとすごく賢くやってらしたのね。それとも、人の目につかないように隠していらしたの？」

女主人は返事をしなかった。本を取り上げたが、その手は震えていた。

レジーは着替えをするとかなんとかつぶやいて、その場を離れた。

マドレーヌは女主人に向かっていった。「あたしをこちらへお招きくださるなんて、ほんとにお優しくていらっしゃるわ。どうかすると、ご主人の友だちをひどく疑いの目で見る女の人がいるものなんです。やきもちなんて、あたしはばかばかしいことだと思ってるんですけど、そうじゃありません？」

「ほんとにわたしもそう思います。わたし、レジーにやきもち焼くなんて、夢にも思ったことありませんわ」

「まあ、すばらしい奥様！　だって、あなたのご主人は女性にとってものすごく魅力的な男性だってこと、だれにだってわかるお方なんですもの。あたし、あの方が結婚なさってるって聞いたときは、ほんとショックでしたの。魅力的な男の人って、どうしてみんな若いうちに取られてしまうんでしょう？」

「そんなにレジーを魅力的とおっしゃってくださるなんて、うれしいわ」ウェード夫人がいった。

「だって、そうじゃありません？　とてもハンサムで、すごくスポーツがお上手ですもの。それから、女性に無関心を装っていらっしゃるとこなんか。あたしたち女には、たまらないところですわね」

「あなたには、たくさんの男のお友だちがおありなんでしょう」ウェード夫人がいった。

「ええ、いますよ。あたし、女の人より男のほうが好きなんですもの。女の人って、絶対あたしによくしてくれないんです。どうしてだかわかりませんけど」

「きっとそれは、あなたが女の人のご主人方にあんまりよくなさるからじゃないかしら」とマシントン夫人がきんきん声で笑った。

「そうね、ときにはお気の毒に思う方もありますわ。とても優しい男の方で、すごく退屈な奥さんに縛りつけられてる方がたくさんいらっしゃいます。芸術家ぶる女の人や、インテリぶる女の人ですね。男の人が、若くて明るい人を求めるのは自然ですわ。結婚や離婚に対する現代的な考え方は、あたしとても理にかなっていると思います。まだ若いうちに、自分の趣味や考え方の同じ人とやり直しをする。このほうが結局はだれにとってもいいんです。つまり、インテリぶる奥さん方は、自分を喜ばせてくれる自分と同じようなタイプの長髪の男かなんかを選べばよろしいでしょうしね。いいかげんに見切りをつけて、やり直しをするのが賢明な方法だと思いますけど、ウェード夫人、そうお考えになりません？」

「たしかにそうですね」

雰囲気の中の氷のように冷たいものが、マドレーヌの意識にしみ込んでくるようだった。彼女は、お茶のために着替えをするとかなんとかつぶやくと、二人のところから離れた。

「今どきの若い女の子ってほんとにいやね」ウェード夫人がいった。「なに一つ、考えがないんだから」

「一つだけあるわ、アイリス」マシントン夫人がいった。「あの女、レジーに恋してるわよ」

「ばかばかしい！」

「あの女、そうよ。あの女がご主人を見てた目つき、わたしさっき気づいたのよ。あの女ったら、相手が結婚してようとしてまいと、そんなことこれっぽっちも気にしてないわ。ご主人を取るつもりよ。ほんともう、胸が悪くなるわね」

ウェード夫人はちょっと黙りこんでいたが、やがて、何か頼りない笑い方をして、

「どっちみち、そんなことどうでもいいじゃない？」といった。

間もなく、ウェード夫人も二階へ上がっていった。彼女の夫は自分の寝室の化粧部屋で着替えをしていた。歌を歌っていた。

「楽しそうね、あなた？」ウェード夫人がいった。

「ああ、……いや、まあね」

「うれしいわ。あなたには幸せでいてほしいの」

「うん、まあな」

お芝居をするなどというのは、レジー・ウェードの得意とするところではなかったが、偶然にも、自分がお芝居をしていると考えることで引き起こされたひどい戸惑いが、お

芝居になっていた。彼は、妻の視線を避けていたし、何かいわれるととび上がった。照れくさくて、こんな道化芝居がなんともやりきれなかった。それが、何よりいい効果を生んでいた。まるで彼は罪を意識している人間の見本のようだった。

「あなた、あの女と知り合ってからどれくらいになるの？」突然ウェード夫人が訊いた。

「え……だれ？」

「ミス・ド・サラよ、もちろん」

「さあ、よくわからないな。いや、その……だいぶ前からだ」

「ほんとに？　あの女のこと、一度も口にお出しになったことないわね」

「いわなかったかね？　つい忘れていたんだろうな」

「忘れていたですって、へえ！」ウェード夫人はいうと、フジ色の服をぱっとひるがえして出ていった。

お茶のあと、ウェード氏はミス・ド・サラを庭のバラ花壇へ案内した。二人は二組の詮索するような視線を背中に意識しながら芝生を横切っていった。

「いいですか」ウェード氏はバラ花壇の中の人の目の届かないところへ来ると、やっとほっとした。「いいですか、もうこういうのは、やめにしたほうがいいと思いますよ。妻がぼくを見ていたあの目つきは、憎しみの目つきでしたからね」

「心配ご無用」マドレーヌがいった。「大丈夫ですよ」

「そう思いますか？　というのは、ぼくは妻を敵にまわしたくはないんですから。お茶のときにも、妻はずいぶんひどいことをいってましたからね」

「大丈夫ですよ」マドレーヌがもう一度いった。「あなた、とてもうまくやってらっしゃるんですもの」

「そうでしょうか、ほんとに？」

「ええ」彼女は声を落としてつづけた。「奥さんがテラスの角をまわってやって来るところですよ。あたしたちが何をやってるのか、見届けたいのね。あなた、あたしにキスなさるといいわ」

「ああ！」とウェード氏はびくびくしながらいった。「やらなくちゃいけないですか？　その……」

「キスしてちょうだい！」マドレーヌが強くいった。

ウェード氏が彼女にキスした。その演技には情熱が欠けていたのだが、それはマドレーヌが補ってくれた。彼女が両腕を彼に投げかけた。ウェード氏はよろめいた。

「ああ！」と彼がいった。

「そんなにお嫌いなの？」マドレーヌがいった。

「いや、もちろん、そんなことはない」ウェード氏がいんぎんにいった。「その……あんまり突然でびっくりしたもんだから」そして哀愁を帯びた声でつけ加えた。「どうもぼくたち、バラ園に長くいすぎたのではないでしょうか？」

「そのようですね。ここでちょっとだけいい仕事をしましたね」マドレーヌがいった。

二人は芝生のほうへ戻った。マシントン夫人が二人に、ウェード夫人はちょっと横になりに行ったと伝えた。

あとになって、ウェード氏はひどく不安そうな顔をしてマドレーヌのところへやって来た。

「妻がどうもたいへんな様子になっちまって……ヒステリーなんですよ」

「けっこうだわ」

「ぼくがあなたにキスしてるところを見たんですね」

「だって、奥さんに見せるためにやったことですもの」

「それはわかってますがね、ぼくとしては、そうとはいえんでしょう？　なんといったらいいか、ぼくにはわからないんですよ。あれは、ただ……ちょっと、ああなっただけのことだっていいましたが」

「上出来ですわ」

「妻は、あなたがぼくと結婚しようと企んでいるというんです、そしてあなたがいかがわしい人間だ、などともいうんですよ。これにはぼくも頭に来ました……あなたに対して、あんまりひどいいい方ですからね。いや、その、あなたとしては、ただ職務を果たしているだけですのに。ぼくはいってやりました——ぼくはあなたに対して最高の尊敬を抱いているし、妻がいったことはまったく事実ではないと。それから、妻がなおも同じことをいいつづけるので、ぼくはとうとう、ほんとに怒り出してしまったのです」

「すばらしいわ！」

「すると、妻はぼくに向かって、あっちへ行けというんです。もう絶対にぼくとは口もききたくない、荷物をまとめて出ていきます、などというんです」うろたえたような表情をしていた。

マドレーヌはほほえんだ。「それに対する処方を申しましょう。奥さんに、こうおっしゃるんです——ぼくこそ出ていく、荷物をまとめてロンドンへ行ってしまうと」

「でもそんなこと、ぼくはやりたくないですよ！」

「いえ、大丈夫です。何もほんとに出ていかなくていいんです。奥さんは、あなたがロンドンで独りでよろしくやってると思うのは、いやに決まってますからね」

翌朝、レジー・ウェードは真新しい報告を伝えにきた。

「妻がいうんですがね、よく考えてみたけれど、六カ月はここにいると同意したのだから、いま出ていくのは好ましくない。それから妻はこういうのですよ、このぼくが家へ友人を連れてきたんだから、妻も自分の友人を連れてきていけないはずはないと。妻が招きたいというのは、シンクレア・ジョーダンなんです」

「それが例の人なんですね？」

「そうです。だからぼくは絶対、わが家には足を入れさせませんよ！」

「いえ、招かなくてはいけません」マドレーヌがいった。「心配ご無用、その人のことはあたしがうまくやりますから。奥様にはこうおっしゃるといいわ――よく考えてみたが、べつにぼくとしては異存はない、それに、このあたしがこのまま滞在しつづけても異存はないでしょうねって」

「いや、まあ！」ウェード氏はため息をついた。

「そう、がっかりなさらないで」マドレーヌがいった。「何もかもうまくいきますよ。あと二週間……そしたら、あなたの悩みはみんなおしまいになりますよ」

「二週間で？　ほんとにそう思いますか？」ウェード氏が問い詰めた。

「そう思う？　わたしは、確信しています」マドレーヌがいった。

一週間後、マドレーヌ・ド・サラがパーカー・パイン氏のオフィスへ入ってきて、大儀そうに腰をおろした。

「妖婦《ヴァンプ》の女王、登場」パーカー・パイン氏がにっこりしながらいった。

「妖婦ね！」と彼女は気のない笑い方をしながら、「妖婦役として、あたしこんなにきつい仕事ははじめてです。あの男、奥さんに取りつかれてるんだわ！　あれは一種の病気ですよ」といった。

パーカー・パイン氏はにっこりした。「そう、たしかにそうだね。でも、ある一面からすると、われわれの仕事をしやすくしてることになる。いいかね、マドレーヌ君、きみの魅力をこうも気軽にさらけ出せる相手というものは、そうだれでもというわけにはいかないんだからね」

彼女は笑った。「ほんとに好いてるみたいに、あたしにキスするように仕向ける苦労なんて、とてもわかっていただけないわ」

「いや、きみにとっていい経験だよ。ところで、任務のほうは完了かね？」

「はい。万事うまくいってると思います。昨夜はすごい騒ぎでした。ええと、あたしの最後の報告は、三日前のことでしたね？」

「そう」

「では、前にも申しましたけど、あの恥しらずの寄生虫、シンクレア・ジョーダンに一ぺん会っただけで、彼、あたしに完全に首ったけ……とくにあたしの服装を見て、あたしがお金持ちと思ったらしいんですね。もちろん、ウェード夫人はかんかんに怒っちゃいました。こうして、夫人の男たち二人があたしのごきげん取りに夢中。あたしはさっそく、どちらがあたしの好みか、はっきり見せてやったの。夫人と本人の目の前で、シンクレア・ジョーダンのことをからかってやったんです。彼の服や長髪のことなんかを笑ってやったわ。彼ががに股だってことも、わざわざいってやったんです」

「うまいやり口だ」パーカー・パイン氏が評価した。

「それが昨夜、とうとう沸騰点に達してしまったんです。ウェード夫人もはっきり考えをぶちまけました。あたしのことを、家庭の破壊者だって非難するの。レジー・ウェードはシンクレア・ジョーダンのことを持ち出しました。夫人はそうなったのはみじめさとさびしさの果てだというのです。夫人はときどき夫の心離れに気づいてはいたが、その原因が何かということには考え及ばなかったといいます。夫人はまた、夫婦仲はずっとこれまで理想的によくて、彼女は彼を心から愛し、また彼もそのことをよく知っていたし、彼女は彼だけを愛し求めていたというんです。

そんなことをいっても手遅れだ、とあたしはいってやったの。ウェード氏はほんとに指示どおりによくやってました。彼は、そんなことどうでもいい、あたしと結婚するんだといいました！　奥さんにはいつでも好きなときにシンクレアを自分のものにするがいいと。離婚手続きなども、何も六カ月もばかばかしく待つことはない、今すぐはじめるべきだといいました。

数日中に、奥さんに必要な証拠をやるから弁護士に知らせるがいい、あたしなしでは生きていけないんだ、と彼はいいます。すると、ウェード夫人は胸をぐっとつかんで、心臓が弱いんだからブランデーをくれといい出しました。彼はそれでもくじけません。今朝、彼はロンドンへ出かけていきましたが、きっと今ごろは奥さんもそのあとを追っていってるにちがいないわ」

「それでよろしい」パーカー・パイン氏が機嫌よくいった。「たいへんにうまくいった事件だ」

ドアがぱっと開いた。出入口にレジー・ウェードが立っていた。

「彼女、ここにいますか？」と詰問するように訊くと、部屋の中へ踏みこんできた。

「彼女、どこです？」そしてマドレーヌが目につくと、「ああ、ぼくの大事な人！」と大きな声で叫んだ。彼女の両手をつかんだ。「大事な、いとしい人。あなたにもわかってたでしょう、昨夜のは本気だったってこと……ぼくがアイリスに向かっていったことは、すべて本気だったんですよ。ねえ、わかっていたんでしょう？　あまりにも長いこと、なぜぼくは目が見えなかったのかわけがわからないのです。でも、最後の三日間でやっとわかったんですよ」

「何がわかったっていうんです？」マドレーヌは力なくいった。

「ぼくがあなたを熱烈に愛してるってことです。世界じゅうで、ぼくにとって女というのはあなたしかいないということです。アイリスは離婚手続きを取るがいい、そしてそれが終わったら、あなたはぼくと結婚してくれますね？　結婚しますといってください、マドレーヌ、ぼくはあなたを愛してるんだ」

　身がすくんだようになっているマドレーヌを彼が両腕に抱きしめたちょうどそのとき、ドアがまたしても乱暴にぱっと開けられ、今度は乱れたグリーンの服を着たやせた女性が入りこんできた。

「こんなことだろうと思ってたわ！」その新しくやって来た者がいった。「あたし、あなたのあとを追ってきたのよ！　きっとこの女のとこへ行くとわかっていたわ！」

「じつをいうとですね……」とあっけに取られた状態から立ち直ったパーカー・パイン氏が説明をはじめた。

　乱入者は彼のことなど眼中になかった。彼女はしゃべりつづける。「ああレジー、わたしに死ぬほどつらい思いをさせないで！　ただ帰ってきて！　これまでのことは、わたしなんにもいわないから！　わたしもゴルフを習うわ。あなたのお好きでない友だちなんか、決して持ちません。これまでの長い年月、わたしたちとても幸せにしてきたんだから……」

「ぼくはこれまで一度も幸せだったことはないんだ」とウェード氏は、マドレーヌのほうを見つめたままだった。「くそっ、アイリス、おまえはあのアホなジョーダンと結婚したいんじゃないか。さっさと行って、結婚したらどうなんだ？」

ウェード夫人はわっと泣き出した。「わたし、あんな人大嫌い！　見るのもいや」夫人はマドレーヌのほうを向いた。「このいやらしい女！　恐ろしい吸血鬼……主人をわたしから盗んだりして」

「あなたのご主人なんか、あたし欲しくない！」マドレーヌが取り乱していった。

「マドレーヌ！」ウェード氏は身もだえるように彼女を見つめていた。

「あっちへ行っててちょうだい」マドレーヌがいった。

「でも、ねえ、ぼくはふりをしてるんじゃない。本気なんだ」

「ああ、あっちへ行って！」マドレーヌがヒステリックに叫んだ。「あっちへ行って！」

レジーがしぶしぶドアのほうへ行った。「必ずぼくは戻ってくるからな」彼女に向かって警告した。「これが最後じゃないぞ」彼はドアを乱暴にバタンと閉めて出ていった。

「あんたのような女は、むちでひっぱたいて、焼き印を押さなくちゃいけない！」ウェード夫人がわめいた。「あんたが現われるまで、主人はずっとわたしにとって天使だったわ。今はもう人が変わったようになってしまって」すすり泣きながら、彼女は大急ぎで夫のあとを追っていった。

マドレーヌとパーカー・パイン氏は顔を見合わせていた。

「ああするより、しかたがなかったんです」マドレーヌが力なくいった。「あの人、とてもいい人で……かわいい人なんですけど、結婚しようとは思いません。全然、考えてもみなかったことなんです。あの人にキスさせるように仕向けた苦労をわかっていただきたいわ！」

パーカー・パイン氏はせき払いをすると、「いや、面目ないが、わたしの判断に誤りがあったんだ」と悲しそうに首を振りながら、ウェード氏のファイルを引き寄せて、こう書き入れた――

失　敗――自然の原因による。
要注意――原因を予見すべきだった。

The Case of the City Clerk

サラリーマンの事件
The Case of the City Clerk

パーカー・パイン氏は回転椅子に深々と腰かけ、来客をじっくりと観察していた。彼の目に映っているのは、小柄な、がっしりした身体つきの四十五ぐらいの男で、物欲しそうな、困惑したような、おどおどした目つきで、一生懸命に望みをかけてパイン氏を見ているふうだった。

「新聞でこちらの広告を見たものですから」その小男は落ちつかない様子でいった。

「悩みごとですね、ロバーツさん？」

「いえ……はっきり悩みごとというわけでもありません」

「不幸せなことでも？」

「そうともいいきれませんです。たいへんに幸せで感謝しなければならないと思っております」

「それはみなそうです」パーカー・パイン氏がいった。「しかし、幸せであることを思い起こすようなときは、よくないしるしですね」

「わかります」小男が力を込めていった。「それなんです、じつは！　あなたはまさに図星のことをおっしゃった！」

「いかがです、あなたのことをすべてお話しになってみては」パーカー・パイン氏が示唆した。

「それが、あまりお話し申しあげることもないのです。さきほども申しましたとおり、いろいろ感謝しなければならないくらい、わたしはたいへん幸せです。職も持っておりますし、少しばかりですが貯金もしております、子供たちも健康で力強く育っていますす」

「それで……いったい何がご不満なのですか？」

「わたしは、それが、わからないんです」顔を赤らめた。「まことにばかな話と思われるでしょうけれど」

「いや、そんなことはありませんよ」パーカー・パイン氏がいった。

巧みな質問法で彼は信頼を引き出してやった。ロバーツ氏は有名会社に勤めていて、確実に、そして徐々に昇進していることも聞き出した。彼の結婚のことについても、見苦しくない世間体を保ち、子供たちに教育を受けさせ、ちゃんとした身なりをさせ、まよくよく計画を立て細々と節約して毎年何ポンドかを貯蓄する苦労などを聞かされた。実際、生きるための果てしない努力物語を聞かされたようなものだった。

「それで……まあ、これで大体おわかりくださったことでしょう」ロバーツ氏は打ち明けた。「家内が出かけておりましてね。家内の母親のところへ二人の子供たちと一緒に泊まりがけで行っているんです。子供たちにはちょっとした気分転換、家内には骨休めというわけです。わたしまで厄介になる余地はありませんし、といってどこかへ一緒に出かけるほどの余裕もわたしたちにはありません。それで一人になって新聞を見ておりましたところ、こちらの広告が目につきまして、考えこまされました。わたしは四十八歳。ちょっと驚きました……世間にはいろいろなことが起きているんだなと」いかにも郊外居住族らしい、何か物欲しげな目つきで言葉を切った。

「十分間だけでも華々しく生きてみたいとおっしゃるわけですか？」パイン氏がいった。

「いえ、そうしたいというわけではありませんですが。しかし、まあおっしゃるようなことです。決まりきった道筋からちょっと外れてみたいのです。あとで、ありがたかったという気持ちで、元の道へ戻る……ただ、何か考えさせられることがあればそれでいいのです」一生懸命の様子でパイン氏を見ていた。「おそらくそんなものはございませんでしょうね？　それに……その、申しあげにくいんですが、あまり多くはお支払いできませんし」

「どれぐらいならお出しになれます？」

「五ポンドならできると思います」と息をのむようにして待っていた。

「五ポンドね」パーカー・パイン氏は、「そうですな……まあ五ポンドでもなんとかなりましょう。あなたは危険なことはいとわないほうですか？」ときびしい目でつけ加えていった。

ロバーツ氏の血色の悪い顔にちょっぴり血の気がさした。「危険なこと、とおっしゃいましたか？　ああ、いや、全然。わたしは……かつてこれまで、なにか危険なことをしたためしはありません」

パーカー・パイン氏はにっこりした。「明日また来てください、あなたのお役に立つことをお話ししましょう」

〈ボン・ボワイヤージュール〉はあまり知られていない小ホテルである。あまり多くない常連たちがそこのレストランへよく行く。新しい客は喜ばれない。

その〈ボン・ボワイヤージュール〉へパイン氏がやって来ると、丁重なあいさつを受けた。「ボニントン氏は来てるかね？」彼が訊いた。

「はい。いつもの、あの方のテーブルにいらっしゃいます」

「そうか。わたしがそっちへ行く」

ボニントン氏は軍人らしい様子の紳士で、どこか牛のような鈍重な顔つきだった。彼は友人を快く迎えた。

「よう、パーカー。ここんとこ、ちっとも見なかったね。きみがここへ来るとは知らなかったな」

「ときたま来るんだが、とくに古い友だちをつかまえたいときにはね」

「ぼくのことかね？」

「きみのことだ。じつをいうとね、ルーカス、いつかきみと話し合ったことを、ぼくはいろいろ考えていたんだがね」

「ピーターフィールドのことかね？　最近、新聞で見た？　いや、見るわけがないな。今晩までは新聞に出ないことになってるんでね」

「最近のニュースとはどんなのかね？」

「ピーターフィールドは昨夜やつらに殺されたよ」ボニントン氏は静かにサラダを食べ

ながらいった。

「なんだって！」パイン氏が叫んだ。

「いや、べつにぼくは驚かなかったよ」ボニントン氏がいった。「強情な野郎だったからな、ピーターフィールドは。われわれのいうことを聞き入れなかった。どうしてもあの設計図は自分で持ってるといってきかなかった」

「設計図もやつらに取られたのか？」

「いや、教授のところへやって来たある婦人が、ハムの調理法を書いたレシピを置いて行ったらしいんだね。例によって、あのうっかり屋のばかもんは、そのハムのレシピを金庫にしまいこんで、設計図のほうは台所に置きっ放しにしといたんだな」

「そいつは運がよかった」

「天のたすけみたいなもんだな。しかしね、あの設計図をジュネーブへ持っていくのをだれにしたらいいか、いまだにわからんのだ。メイトランドは入院中。カースレークはベルリンに行ってる。ぼくは出かけるわけにいかんしね。となると、若いフーパーということになる」彼は友人のほうを見た。

「やっぱりきみはまだ意見は変わらないのかね？」パーカー・パイン氏がきいた。

「絶対だね。彼は買収されてるよ！　ちゃんとわかってる。証拠の影もつかめないんだがね、だけどパーカー、ぼくには不正をやってるやつはちゃんとわかるんだ！　だから、ぼくはなんとしても、あの設計図をジュネーブへ送りたい。ある発明が某国へは売られない、これが何より大事なんだ。あの設計図は自発的に譲り渡されなくてはならん。このことは、今までかつて試みられたことのない最高の平和的意思表示であって、ぜひともやり遂げなくてはならん。なのにきっと、フーパーはだまし取られてしまう。汽車の中でやつは麻酔で眠らされるだろう！　飛行機で行けば、どこか都合のいいところへ不時着してしまうにきまってる！　すべてがじつにいまいましいが、彼を候補から外すわけにはいかないんだ。規律だよ！　規律がなくちゃならん！　先だってきみに話をしたのは、そういうわけだったんだ」

「だれか適任者を知らないかといっていたね」

「そう。きみの仕事の関係でだれか知ってやしないかと思ってね。血気盛んで冒険したくてうずうずしてるようなやつね。だれにもせよ、ぼくが派遣するとなると、殺されるチャンスがえらく大きいからね。きみのほうの人間なら、おそらく怪しまれずにすむだろう。しかし、そいつは度胸がなくちゃならんがね」

「ぴったりと思われる男を知ってるよ」パイン氏がいった。

「そいつはありがたいね、まだ進んで危険を冒すような男がいるとはね。じゃ、話はまとまったな？」

「ああ、決まりだ」パーカー・パイン氏がいった。

パーカー・パイン氏は指示を要約していた。「さてと、よくのみこめましたか？　一等寝台車でジュネーブへ行くこと。ロンドンを十時四十五分発、フォークストン経由でブローニュへ、そのブローニュで一等寝台車に乗りこむ。翌朝八時にジュネーブに着く。これが、あなたが報告をする所番地。どうぞ暗記してください、破棄しますから。そのあと、このホテルへ行って、その後の指令を待ってください。ここにフランスとスイスの紙幣と硬貨が充分にあります。おわかりになったでしょうな？」

「ええ、わかりました」ロバーツの目が興奮に輝いていた。「失礼ですが、その……わたしが運んでいくものがなんなのか、教えていただくわけにはまいりませんでしょうか？」

パーカー・パイン氏は情のこもった笑みを浮かべた。「あなたが運んでいくのは、ロシアの戴冠用宝石の秘密の隠匿場所を示す暗号文です」もったいぶったいい方だった。「そこで当然、〈過激派組織〉のスパイがあなたを阻止しようと待ちかまえていることがおわかりになると思う。あなた自身のことを話さなくてはならない場合には、ちょっとした金が入ったので、海外旅行を楽しんでいるのだとおっしゃることを忠告しておきます」

ロバーツ氏はコーヒーを一杯飲むと、ジュネーブ湖を見渡した。幸せな気持ちと同時に、当てが外れたような気持ちでもあった。

幸せな気持ちなのは、生まれてはじめて外国へ来られたからだった。その上、もう二度とは泊まれないようなホテルに泊まっているし、金の心配など全然しなくてよかった！　部屋は専用浴室付きだし、食事はうまいし、サービスも行き届いていた。ロバーツ氏はこれらすべてを大いに楽しんでいた。

当てが外れたというのは、これまでのところ冒険といえるようなことが一つも目の前に現われないからだった。変装した過激派組織だとか怪しいロシア人などが行く手をさえぎるようなことも、全然なかった。すごく英語の上手なフランス人セールスマンと汽車の中で愉快な雑談をしたぐらいが、彼の前に現われた唯一の人との接触だった。書類は洗面用具入れの中にいわれたとおりに隠し、指示どおりに運んだ。乗り越えるべき危険もなかったし、危機一髪で助かったというようなこともなかった。ロバーツ氏はがっかりしていた。

ちょうどそのとき、背の高い、ひげのある男がフランス語で「失礼」とつぶやくようにいって、小さいテーブルの向こう側に腰をおろした。「失礼をお許しください」こんどは英語だった。「あなたはわたしの友人をご存じでしょう。P・Pというのがその頭文字です」

ロバーツ氏は気持ちのいいスリルを覚えた。今や、ついに怪しいロシア人が現われたのだ。「そ……そうですね」

「すると、われわれは同志というわけですね」その見知らぬ男がいった。

ロバーツ氏はこの男をよくよく見てみた。いよいよもって本物のようだ。見知らぬ男は齢のころは五十、外国人風だが人品いやしからぬ男だった。片眼鏡をかけ、上着のボタンホールには小さな略章リボンをつけていた。

「あなたはまことにりっぱに任務を果たされましたね」見知らぬ男がいった。「さらにもう一つの任務を引き受けるお気持ちがありましょうか?」

「ええ、もちろん」

「よろしい。明日の晩のジュネーブ－パリ間の列車の寝台券を買うこと。九番の寝台をとること」

「空いていなかったら?」

「空いているはずです。手配してあるはずですから」

「九番寝台ですね」ロバーツ氏がくり返した。「はい、たしかに」

「旅行中にあなたに話しかける者があります、〝失礼ですが、ムッシュ、最近あなたはグラースにいらっしゃいましたね？〟と。それにあなたはこう答えてください。〝ええ、先月〟するとその者はこういいます。〝あなたは香りに興味をお持ちでしょうか？〟それにあなたはこう答えてください。〝ええ、わたしは合成ジャスミン香料の製造業者です〟と。そのあとは万事あなたに話しかけた者の処置に任せておけばよろしい。ところで、あなたは武器を持っていますか？」

「いいえ」気の弱いロバーツ氏は少しどぎまぎしながら答えた。「いいえ、考えたこともありません……それはその……」

「そんな気持ちはすぐ改まります」ひげの男がいった。彼はあたりを見まわした。二人の近くにはだれもいなかった。何か堅くて光る物がロバーツ氏の手の中へ押しつけられた。「小さいが効力のある武器です」見知らぬ男はほほ笑みながらいった。

いまだかつて拳銃など射ったことのないロバーツ氏は、用心しながらそれをポケットへすべりこませた。今にも暴発しそうで、落ちつかない気分だった。

二人はもう一度合言葉をくり返した。すると、ロバーツ氏の新しい友人は立ち上がった。

「幸運を祈ってます」彼がいった。「どうぞ無事に成功なさるように。あなたは勇敢な人だ、ロバーツさん」

「このわたしが？」ロバーツ氏は相手が去ってしまってからそう思った。「絶対にわたしは殺されたくはないんだ。そいつは絶対ごめんだぞ」

快いスリルが背筋を突き抜けていった——あまり快くないスリルも少しばかり混じっていたが。

自分の部屋へ行くと、武器を調べてみた。その仕組みにはやはり自信が持てなくて、これを使うはめにならないことを願った。

列車の座席予約に出かけていった。

列車は九時三十分にジュネーブを出た。ロバーツはちょうどいい時刻に駅へ着いた。寝台車の車掌が切符とパスポートを受け取り、下っ端がロバーツのスーツケースを網棚へ放り上げるあいだ、わきへ寄っていた。網棚にはべつの荷物が載っていた——豚革のかばんとグラドストン型の旅行かばんだった。

「九番は下段の寝台になっております」車掌がいった。

ロバーツが向き直って車室から出ようとしたとき、ちょうど入ってきた大男とぶつかった。二人は詫びながら道をゆずり合った――ロバーツは英語で、その知らない男はフランス語で。男はたくましい身体つきの大男で、頭をきれいに剃っていて、厚い眼鏡をかけ、その眼鏡の奥からうさん臭そうな目がこっちをうかがっていた。

「感じの悪いやつだな」気の弱い彼はひそかに思った。

ロバーツはこの旅の道連れに何かしら不吉なものを感じた。九番寝台を取るようにいわれたのは、この男を見張るためなのだろうか？　どうやらそのように思える。

彼はふたたび廊下へ出た。列車が出るまでにはまだ十分間あるので、プラットホームをぶらぶらしてみようと思った。通路の途中で一人の婦人が通り過ぎるのに、わきへ寄って道をあけた。婦人はいま車内へ入ってきたばかりで、切符を手にした車掌が先導していた。婦人はロバーツのわきを通るとき、ハンドバッグを取り落とした。英国人である彼は拾い上げて婦人に手渡した。

「ありがとう、ムッシュ」婦人は英語でいったが、声には外国なまりがあって、音質は低いたいへん魅力的な豊かさだった。婦人は通り過ぎようとしてちょっとためらって、小さい声でいった――「失礼ですけど、ムッシュ、最近あなたはグラースにいらっしゃいましたね？」

ロバーツの心臓は興奮で躍り上がった。この美しい人の処置に身を任せることになる……なんといっても文句なしに彼女は美しかった。美しいばかりでなく、たいへんに上品で、裕福そうだった。毛皮の旅行用コートを着て、シックな帽子をかぶっていた。首には真珠のネックレスをつけていた。髪は黒く、唇は深紅だった。

ロバーツは指示どおりの答えをした。

「あなたは香りに興味をお持ちでしょうか？」「ええ、先月」

「ええ、わたしは合成ジャスミン香料の製造業者です」

婦人はちょっと頭を下げると、わずかなささやきを残して通り過ぎていった——「列車が出たらすぐに廊下へ」

そのあとの十分間はロバーツにとって一年にも思えた。やっと列車は進行をはじめた。彼はゆっくり廊下を歩いていった。例の毛皮のコートの婦人は窓を開けようと苦労していた。彼が手伝いに駆け寄った。

「ありがとう、ムッシュ。閉め切られてしまう前に、ちょっと風を入れようと思って」それから、柔らかな低い声で、早口にいった。「国境通過後に……通過前じゃありませんよ……あの同室の客が眠ったら、手洗室へ入って、そこを通って反対側の個室へ来てください。わかりました？」

「ええ」彼は窓を閉めると、大きな声でいった。「お気分はよくなりましたか、マダム？」

「どうもありがとう」

彼は自分の個室へ引きあげた。同室の男は上段の寝台で、もうすっかり手足を伸ばしていた。彼の眠り支度はまことに簡単だった。靴とコートをぬいだだけだった。

ロバーツは自分の服装についてよく考えてみた。明らかに、婦人の個室へ入るとなれば、服をぬぐことはできない。

彼はスリッパを見つけて靴の代わりにし、横になると電灯を消した。数分すると、上段の男はいびきをかきはじめた。

十時ちょっと過ぎ、列車は国境に着いた。ドアが乱暴に開けられ、形式的な質問がされた。中告する品をお持ちの方はありませんか？　ドアがまた閉められる。やがて列車はベルガルドを出た。

上段寝台の男は、またいびきをかきはじめた。ロバーツは二十分ほど経つのを待って、そっと起き上がると手洗室のドアを開けた。中へ入ると、うしろのドアに掛金をかけ、向こう側のドアを見た。掛金はかかっていない。彼はちょっとためらった。ノックしたほうがいいだろうか？

ノックするなんてこっけいだ。だが、ノックしないで入りこむのはどうも好ましくない。彼は中間を採ることにして、ドアを静かに一インチほど開けて、待った。小さく、せき払いもした。

すぐに応答があった。さっとドアが引き開けられ、腕をつかまれて、向こうの個室の中へ引っぱり込まれると、例の女がドアを閉めて掛金をかけた。

ロバーツは息をのんだ。こんなにも美しい人を見ようとは夢にも思わなかった。彼女はクリーム色のシフォンとレースでできた、ふわっとした長いドレスを着ていた。廊下側のドアに寄りかかって彼女は息をはずませていた。ロバーツはこれまでに何度か本で、美人が追いつめられて危機に陥る話は読んだことがある。今、それを生まれてはじめて目の前に見ているのだ――わくわくする光景だった。

「ああよかったわ！」女がつぶやいた。

女はとても若いことにロバーツは気がついた、そして彼女の美しさというものはべつの世界から来たもののようにさえ思える。まさにこれはロマンスの世界……そして彼はその中にいるのだ！

女は低い、せき立てるような口調で話した。彼女の英語は正しかったが、そのアクセントはまったくの外国風だった。「来てくださって、ほんとにうれしいわ」彼女がいった。「あたし、すごく恐いんです。ワシリービッチがこの列車に乗ってるんです。これがどういうことか、おわかりになります？」

ロバーツには、それがどういうことなのか全然わからなかったが、うなずいてみせた。

「あたし、彼らをうまくまいたつもりだったんです。もっとうまくやらなくちゃいけなかったんだわ。どうしたらいいかしら？　ワシリービッチはあたしの隣の個室にいるんです。どんなことがあっても、彼に宝石を取られてはなりません。たとえ殺されても、宝石を彼に取られはしません」

「あなたが殺されて宝石を取られるようなことは絶対させませんよ」ロバーツが決然といった。

「じゃあ、宝石はどうしたらいいでしょう？」

ロバーツは、彼女のうしろのドアを見た。「ドアには掛金がかかってるじゃありませんか」

女は笑い出した。「鍵のかかったドアなんか、ワシリービッチにとってはなんでもありませんわ」

ロバーツはいよいよもって、愛読書の小説のただ中にいるような気分になってきた。

「できることは一つしかありません。それをわたしにお渡しなさい」

女は決意しかねているように彼を見ていた。「二十五万ポンドもの値打ちのあるものですよ」

ロバーツは顔を紅潮させた。「大丈夫、わたしを信頼していただきたい」

女はちょっとのあいだためらっていたが、「ええ、あなたを信頼します」といった。彼女は何かすばやい身の動きをした。次の瞬間、丸めたストッキングを彼のほうへ差し出した——薄い絹のストッキングだった。「これを持っててください、あなた」びっくりしているロバーツにいった。

それを受け取ってみて、彼にもすぐわけがわかった。空気のように軽いはずのストッキングが意外にずっしりと重かった。

「あなたの個室へ持っていってください」彼女がいった。「朝になったら、あたしに返していただきます……もし、まだあたしがここにいたらね」

ロバーツはせき払いをして、「いいですか、あなたのことなら……」といいよどんだ。「わ、わたしが見張っていますよ」礼を失しまいと思うあまり、顔が赤くなった。「いや、ここにいるというわけじゃ。わたしは向こうの部屋におります」と手洗室のほうをあごでしゃくってみせた。

「よかったら、ここにいてくださっても……」女は空いている上段寝台へ目を向けた。

ロバーツは髪の根元まで真っ赤になって、「い、いいえ」と断わった。「向こうの部屋でわたしは大丈夫。用があったら呼んでください」

「ありがとう、あなた」女が優しくいった。

彼女は下段寝台へすべりこむと、毛布を首まで引き上げて、彼に向かって感謝するようににっこりした。彼は手洗室へ引き下がった。

突然……二時間ほどたっていたにちがいない……彼は何か物音を聞いたような気がした。耳をそば立てた……なんの音もしない。空耳だったのだろうか。だが、隣の個室からたしかにかすかな物音が聞こえたようだった。もしかして……まさか……

彼はドアをそっと開けてみた。個室の中は彼が出たときと変わりなく、天井に小さな青い明かりがついていた。薄暗さに目が慣れるまで、彼は突っ立ったまま目を凝らしていた。寝台の輪郭が見えてきた。

寝台が空だとわかった。あの女はそこにいなかった！

彼は電灯をみんなつけた。個室は空っぽだった。急に彼は鼻で嗅いでみた。ほんのかすかな臭いだったが彼にはわかった……甘い、胸の悪くなるようなクロロホルムの臭いだった！

彼は個室から（鍵がかかっていないのに気づいていた）廊下へ出て、あちこちを見てみた。だれもいない！　女の個室の隣のドアに目がとまった。ワシリービッチは隣の個室にいると女はいっていた。用心しながらロバーツは把手をまわしてみた。ドアには内側から鍵がかかっていた。

どうしたらいいか？　入室を要求するか？　だが、男は拒絶するだろう……それに第一、あの女はそこにいないかもしれない！　また、もし彼女がいたとしても、事を公にしてしまっては彼女は喜ぶまい？　彼らのやっている仕事には秘密が最重要と思われた。

不安を抱えた気弱な男はゆっくりと廊下を歩いていった。一番奥の個室の前で立ち止まった。ドアが開いていて、車掌が横になって眠っていた。そして、上のほうのフックには、車掌の茶色の制服の上着とひさしつきの帽子がかけてあった。

そのとたんにロバーツは自分の行動を選択していた。次の瞬間、彼は車掌の上着と帽子を身につけると、廊下を急いでもと来たほうへ引き返した。あの女の隣室のドアの前で立ち止まると、勇気を奮い立たせて、断固たる態度でドアをノックした。

呼びかけに応答がないので、もう一度ノックした。

「ムッシュ」自分としては最高の発音でいった。

ドアが少し開けられて顔がのぞいた……黒い口ひげを残して、あとはきれいに剃られた外国人の顔だった。怒った、悪意むき出しの表情だった。

「いったいなんの用だ？」かみつくようにフランス語でいった。

「パスポートをどうぞ、ムッシュ」ロバーツは一歩退がって、出てくるように手招きした。

相手はちょっとためらっていたが、廊下へと出てきた。ロバーツは相手がそうするだろうと見当をつけていた。もし彼が女を部屋に連れこんでいるのだったら、当然、車掌を中へは入れたがるまい。電光のように、ロバーツは動いた。全身の力を込めて外国人を押しのけ……男は不意をつかれ、また列車の動揺にも助けられ……彼は個室内へと突入し、ドアを閉めると鍵をかけた。

寝台の端に女は横たわっていた――口にはさるぐつわをかまされ、両手首を縛り合わされていた。手早く自由にしてやると、女はため息とともに彼に寄りかかった。

「あたし、力が抜けたみたいで、それに気分が悪いわ」女がつぶやくようにいった。

「クロロホルムのようだったわ。あれ、あれはあの男に取られたんですか？」

「いや」ロバーツはポケットをたたいてみせた。「さて、これからどうすればいいですかね」彼が訊いた。

女は起き直った。だんだん正気を取り戻していた。ロバーツの服装に気がついた。

「あなたって頭がいいのね。そんなことを思いつくなんて！　あの男は、宝石がどこにあるかあたしがいわなければ、殺すっていうんです。すごく恐くて……そしたら、あなたが来てくださったの」突然、女は笑い出した。「でもあたしたち、やつを出し抜いちゃったんだわ！　もうなんにもできっこないわね。自分の個室へ戻ることさえできないんですもの。

あたしたち、朝までここにいなきゃなりませんね。たぶん、あの男はディジョンで列車を降りるでしょう、列車は三十分ぐらいしたらディジョンに着きますから。彼はパリへ電報を打つでしょうから、やつらはパリでまたあたしたちの跡をつけはじめるわね。それはそうと、あなた、その上着と帽子は窓から投げ捨てたほうがいいわ。その上着と帽子じゃ問題を起こしかねないわ」

ロバーツはいわれたとおりにした。

「あたしたち、眠ってはいけないわ」女が判断した。「朝までずっと警戒していなくては」

異様で、刺激的な寝ずの番だった。朝の六時、ロバーツは気をつけながらドアを開けて外をのぞいて見た。そこらに人はいなかった。女はすばやく自分の個室へすべりこんだ。ロバーツもそのあとから入っていった。個室の中がかきまわされたことがはっきりしていた。彼は自分の個室へと手洗室を通り抜けて戻った。同室の客はまだいびきをかいていた。

列車はパリに七時に着いた。車掌は自分の上着と帽子がなくなったことを、大声で身ぶりをまじえて話していた。乗客の一人がいなくなっていることには、まだ気づいていなかった。

それから、まことにおもしろい追いかけっこがはじまった。女とロバーツはパリじゅうを次々にタクシーを乗り継いだ。ホテルやレストランの一方のドアから入って、べつのドアから抜け出した。やがて、やっと女はほっとため息をもらした。

「もうあたしたち、たしかに跡をつけられてないわ」といった。「とうとう、まいてやったわ」

二人は朝食をとると、ル・ブールジェ空港へ車を走らせた。三時間後にはクロイドン空港に着いていた。ロバーツはこれまで飛行機に乗ったことがなかった。

クロイドン空港では、ジュネーブでのロバーツ氏の助言者にどこか似ている背の高い老紳士が待っていた。その紳士は特別な丁重さで女を迎えた。

「お車が用意してあります、マダム」彼がいった。

「ポール、こちら様もあたしたちとご一緒よ」女がいった。そしてロバーツに、「ポール・ステパニー伯爵」と紹介した。

車は大型のリムジンだった。車は一時間ばかり走ると、地方のお屋敷の敷地内へ入っていって、豪壮な邸宅の玄関にとまった。ロバーツ氏は書斎としてしつらえられた部屋へ通された。ここで彼は例の貴重なストッキングを手渡した。しばらく、そのまま一人で残された。やがて、ステパニー伯が戻ってきた。

「ロバーツさん」彼がいった。「われわれのお礼と感謝の気持ちをあなた様に捧げます。あなたは勇敢であり、機知に富んだ方であることを自ら証明されました」彼は赤いモロッコ革のケースを取り出した。「月桂冠章つき十等セント・スタニスラフ勲章をあなたに授与させていただきます」

夢心地でロバーツはケースを開き、宝石で飾られた勲章を見た。老紳士はまだ話しつづけていた。

「オルガ皇女殿下には、あなたのお帰り前に殿下自らあなたにお礼を申しあげたいと申されております」

大きな応接室へと彼は案内された。そこには、彼の旅の道連れだった女性が、流れるような長衣をまとって、美しくも立っていた。

彼女が尊大な手ぶりをすると、ほかの者たちは二人を残して出ていった。

「ロバーツさん、あなたのおかげでわたしは命が助かりました」皇女がいった。

彼女が手を差し伸べた。ロバーツがそれにキスをした。急に彼のほうへ身を乗り出すと、彼女は「あなたって勇敢な方」といった。

彼と彼女の唇が合わさった——ほんのりと東洋の香水の豊かな香りが彼のまわりに漂った。しばし彼は、そのすらりとした美しい人を腕の中に抱えたままでいた……

彼がまだ夢心地でいると、だれかが彼にいった。「あなたのお望みのところへ車でお連れいたします」

一時間後、車はオルガ皇女のもとへ戻ってきた。彼女が乗りこむと、あの白髪の男も乗りこんだ。男はうっとうしいのでひげを取りのぞいていた。車はオルガ皇女をストレタムの家で降ろした。その家へ彼女が入っていくと、中年の女がティー・テーブルから顔を上げた。

「ああ、マギーちゃん、お帰りなさい」

ジュネーブ－パリ間の列車内では彼女は皇女様で、パーカー・パインのオフィスではマドレーヌ・ド・サラで、ストレタムの家ではマギー・セイヤーズ、勤勉な家庭の四女であった。

どうもたいへんな落ちぶれようである！

パーカー・パイン氏は友人と昼食をしていた。「おめでとう」と友人のほうがいった。「きみの部下はあの物を滞りなく運んでくれたね。あの銃の設計図がやつらの手を逃れたことを考えるだけでトーマリ団の一味はくやしがって気が変になるだろうね。あの男には、自分が運んでいったものが何か、話してやったかね？」

「いや、そのなんだ――多少の脚色をしといたほうがいいと思ってね」

「なかなか慎重だな」

「慎重なだけじゃないんだ。彼に楽しんでもらいたかったんだよ。ただの銃では、彼にとってはおもしろくなかろうと思ってね。彼にちょっと冒険を味わわせたかったんだ」

「おもしろくないだと？」ボニントン氏はにらみつけるようにしていった。「とんでもない、あの一味が彼を見つけてたら、即座に殺されるところだよ」

「そのとおり」パーカー・パイン氏が穏やかにいった。「しかし、わたしとしては、彼を殺させたくはなかったからね」

「パーカー君、きみの仕事はお金が儲かるのかね？」ボニントン氏が訊いた。

「ときには損をするね」パーカー・パイン氏が答えた。「つまり、損をするだけの値打ちのある事件ではね」

三人の怒った紳士が、パリでお互いをののしっていた。「くそいまいましいフーパーめ！」一人がいった。「やつはおれたちを裏切った」「例の設計図は事務所からだれも持ち出しちゃいなかったんだ」二番目がいった。「なのに、たしかに水曜日には持ち出されていた。だから、つまりはおまえがへまをやったのさ」

「おれはへまなんかやってない」三番目がむっとしていった。「列車には小男のサラリーマン以外、英国人は一人もいなかった。そいつはピーターフィールドも銃のこともまったく聞いたこともないような男だったよ。おれにはわかっている。おれはその男を試してみたんだ。その男にとっちゃ、ピーターフィールドも銃のこともなんのことかさっぱりだったんだから」と笑った。「ちっとばかり〈過激派〉を恐がっていたぐらいのもんさ」

ロバーツ氏はガスストーブの前に座っていた。ひざの上にはパーカー・パイン氏からの手紙がのっていた。手紙には〝ある重大使命を達成されたことを満足に思っている人物から〟の五十ポンドの小切手が同封されていた。

椅子のアームの上には図書館から借り出した本がのっていた。ロバーツ氏はでたらめにその本を開いた。――〝女は追いつめられた美しい獲物のようにドアに寄りかかって、うずくまっていた〟

これならよく知っている話だ。

彼はべつのセンテンスを読んだ。――〝彼は鼻で嗅いでみた。かすかな胸の悪くなるようなクロロホルムの臭いが鼻をついた〟

これも知っている話だ。

〝彼が女を両手でしっかりと抱くと、女の深紅の唇がそれに応えて震えるのを覚えた〟

ロバーツ氏はため息をついた。夢ではなかった。みんな実際にあったことなのだ。行きはひどく退屈な旅だったが、帰りは！　ほんとに楽しかった。だが、やはりまた自分の家にいられるのはうれしい。人生というものは、あのようなペースでいつまでも続けていけるものではないことが、漠然と感じられる。あのオルガ皇女も……あの最後のキスも……すでに夢の非現実さを帯びてきていた。

メリーと子供たちは明日帰ってくる。ロバーツは幸せそうににっこりした。

妻はいうにちがいない――「あたしたち、とてもすてきな休日だったわよ。ここであなたが一人ぼっちでいると思うと、いやな気分になったけどね」そしたら彼はこういう――「いや、いいんだよ、おまえ。ぼくは会社の用でジュネーブまで行かなくちゃならなかったもんでね……ちょっと面倒な商談だったんだが……でも見てごらん、こんなものを送ってよこしたよ」そして五十ポンドの小切手を妻に見せる。

彼は月桂冠章つき十等セント・スタニスラフ勲章のことを思い浮かべた。彼はそれを隠しているのだが、メリーが見つけたらどうしよう！　ちょっと説明がむずかしいな……

ああ、そうだ……外国で手に入れたんだと説明しよう。珍しい美術品として。

彼はふたたび本を開いて、幸せそうに読んでいた。もはや物欲しそうな表情はその顔にはなかった。

彼も、何かがあった輝かしい仲間の一人になったのだ。

The Case of the Rich woman

大金持ちの婦人の事件
The Case of the Rich Woman

アブナー・ライマー夫人の名がパーカー・パイン氏に告げられた。その名を彼は知っていたので、ちょっと驚いたように眉を上げた。

やがてその依頼人が部屋へ案内されてきた。

ライマー夫人は背の高い、骨格のがっしりした女だった。身体つきは不格好で、ビロードのドレスに厚い毛皮のコートを着ていても、その事実は隠せなかった。大きな手の関節は節くれだっていた。顔は大きくて幅広く、厚化粧をしていた。黒い髪を流行の形にセットしているし、帽子にはダチョウの巻毛がたくさん飾りつけられている。

会釈しながら彼女はドスンと椅子へ腰をおろして、「おはよう」といった。言葉のアクセントがガさつだった。「あんたが頭がいいっていうんなら、わたしにお金の使い方を教えてちょうだい！」

「これはなんとも興味深い」パーカー・パイン氏がつぶやいた。「この節、そのようなことを依頼される方はまれですね。金の使い方に困っておられるというわけですな、ライマー夫人？」

「そう、そのとおり」ご婦人はぶっきらぼうにいう。「わたしはね、毛皮のコートも三着、パリ誂《あつら》えの服や何かもどっさり持ってるのよ。車もあるし、パーク・レーンに家もあるの。ヨットも持ってたけど、海はどうもわたしの性に合わなくてね。それから、あんた方を軽蔑の目で見るような高級な使用人たちもどっさりいる。旅行もちょっぴりして、よその国も見物しました。もっと何か買うものかすることを思いつければありがたいってわけ」パイン氏を期待をこめて見た。

「病院がありますよ」彼がいった。

「なに？　寄付しろってわけ？　そんなことはしたくない！　働いて作ったお金なんだもの、はばかりながら、一生懸命働いてできたお金なの。わたしがまるでごみか何かみたいにお金をくれてやると思ったら、大まちがいよ。わたしはお金を使いたいのよ、使って楽しみたいの。それで、その線でもって充分値打ちのある何かいい考えがあったら、謝礼はたっぷり支払ってあげます」

「あなたのお申し入れにひどく興味をそそられました」パイン氏がいった。「田舎の別荘などのお話はありませんでしたね」

「忘れていたのですが、一つ持ってます。あんな退屈なものはないですよ」

「もう少しあなたご自身のことをお話しくださいませんか。あなたがお困りの問題は、解決がなかなか容易じゃありません」

「喜んで話すわ。わたしは出身を恥ずかしいなんて思っていないの。農家でせっせと働いていたのですよ、娘のころはね。きつい仕事でしたよ。それから、アブナーとつき合うようになって……彼は近くの製粉所の職人でしたよ。八年間もわたしに求婚してから結婚したんです」

「それで、お幸せだったんですね？」パイン氏がたずねた。

「ええ幸せでした。アブナーはわたしにはいい人でした。でも、暮らしはつらかったですよ……彼は二度も失業しちゃうし、子供は生まれるしでね。四人も子供ができて、三人は男の子、一人が女の子でした。一人も大きくなるまで育たなかったんです。もし子供たちが育っていたら、暮らしはちがっていたでしょう」表情が和らぎ、急に若々しくさえなった。

「胸が弱くてね……アブナーは。戦争にはとられなかったんです。故郷《くに》ではよく働きましたよ。親方になりました。あの人は頭のいい人でね、アブナーは。ある加工法を考案しました。工場では彼を正当に評価してくれて、そのアイデアに相当なお金を出してくれましたよ。そのお金を、あの人はまたべつのアイデアに使いました。それが着実にお金を稼ぎ出してくれました。こんどはもう工場長になって、自分で自分の職人が雇える身分になったんです。破産した会社を二つ買い取って、儲かるようにしたもんです。それから先は楽なもんでした。どんどんお金が入ってくるんですからね。今もずっと入ってきてますよ。

ほんと、はじめはとっても楽しかったんです。家を持って、極上のバスルームはあるし、自分のための使用人たちもいるし。料理を作ることも、掃いたり拭いたりの掃除も、洗濯もしなくていいんですからね。客間の絹のクッションにもたれかかって、お茶持っておいでとベルを鳴らせばいいんですから……どこかの伯爵夫人さんみたいにですよ！　最高に楽しくて、わたしたちその楽しさを味わいました。それからロンドンへ出てきたんです。わたしはとびきり一流の洋装店へ服を作ってもらいに行きました。わたしたちはパリへも、それからリヴィエラにも行きました。それはもう楽しさ最高でした」

「それからどうしました？」パーカー・パイン氏がいった。

「どうやらわたしたち、そんなことに慣れっこになっちまったんですね」ライマー夫人がいった。「しばらくしますとね、あんまり楽しくもなくなりましてね。だって、食事さえ気に入らない日があるんですものね……どんな料理だって選り好みなしだったわたしたちなのにね！　お風呂だって……しまいにはだれにだって一日一回でたくさんですものね。それに、アブナーの身体の具合がだんだんあの人を苦しめはじめました。お金はたっぷりお医者さんに払いましたよ、ほんと、だけどお医者たちにはどうすることもできないんですね。あれやこれや、いろいろ試していました。でも、みんなだめ。あの人は死にました」彼女は言葉をとぎらせた。「まだ若くてね、四十三でしたよ」

パイン氏は同情するようにうなずいていた。

「それが五年前のことです。お金は今でもざくざく入ってきてます。まったくもったいない話ですよ、お金で何もできないなんてね。でも、今もいったとおり、わたしがまだ持ってないもので、買えるようなものが思いつかないんです」

「いい換えればですね」パイン氏がいった。「あなたは生活がおもしろくない。なんの楽しみもない」

「もう、うんざりなんですよ」ライマー夫人が不機嫌そうにいった。「わたしには友だちってものがいないんです。新しい人たちときたら、ただもう寄付をねだるばかりで、陰じゃわたしのことをせせら笑ってる。古い人たちは、わたしとは全然つき合いたがらない。わたしが車に乗って現われると避けるんですから。なんとかしていただけますかね、それとも何かいい考えを教えていただけませんか？」

「なんとかして差しあげられるでしょう」パイン氏がゆっくりといった。「むずかしいですがね、しかし成功のチャンスはあると思いますよ。あなたの失ってしまったもの……あなたの人生に対する関心……それを取り戻してあげることができると思います」

「どうやって？」ライマー夫人はぶっきらぼうに詰問した。

パーカー・パイン氏が答えた。「それは、わたしの職業上の秘密でしてね。前もってわたしの方法を明らかにすることはいたしません。問題はですね、運を天に任せておやりになってみるかどうかですが？　成功の保障はできかねますが、しかし可能性は充分にあると考えております」

「それで、費用はどれくらいになります？」

「異例の方法をとらなければなりませんので、高額になります。請求料金は一千ポンド、前払いです」

「ずいぶん法外な値段だけど、けっこうよ」ライマー夫人が相手を評価するようにいった。「ええ、やってみましょう。わたし、最高値を払うのには慣れてますからね。ただ、お金を払ったからには、それを手に入れるまでは充分に気をつけます」

「必ずあなたのお望みをかなえて差しあげます」パーカー・パイン氏がいった。「どうぞ、ご安心を」

「では、今夜にも小切手を送ります」立ち上がりながらライマー夫人がいった。「どうしてあなたを信用する気になったのか、自分でもよくわからないわ。ばか者とばか者の金は離れやすいっていいますからね。わたしはきっとばか者よ。あなたって図太いんですね、新聞という新聞に、人さまを幸せにしてあげられるなんて広告を出してるんですもの！」

「あの広告はなかなか金がかかるんですよ」パイン氏がいった。「もしわたしの言葉どおりにいかなかったら、お金はむだになってしまいますからね。わたしは、何が不幸せのもとになるかを知ってるんです、したがって、その反対の状態をどうしたらつくり出せるか、はっきりした考えを持っているんですよ」

ライマー夫人は疑わしそうに首を振りながら出ていった……そのあとには、高価ないろいろの香水の入り混じった臭いがむんむん残った。

ハンサムなクロード・ラトレルがオフィスにぶらりと入ってきた。「何かぼくの得意分野の仕事ですか？」

パイン氏は首を横に振った。「いや、そう簡単な仕事じゃないんだよ」といった。

「というより、なかなかむずかしいケースなんだ。二、三、危険を冒さなくちゃならんことになりそうだ。異例の方法を試みなければなるまい」

「オリヴァ夫人ですか？」

パイン氏は世界的に有名な小説家の名が出たので、ちょっとにやりとした。「オリヴァ夫人は、われわれのなかでは一番月並みな人だからね。わたしが考えているのは、思いきり大胆な非常手段なんだ。ところで、アントロバス博士に電話してくれないかね」

「アントロバスですか？」

「そう。彼の尽力が必要なんだ」


一週間後、ふたたびライマー夫人がパーカー・パイン氏のオフィスへ入ってきた。パイン氏は立ち上がって夫人を迎えた。

「これだけの遅れがどうしても必要だったんです」彼がいった。「いろいろなことを準備しなければなりませんでしたし、それにある並々ならぬ人物の尽力を確保するため、ヨーロッパを半ば横断して来てもらわなくてはならなかったものですから」

「ほう！」夫人は疑わしい様子でいった。一千ポンドの小切手を振り出して、その小切手がもう現金化されていることが絶えず彼女の頭にあった。

パーカー・パイン氏はブザーにさわった。髪の黒い、看護婦の白衣を着た東洋人らしい若い女が、それに応えて入ってきた。

「ド・サラ看護婦、用意はすべていいね？」

「はい。コンスタンチン博士は待っていらっしゃいます」

「いったい何をしようっていうんです？」ライマー夫人がちょっと不安そうにたずねた。

「奥様に、ちょっとした東洋のマジックをご披露します」パーカー・パイン氏がいった。

ライマー夫人は看護婦のあとについて、一つ上の階へ上がっていった。そこで、この家のどの部屋とも雰囲気のちがう部屋へ案内された。東洋風の装飾で壁が覆われていた。柔らかなクッションの置かれた寝椅子があり、床には美しい敷物が敷いてあった。コーヒー・ポットの上に身をかがめている男がいた。二人が入っていくと、男は身体を伸ばした。

「コンスタンチン博士です」看護婦がいった。

博士は西洋の服を着ていたが、顔は浅黒く、目も黒くつり上がっていて、その目つきには何か人を見抜くような力があるようだった。

「それで、これがわしの患者だね」低い、力強い声だった。

「わたしは患者じゃありませんよ」ライマー夫人がいった。

「あなたの身体は病気ではない」博士がいった。「しかし、あなたの魂が疲れている。わたしたち東洋の者はその病を治す方法を知っている。腰をおろして、コーヒーを一杯飲みなさい」

ライマー夫人は腰かけると、小さいカップに入った香りよく淹れられた飲み物を受け取った。夫人がそれを飲んでいるあいだに、博士は話しはじめた。

「こちら西洋では、医師は身体だけしか治療しない。まちがいです。身体は楽器に過ぎない。楽曲がその身体で演奏されます。その曲は悲しい、退屈な曲かもしれない。それは陽気な、喜びに満ちた曲であるかもしれない。この後者をわたしたちはあなたに与えます。あなたはお金を持っている。そのお金を使って、楽しむがよろしい。人生はふたたび生きるに値するものとなるでしょう。それはやさしいことです……やさしい……とてもやさしい……」

ライマー夫人は次第に気だるい感じに襲われた。博士や看護婦の姿がぼんやりしてきた。天にも昇るような幸せな気分とともに、とても眠たくなってきた。博士の姿がぐっと大きくなってくる。世の中全体が大きくなってくる。

博士は夫人の目をのぞきこんでいた。「眠るがいい」そういいつづけている。「眠るがいい。まぶたがだんだんふさがってくる。間もなくあなたは眠る。あなたは眠る……

……」

ライマー夫人のまぶたが閉じた。不思議な、とても大きな世界とともに夫人は宙に浮いていた……

夫人が目を開けると、なんだか長い時間がたったように思われた。いくつかのことがぼんやり思い出された……奇妙な、わけのわからない夢……それから目が覚めるような感じ……さらにまた夢。何か自動車のこと、それから髪の黒い、看護婦の制服を着た美しい若い女が彼女の上にかがみこむようにしていたのを覚えている。

とにかく、夫人は今完全に目が覚め、自分のベッドにいた。

それはそうと、これは夫人自身のベッドなのだろうか？　どうもちがうような感じだ。自分のベッドにしては気持ちのよい柔らかさがない。それは、ほとんど忘れかけていた昔をなんとなく思い起こさせる感じだった。身動きしたら、ベッドがきしんだ。ライマー夫人のパーク・レーンの自宅のベッドは決してきしんだりはしない。

夫人はあたりを見まわしてみた。明らかに、ここはパーク・レーンの自宅ではない。病院なのだろうか？　いや、病院でないことははっきりわかる。また、ホテルでもない。飾り気のないがらんとした部屋で、壁はすすけた薄紫色。マツ材の洗面台があって、水差しと洗面器が載っている。マツ材のタンスとブリキのトランクがある。見慣れない服がフックにぶらさがっている。継ぎはぎだらけの掛けぶとんのかけてあるベッドがあって、その中に彼女自身が寝ているのだ。

「ここはいったいどこ?」ライマー夫人がいった。

ドアが開いて小肥りの小柄な女がバタバタと入ってきた。赤いほおをしていて、気さくな感じだった。そでをまくり上げ、エプロンをかけていた。

「おや!」その女が大声を出した。「この人、目を覚ましてるよ。先生、こっちに来てください」

ライマー夫人はいろいろいおうと口を開けたが、言葉にならなかった——小肥りの女のあとから部屋へ入ってきた男は、あの色の浅黒い優雅なコンスタンチン博士とは似ても似つかない男だったからだ。腰の曲がった老人で、分厚い眼鏡越しに人をのぞくように見ていた。

「だいぶよくなったな」といってベッドへ近寄ってきて、ライマー夫人の手首を取った。

「ああ、もうすぐよくなるよ」

「いったい、わたし、どうしてしまったの?」ライマー夫人が強い調子でたずねた。

「まあ、一種の発作を起こしたんだな」医者がいった。「一日、二日、意識不明になっとったよ。でも心配はいらん」
「おまえさんには、ほんとびっくりさせられちゃったよ、ハンナ」小肥りの女がいった。
「それにひどくうわごとをいったりしてね、何やらわけのわかんねえことをいっとった
よ」
「ああ、わかったわかった、ガードナーのおかみさん」医者は彼女をなだめるようにい
った。「とにかく患者を興奮させてはいかん。なに、すぐにまた元気になって、起きら
れるからね、あんた」
「仕事のことなんか心配せんでもええからね、ハンナ」ガードナーのおかみさんがいっ
た。「ロバーツの奥さんが手伝いに来てくれてるんでね、ちゃんとうまくいってるよ。
まあおとなしく寝てれば、すぐよくなる」
「わたしのこと、どうしてハンナなんて呼ぶの？」ライマー夫人がいった。
「だって、おまえさんの名前だもん」ガードナーのおかみさんが困ったようにいった。
「いえ、そうじゃない。わたしの名はアミーリアよ。アミーリア・ライマー。アブナー
・ライマー夫人よ」
　医者とガードナーのおかみさんは目配せし合った。
「まあまあ、おとなしく寝てればいいんだよ」ガードナーのおかみさんがいった。

「そうだ、そうだ。心配いらないよ」医者がいった。

二人は出ていってしまった。ライマー夫人はわけがわからないまま寝ていた。なぜあの二人は自分のことをハンナなどと呼ぶのだろう、また、自分の名前をいったときに、面白がって、とても信じられないといわんばかりの目配せをしたのはなぜなのか？　いったいわたしはどこにいるのか、何があったのだろうか？

夫人はそっとベッドから抜け出した。ちょっと足もとがふらついたが、屋根から突き出ている明かりとりの窓のところへそっと歩いていって、外を見てみた……そこは農家の庭だった！　何がなんだかまったくわけがわからなくなった夫人は、ベッドへ戻った。見たこともない農家で、いったいわたしは何をやっているのだろうか？

ガードナーのおかみさんが盆にスープのボウルを載せて、また部屋へ入ってきた。

ライマー夫人がいろいろと質問をはじめた。「いったいわたしはこの家で何をやってるの？」強い調子できいた。「だれがここへわたしを連れてきたの？」

「だれが連れてきたんでもないよ、おまえさん。ここはあんたのうち。とにかく、この五年間ってものここで暮らしてるじゃないか……でも、おまえさんが発作を起こしそうな人だとは、これまで思ってもみなかったね」

「ここで暮らしてた！　五年も？」

「そのとおりだよ。ハンナ、あんた、覚えてないっていうのかい？」

「わたし、ここで暮らしてたことなんかない！　あんたなんか、これまで見たこともない」

「いいかね、おまえさんはこんどの病気になって、忘れちまったんだよ」

「わたし、ここで暮らしたことなんかない」

「だけど、そうなんだよ、あんた」ガードナーのおかみさんは突然つかつかとタンスのところへ行くと、額縁に入った、色のあせた写真をライマー夫人のところへ持ってきた。

写真には四人の人物が写っていた——あごひげを生やした男、小肥りの女（ガードナーのおかみさんだ）、楽しそうに内気な笑みを浮かべている背の高いやせた男、そしてプリントの服にエプロン姿の人——彼女だ！

呆然としてライマー夫人は写真を見ていた。ガードナーのおかみさんは夫人のわきへスープを置くと、そっと部屋から出ていった。

ライマー夫人は無意識にスープをすすっていた。こくがあって温かく、おいしいスープだった。ずっと頭が混乱していた。いったいだれの頭がおかしいのか？　ガードナーのおかみさんかそれとも彼女自身か？　どちらかがそうにちがいない！　でも、あの医者もいるではないか。

「わたしはアミーリア・ライマーよ」彼女はきっぱりといった。「わたしがアミーリア・ライマーってことはわたしがちゃんと知ってるし、だれにもほかの名で呼ばれることなんかない」

夫人はスープを飲み終えた。ボウルを盆へ戻しておいた。新聞が折りたたんでおいてあるのが目について、手に取って日付を見ると、十月十九日だった。パーカー・パイン氏のオフィスへ行ったのは何日だったかしら？　十五日か十六日だった。すると、三日間も患っていたことになる。

「あの悪党医者め！」ライマー夫人はぷんぷん怒っていった。

ともあれ、夫人はちょっぴり安心した。あるところで、同時に自分たちがだれなのか何年ものあいだ忘れてしまっている人たちがいたことを話に聞いたことがある。そんなことが自分にも起きたのではないかと心配していたのだ。

夫人は新聞のページをめくって、なんとなく記事を拾い読みしていたが、ふとある記事に目を引かれた。

アブナー・ライマー夫人（〝ボタン・シャンク王〟アブナー・ライマーの未亡人）は昨日、精神病患者としてある個人宅へ移された。夫人は二日間にわたり、自分は自分ではない、ハンナ・ムアハウスという名のお手伝いだといい張ってやまなかった。

「ハンナ・ムアハウスね！　そういうこと」ライマー夫人がいった。「彼女がわたしで、わたしが彼女。一人二役みたいなものね。よし、今にちゃんとしてやるわ！　あの口先のうまい偽善者のパーカー・パインとやらが、冗談か何かを企てているんだったら……」

だがそのとき、印刷されたページから〈コンスタンチン〉という名が彼女をじっと見つめているのが目についた。こんどのは大見出しだった。

コンスタンチン博士の主張

クローディアス・コンスタンチン博士は、昨夜、日本へ出発する前夜に開かれたお別れ講演会において、驚くべき学説を発表した。博士の言明によれば、一つの肉体から他の肉体へ霊魂を転移させることによって、霊魂の存在を証明しうるという。東洋においての博士の実験中、二重転移を首尾よく達成したと主張している――催眠術をかけられた肉体Aの霊魂を、催眠術をかけられた肉体Bへ、Bの霊魂をAの肉体へ転移させたという。催眠から回復すると、Aは自分がBとなり、Bは自分のことをAと思っていた、と言明した。

実験を成功させるには、肉体的に極めて相似している二人の人物をみつけることが必要だという。互いに似ている二人の人物は共鳴体であることは疑いもない事実である。このことは双生児の場合にきわめて顕著であるが、社会的地位のかけ離れた二人の未知の人物でも、容姿に著しい類似があれば、構造上の同調が見られることがわかった。

ライマー夫人は新聞を放り出した。「悪党！　極悪の悪党め！」

今や彼女には何もかもわかってきた！　彼女の金を奪い取るための卑怯な企みなのだ。このハンナ・ムアハウスなるものは、おそらく何も知らずにパイン氏の手先にされているのだろう。パイン氏とあの悪魔のコンスタンチンとが、この異様な手段を考え出したのにちがいない。

なら、やつの正体をあばいてやる！　やつの企みを暴露してやる！　やつを訴えてやる！　だれにでもしゃべってやる……

不意に、ライマー夫人は憤激のさなかに正気を取りもどした。あの最初の記事を思い出したのだ。ハンナ・ムアハウスは決していいなりになる手先ではなかったのだ。彼女はさからい、自己を主張したのだ。そしてどんなことになったか？

「かわいそうに、精神病院にたたきこまれちゃったんだわ」ライマー夫人がいった。背筋を冷たいものが走った。

精神病院。一度入れられたら、決して出してもらえない。自分は正気だといえばいうほど、よけいに信じてはくれない。一度入ったら、ずっとそこにいなければならないのだ。いやだわ、ライマー夫人はそんな危険は冒したくないと思った。

ドアが開いて、ガードナーのおかみさんが入ってきた。

「ああ、あんたスープを飲んでくれたね。よかった。もうすぐよくなるよ」

「わたしの具合が悪くなったの、いつなんですか？」ライマー夫人が迫るように訊いた。

「ええと、あれは三日前のことだったね……水曜日よ。十五日の日。具合が悪くなったのは四時ごろだったよ」

「ああ！」その叫びは意味ありげだった。ライマー夫人がコンスタンチン博士の前へ出たのがちょうど四時ごろだったからだ。

「おまえさんはね、崩れるように椅子へ倒れこんだんだよ」ガードナーのおかみさんがいった。

「〝ああ〟っておまえさんがいうんだ。〝ああ〟って、ちょうどこんなふうにね。それから、〝わたし、眠っちゃう〟と夢うつつみたいな声でいうのよ。〝わたし、眠っちゃう〟そしてほんとにおまえさんは眠っちまったからね。ベッドへ寝かせてやって、お医者さんを呼んだのよ。それからずっと、おまえさんはここにいるってわけ」

「あのね」ライマー夫人はいい出してみた。「わたしがだれなのか……わたしの顔のほかには見分ける方法がないんじゃない？」

「おや、それはまた変なことをいい出すもんだね」ガードナーのおかみさんがいった。

「顔よりも人をよく見分けられる方法があったら、教えてもらいたいもんだね。でもね、おまえさんには生まれつきのあざがあるんだからね、それで納得がいくかもね」

「あざ？」ライマー夫人は希望が持ててきた。夫人にはそんなものはないのだ。

「ちょうど右ひじの下のところに、イチゴ形の赤あざがあるじゃないか」ガードナーのおかみさんがいった。「あんた、自分で見てみるといいよ」

「これではっきりするわ」ライマー夫人は内心思った。右ひじの下にイチゴ形の赤あざなどないことは自分で知っている。寝間着のそでをまくり上げてみた。イチゴ形の赤あざがちゃんとあった。

ライマー夫人は声をあげて泣き出した。

四日後に、ライマー夫人は起きだした。夫人は行動のプランをいくつか考え出しては、みな却下していた。

新聞の記事をガードナーのおかみさんや医者に見せて、説明しようかと考えた。信じてくれるかしら？　とても信じてはくれまい、とライマー夫人は思った。

警察へ行こうかとも考えた。警察は彼女のことを信じてくれるだろうか？　やはりここでも信じてはもらえまいと思う。

パイン氏のオフィスへ行ってみようか。この考えはたしかに最も気に入った。まず第一に、あの口先だけの悪党に思いのたけをいってやりたい。この計画を実施するとなると、重大な障害にぶつかってしまった。現在、彼女はコーンウォールにいる（と聞いていた）のだが、ロンドンへ行く金すらまったく持っていない。くたびれた財布の中の二シリングと四ペンスが、彼女の財政状態を表わしていた。

そんなわけで、四日後に、ライマー夫人は賭けをするような気持ちで決心した。今のところは現状をこのまま受け入れておこう！　彼女はハンナ・ムアハウスなのだ。よし、ハンナ・ムアハウスになってやる。今のところはこの役柄を引き受けておいて、後日、金が充分にたまったら、ロンドンへ出て、あのインチキ野郎をその根城でとっちめてやる。

こう決心がつくと、ライマー夫人は完璧に穏やかな気分で自分の役柄を受け入れ、一種の冷笑的な悦びさえ感じていた。歴史は繰り返すというのは本当のことだった。ここでの生活は彼女に自分の娘時代を思い起こさせた。あれはずっと昔のことのように思える！


何年もの安楽な生活のあとでは、仕事はかなりきつかったが、最初の一週間を過ぎるころには、彼女はいつの間にか農家の暮らしの中に溶けこんでいた。

ガードナーのおかみさんは優しくて親切な人だった。おかみさんの夫も、大柄なむっつりした男だったが、親切だった。写真にあった、やせてひょろひょろの男はもういなくて、その代わりに四十五歳の気さくな大男の農業労働者が来ていて、しゃべるのと考えるのはのろいが、その青い目には内気そうなきらめきがあった。

数週間が過ぎていった。ライマー夫人はロンドンまでの汽車賃を払えるだけの金がやっとできた。だが夫人は行かなかった。行くのを先へ延ばした。時間はたっぷりあると彼女は思った。どうも精神病院のことが気になった。あの悪党、パーカー・パインは、なかなか頭がいいのだ。彼女のことを気が狂っていると医者にいわせて、だれにもまったくわからないように、彼女を人目につかないところへたたきこんでしまうだろう。「それに、ちょっと気分転換をやるのは身体にもいいから」ライマー夫人はひとりで思っていた。

朝も早く起きて、よく働いた。新しい労働者のジョー・ウェルシュがその冬、病気になり、彼女とガードナーのおかみさんとで看病してやった。この大男は哀れなくらい二人を頼りにした。

春が来た……羊が子を産む季節だ。生垣には野生の花、空気にはそこはかとない優しさが感じられた。ジョー・ウェルシュはハンナの仕事を手伝ってくれた。ハンナはジョーのつくろいものをしてやった。

ときには、日曜日などに、二人は一緒に散歩に行った。ジョーは男やもめだった。妻は四年前に亡くなっていた。妻が死んでからは、酔っ払っていることが多かった、と正直に告白した。

このごろでは居酒屋の〈クラウン〉にも彼はあまり行かなくなっていた。新しい服なども買っていた。ガードナー夫妻は笑っていた。

ハンナはジョーのことをからかった。彼の不器用なところを冷やかした。ジョーは気にしなかった。はにかんでいたが、幸せそうだった。

春から夏へ……その年の夏はよかった。みんなが一生懸命に働いた。刈り入れも終わった。木々の葉が赤に金に色づいた。

ある日、ハンナがキャベツを切りながら顔を上げると、垣根に寄りかかってのぞいているパーカー・パイン氏を見つけた……十月八日のことだった。

「あんた！」ハンナこと、ライマー夫人がいった。「あんたね……」いいたいだけ思いきり何もかもぶちまけてしまうと、彼女は息を切らしていた。

パーカー・パイン氏は穏やかな笑みを浮かべて、「いや、まったくあなたのおっしゃるとおりですよ」といった。

「インチキの嘘つき、それがあんたのことよ！」ライマー夫人は繰り返していった。「あんたと、あのコンスタンチンとぐるになって、催眠術を使って、あのかわいそうなハンナ・ムアハウスさんを精神病院なんかに閉じこめてしまって……」

「いいえ」パーカー・パイン氏がいった。「それは見当ちがいですよ。ハンナ・ムアハウスは精神病院などに入ってはおりません、なぜなら、ハンナ・ムアハウスという人など、もともといなかったんですよ」

「ほんと？」ライマー夫人がいった。「それじゃ、わたしがこの目で見た彼女のあの写真は、いったいなんなの？」

「作り物ですよ」パイン氏がいった。「簡単に作れるんです」

「じゃあ、新聞に出ていた彼女の記事は？」

「新聞自体が作り物で、つまり、信じてもらえるように、真に迫った方法であの二つの記事を入れたわけです。うまくいきましたね」

「あのごろつきのコンスタンチン博士は！」

「偽名ですよ……わたしの友人で、演技の才のある者が、そのふりをしたのです」

ライマー夫人はフンと鼻を鳴らした。「ほう！　すると、わたしが催眠術をかけられたのも、嘘ってわけ？」

「じつのところ、催眠術などかけていません。あなたはインド大麻を調合したコーヒーを飲まれたんです。そのあと、べつの薬剤を投与して、車でここへ運び、意識の回復を待ったわけです」

「すると、ガードナーのおかみさんも、ずっとはじめから仲間だったわけね？」ライマー夫人がいった。

パーカー・パイン氏がうなずいてみせた。

「きっとあんたが、買収したのね！　それとも、嘘で固めてまるめこんだのね！」

「ガードナーのおかみさんはわたしを信頼しています」パイン氏がいった。「かつて、わたしはあの人の一人息子が懲役になるところを救けてやったことがあるんです」

この点に関しては、彼の態度のどこかに、ライマー夫人にこれ以上の追及をやめさせるものがあった。「あざのことはいったいどうなの?」夫人がきびしく問いかけた。

パイン氏はほほえんだ。「もう消えかかっておりますよ。あと六カ月もすれば、きれいになくなります」

「じゃ、こんなばかばかしいことのすべてはいったいなんなの? わたしをだまして、無理にここで手伝いなんかさせて……銀行にはたくさんお金を持ってるわたしを。でも、もうたずねる必要もないわね。わたしのお金、あんたが横領してしまってるんでしょう、ごりっぱなお方ですからね。これが、こんどのことのすべてでね」

「あなたが麻酔の影響下にあるあいだ、わたしがあなたの代理を務めていたこと、そしてあなたが……その……お留守にされているあいだ、わたしがあなたの財政の管理をしていたことは事実ですが、はっきり申しあげておきますが、奥さん、最初の一千ポンド以外、あなたの金の一文たりとも、わたしがポケットへ納めたことはありません。実際には、よく考慮した投資によって、あなたの財政状態は改善されているというのが実状です」晴れやかな笑みを見せた。

「それじゃ、なぜ……？」とライマー夫人がいいかけた。

「ライマー夫人、わたしはあなたに一つお訊きしたいことがある」パイン氏がいった。「あなたは正直なお方だ。きっと正直にお答えくださることと思う。わたしがお訊きしたいのは、今あなたが幸せかどうかということです」

「幸せですって！　たいへんなご質問ね！　ひとのお金を盗んでおいて、その本人に向かって、幸せですかなんてね。あんたのその図々しいとこは気に入りましたよ！」

「まだ怒っておられますな」彼がいった。「いや、まことにごもっともです。しかし、ちょっとしばらくのあいだ、わたしのその悪行のことはわきへ置いてくださいませんか。ライマー夫人、一年前の今日、あなたがわたしのオフィスへ来られたときには、あなたは不幸せなお方であった。今、あなたは不幸せでしょうか、お聞かせ願いたい。もしそうなら、わたしはおわびを申しますし、またわたしに対して、どんな処置をお取りになろうとご自由です。また、わたしにお支払いになった一千ポンドもお返しいたしましょう。さあ、ライマー夫人、今もあなたは不幸せなお方でしょうか？」

ライマー夫人はパーカー・パイン氏を見たが、やがて口をきいたときには目を伏せていた。

「いいえ、わたしは不幸じゃありません」驚きの調子が声に入りこんでいた。「あなたが幸せにしてくださったんですね。わたしは認めます。アブナーが亡くなってからこっち、今みたいにわたしは幸せを感じたことがありません。わたし……わたし、ここで働いてる人……ジョー・ウェルシュと結婚するつもりです。わたしたちの結婚の予告に対して異議申し立てをする期限がこんどの日曜日で切れます……ということは、こんどの日曜日に結婚ができるということです」

「しかし、いうまでもないですが、今やすべての事情が変わりました」パイン氏がいった。

ライマー夫人の顔が真っ赤になった。彼女は一歩詰め寄った。「それ、どういうこと……事情が変わったって？　わたしが世界じゅうのお金でも持っていれば、それでわたしが貴婦人になれるとでも思ってんの？　はばかりながら、わたしは貴婦人なんかにはなりたくない……あんなの、頼りなくて、なんにもできない、ろくでなしよ。ジョーはわたしにぴったり、わたしは彼にとってぴったり。わたしたちお互いにお似合いなので、幸せになれるの。それからあんた、おせっかい屋のパーカーさん、手を引っこめて、自分に関係ないことに鼻を突っこまないでもらいたいわ！」

パーカー・パイン氏はポケットから一枚の紙を取り出すと、夫人に手渡した。「代理委任状です。破棄いたしましょうか？　もうあなたは、ご自身の財産を管理なさることができると思いますので」

　奇妙な表情がライマー夫人の顔にひろがった。夫人は書類を突っ返した。

「持っていてください。あんたにはわたし、ひどいこともいいました……そのうちのいくつかはいわれても当然のことだけど。あんたは抜け目のない男、でもやっぱり信用するわ。七百ポンド、ここの銀行にあります……これで、わたしたちが見当をつけておいた農場が買えます。残りは……そうね、病院にでもあげましょうよ」

「まさか、全財産を病院へ寄付してしまうという意味じゃないでしょうね？」

「まさにそういう意味よ。ジョーはかわいい、いい人なんだけど、意志が弱いの。お金を持たせたら、だめになるのよ。わたしは今、あの人からお酒を遠ざけてるし、ずっとそれをつづけさせます。ありがたいことに、わたしは決めたことは必ずやりとげます。わたしと幸せとのあいだにお金を入りこませたくないの」

「あなたはじつに驚くべき女性だ」パイン氏がゆっくりといった。「あなたのようなことのできる女性は、千人に一人ですね」

「すると、千人にたった一人しか、道理のわかる女はいないってことですかね」

「もうあなたには完全に脱帽ですよ」パーカー・パイン氏がいった。その声の調子にはただならぬものがあった。彼はしかつめらしく帽子を持ち上げると、歩み去った。

「それからお願い、ジョーには絶対にいわないで！」ライマー夫人があとから呼びかけた。

落日を背に、彼女は大きな緑のキャベツをかかえ、首をまっすぐに立て、胸を張って立っていた。沈みゆく太陽に輪郭を描き出された、壮大な農民の姿であった……

Have You Got Everything You Want ?

あなたは欲しいものをすべて手に入れましたか？

Have You Got Everything You Want?

「こちらです、マダム」リヨン駅のプラットホームを重い荷物をかついだポーターのあとから、ミンクのコートを着た背の高い女がついていった。

女は濃い茶色のニットの帽子を、片方の目と耳の上まで引き下げてかぶっていた。その反対の側には、鼻の先の反り返った美しい横顔と、貝殻のような耳にふさふさとかぶさっている金髪の小さなカールが見えていた。典型的なアメリカ人だが、どこから見てもほんとに美しい人で、発車を待っている列車の高い客車のわきを歩いていく彼女を、振り返って見た男は一人や二人ではなかった。

客車のわき腹の標示板入れには、大判のプレートが差し入れてあった。

パリ－アテネ。パリ－ブカレスト。パリ－スタンブール。

最後の標示板のところへ来ると、ポーターは急に立ち止まった。スーツケースを縛り合わせてあった革ひもを解いたので、地面へスーツケースがどかどかと滑り落ちた。

「ここです、マダム」

寝台車の車掌が昇降段のわきに立っていた。「こんばんは、マダム」と丁重にいいながら進み出てきたのは、おそらく非の打ちどころのない豪華なミンクのコートのせいであったろう。

女は薄い紙質の寝台車券を車掌に手渡した。

「六号ですね、こちらへ」

車掌は車内へ軽く飛びこむように入り、女がそのあとについていった。車掌のあとから廊下を急ぎ足についていった彼女は、自分の個室の隣から出てきた恰幅のいい紳士と危うくぶつかりそうになった。ちらと瞬間的に見たその大きな顔は、優しそうで、親切そうな目をしていた。

「ここです、マダム」

車掌が個室を開けてみせた。彼は窓を押し上げると、ポーターに合図をした。下役の彼が手荷物を受けて網棚へ上げた。女は座席へ腰をおろした。

　女は自分の座席の横に小さな深紅のケースとハンドバッグを置いていた。客車の中は暑かったが、彼女はコートを脱ぐ気にはなれないようだった。何を見るともなしに窓の外をじっと見つめていた。プラットホームには人が足ばやに行き交っていた。新聞、枕、チョコレート、果物、ミネラル・ウォーターなどを売る人がいた。そうした品物を彼女のほうへ差し上げて見せても、彼女はその向こうをぼんやりと見ているだけだった。リヨン駅など彼女の視界からは消えているのだ。悲しみと不安をたたえた顔だった。

「マダム、パスポートを拝見させていただけましょうか？」

　その言葉も、なんの効果も与えなかった。出入口に立っている車掌が、同じ言葉を繰り返した。エルシー・ジェフリーズは眠りから覚めたようにはっとした。

「すみません、なんでしょう？」

「マダム、パスポートを」

　彼女はバッグを開けると、パスポートを取り出して車掌に渡した。

「はい、けっこうです、マダム。どんなご用でもつとめます」ちょっと意味ありげに間をおいた。「スタンブールまでマダムのお伴をいたします」

　エルシーは五十フラン紙幣を抜き出して車掌に手渡した。車掌はそれを慣れた様子で受け取ると、ベッドの支度はいつにいたしましょうか、夕食は召し上がられますか、とたずねた。

これらのことの話が決まると、車掌は引きさがり、ほとんどすぐあとに、食堂の係が小さなベルをやけに大きな音で鳴らしながら廊下を駆けてきて、わめいた。「一回目の食事サービス、一回目の食事サービス」

エルシーは立ち上がると、重い毛皮のコートを脱ぎ、小さな鏡で自分の姿をちょっと見てから、ハンドバッグと宝石箱を持って廊下へと出ていった。数歩行ったばかりのところで、戻ってくる食堂係が駆けてきた。それをよけるためにエルシーは、もう人がいなくなっていた隣の個室の出入口のところへちょっと身を避けた。係の者が通り過ぎて、彼女が食堂車への道を歩いていこうとしたとき、座席の上に置いてあるスーツケースのラベルに何気なく目がとまった。

それは丈夫な豚革のケースで、少々古びていた。ラベルの文字は〈J・パーカー・パイン、スタンブール行き乗客〉だった。スーツケース自体にも〈P・P〉という頭文字が入っていた。

女の顔にびっくりした表情が現われた。彼女は廊下でちょっとためらっていたが、自分の個室へ引き返すと、ほかの雑誌や本と一緒にテーブルの上に置いておいた《タイムズ》紙を取り上げた。

一面の広告欄に目を通したが、そこには彼女の探しているものはなかった。ちょっと顔をしかめると、食堂車へと向かった。

係は小さなテーブルへ彼女の席を割り振ったが、そこには彼女が廊下で危うくぶつかりそうになった、さっきの男が先に席についていた。つまり、あの豚革のスーツケースの持ち主なのだ。

エルシーは男を見て見ぬふりをした。男は穏やかで、親切そうな様子で、なんとも説明しがたい、快い頼もしさがあった。仕草も控え目な英国風だったが、テーブルに果物が出されると、はじめて口を開いた。

「どうも車内をひどく暑くしておくものですな」男がいった。

「そうですね」エルシーがいった。「だれか窓を開けてくれる人がいるといいんですけど」

男は困ったような笑みを見せた。「だめですよ！　わたしらはべつとして、ここにいるみんなから抗議されますよ」

彼女もそれに応ずる笑みを見せた。それきり、どちらも口をきかなかった。

コーヒーが出され、例の判読不能の勘定書が置かれた。何枚かの紙幣をその上に置くと、エルシーは急に勇気が出てきた。「失礼ですが」彼女がつぶやくようにいった。「あなたのお名前……パーカー・パインとスーツケースにあるのが目につきましたの。ひょっとして、あの……あなたはその……」

彼女がいいよどんでいるのを見て、彼がすばやく助け船を出した。

「わたしがそうのようですな」エルシーが先ほど探したが見つからなかった《タイムズ》紙上で、いく度となくお目にかかった広告の一部を彼が引用した。「〝あなたは幸せですか？　そうでないならパーカー・パイン氏に相談を〟そう、わたしがまさにその本人ですよ」

「わかりました」エルシーがいった。「ほんとに……ほんとに思いがけなかったわ！」

彼は首を横に振りながら、「いや、そうじゃないですね。あなたにとっては思いがけないでしょうが、わたしはそうじゃないですよ」と安心させるような笑みを浮かべ、身を乗り出した。食堂車にはもうほとんど客が残っていなかった。「つまり、あなたは幸せでないというわけでしょう？」彼がたずねた。

「あたし……」とエルシーがいいかけて、やめた。

「そうでなかったら、あなたは〝ほんとに思いがけなかった〟などというはずがない」彼が指摘した。

エルシーはしばらく黙っていた。ただパーカー・パイン氏がそこにいるというだけで、彼女は不思議に心が安らぐのを覚える。「え……ええ」やがて彼女が認めた。「あたし……不幸せなんです。少なくとも、心配なんです」

彼が同情するようにうなずいた。

「あの……」彼女がつづけた。「とても妙なことがあったんです……そして、あたしにはそれがどういうことなのか全然見当もつかないんです」

「どういうことがあったのかお話しください」パイン氏が水を向けた。

エルシーは例の広告のことを思い出していた。彼女とエドワードはよくそれを批評しては、笑ったものだった。彼女はまさか自分が……いや、打ち明けないほうがいいかも……もしこのパーカー・パイン氏がイカサマ師だったら……でも、この人は……いい人のように思えるわ！

エルシーは心を決めた。今のこの悩みを取り除いてくれるなら、なんでもいい。

「お話しいたします。あたし、夫に会いにコンスタンチノープルへ行くところなんです。夫はいろいろ手広く東洋との商売をやってまして、今年になってから、そちらのほうへ行く必要ができたんです。二週間前に夫は出かけました。あたしが行って一緒になってもいいように、いろいろなものをそろえるためなんです。あたし、それを思うと、とても興奮してしまいました。あたしね、これまで一度も外国へ行ったことがないんですの。あたしたち英国へ来てから六カ月なんです」

「あなたもご主人も、アメリカの方なんですね？」

「ええ」

「それに、結婚されてから、まだあまり長くはないんじゃないですか？」

「結婚してから一年半です」

「お幸せ？」

「ええ、とても！　エドワードは申し分のない、優しい人なんです」彼女はちょっとためらった。「ただ、ちょっと、あまりやる気がないほうなんです。ほんのちょっと……まあ、いうなら融通が利かないといいましょうか。家系がずっと清教徒のせいなんでしょう。でも、とてもいい人です」あわてて付け加えた。

パーカー・パイン氏はしばらくのあいだ、しげしげと彼女を見ていたが、やがて「どうぞ先を」といった。

「エドワードが出かけていってから一週間ぐらいたったときでした。あたし、主人の書斎で手紙を書いていて気がついたんですけど、真新しくてきれいな吸取紙に、二、三行だけ、字が写ってるんです。あたし、そのとき、ちょうど手がかりが吸取紙にある探偵小説を読んでたものですから、ほんのおもしろ半分にそれを鏡に映してみたんです。ほんとにほんのおもしろ半分だったんです、パインさん……決してエドワードのことをこっそり嗅ぎまわろうとか、そんなつもりじゃなかったんです。といいますのも、主人はおとなしい小羊みたいな人で、主人のことをこっそり探ってやろうなんて夢にも思えないような人なんです」

「ええ、ええ、よくわかります」

「吸取紙の文字はわけなく読めました。はじめに〝妻〟という言葉があって、次に〝シンプロン急行〟、そして下のほうには〝ベニスの少し手前が最適のときだ〟とありました」彼女は話を切った。

「変わってますね」パイン氏がいった。「たしかに変わってる。ご主人の筆跡だったんですね？」

「ええ、そうです。でも、あたし、どう頭をしぼって考えてみても、主人がこんな言葉を入れた手紙を書く事情がわからないんです」

「〝ベニスの少し手前が最適のときだ〟か」パーカー・パイン氏が繰り返した。「非常に興味をそそられる」

ジェフリーズ夫人は身を乗り出して、大いに期待を込めて彼を見ていた。「あたし、どうしたらいいんでしょう?」率直に訊いた。

「残念ですが」パーカー・パイン氏がいった。「ベニスの手前まで、待つより仕方がありませんね」彼はテーブルの上から時刻表を取り上げた。「ここに列車の運行スケジュール表があります。この列車がベニスに到着するのは、明日の午後二時二十七分ですね」

二人は顔を見合わせた。

「まあ、わたしにお任せください」パーカー・パイン氏がいった。


二時を五分過ぎていた。〈シンプロン急行〉は十一分遅れていた。列車はメストレ駅を十五分前に通過していた。

パーカー・パイン氏はジェフリーズ夫人の個室で、彼女と一緒に座っていた。これまでのところ、旅は楽しく何事もなかった。だが今や、何かが起きるかもしれないと思われる時刻が近づいてきていた。パーカー・パイン氏とエルシーは互いに顔を見合わせていた。彼女の心臓は鼓動が速くなり、その目は安心を求めて、パイン氏の目を痛いほどにさぐっていた。

「落ち着いていて大丈夫」彼がいった。「完全に安全ですよ。わたしがここにいるんだから」

　突然、廊下のほうで鋭い叫び声があがった。

「ああ、見て……見て！　列車が火事！」

　エルシーとパーカー氏は廊下へ飛び出した。スラブ系の容貌をした女がすっかり動転して、大げさな様子で指さしていた。前方の個室の一つから、もくもくと煙が吹き出していた。パーカー・パイン氏とエルシーは廊下伝いに駆け出していった。ほかの人たちがそれに加わった。問題の個室には煙が充満していた。最初に駆けつけた人たちが、咳をしながらあとずさりしていた。車掌がやって来た。

「この個室は空室です！」車掌が叫んだ。「みなさん、どうか騒がないでください。火事はすぐに消します」

　次々に興奮した質問と応答が巻き起こった。列車はベニスと本土とをつないでいる橋の上を走っていた。

　急に、パーカー・パイン氏はくるっと向きを変えると、背後にいた一団の人たちのあいだを押し分けるようにして、廊下をエルシーの個室へと駆け戻った。あのスラブ系の顔をした婦人が座席に座って、開けた窓に向かってハアハアと息をしていた。

「失礼ですが、奥さん」パーカー・パイン氏がいった。「ここは、あなたの個室じゃありませんが」

「わかってます、わかってますよ」スラブ系の婦人がいった。「ごめんなさい、ショックで、驚いてしまって……心臓が」と座席へ深々と寄りかかって、開いている窓を指さした。婦人は大きくあえぐように息をしていた。

パーカー・パイン氏は出入口に立っていた。その声は頼もしくて、父親のようだった。

「恐がることはありませんよ。火事は大したことないと、すぐにわかりましたから」

「そう？　ああよかった！　これでほっとしましたよ」婦人は半ば立ち上がった。「自分の個室へ戻りましょう」

「まだちょっと」パーカー・パイン氏は優しく婦人を押し戻した。「ちょっとお待ち願えませんか、奥さん」

「あなた、乱暴ですよ！」

「奥さん、ここにいてもらいますよ！」

大きな声が冷たくひびいた。女はじっと座って、彼をにらみつけていた。そこへエルシーがやって来た。

「あれはどうやら、発煙筒のようでしたよ」息を切らしながらいった。「ばかばかしい悪いいたずらですね。車掌さんがかんかんになってました。だれ彼の見境なしに問いただしてます……」ふっとやめて、車室内のもう一人の人物を見つめていた。

「ジェフリーズ夫人」パーカー・パイン氏がいった。「あの小さな赤いケースには、何を入れていたんです？」

「宝石類ですよ」

「みんなちゃんとあるかどうか、どうか調べてみてくださいませんか」

そのとたん、スラブ系の婦人から言葉の激流があふれ出した。フランス語になってしまったのは、そのほうが感情を現わすのに都合がよかったせいだろう。

一方、エルシーは宝石箱を手に取り上げていた。「あら！」と叫び声をあげた。「錠がはずされてるわ！」

「……寝台車会社を訴えてやるから」スラブ系の婦人がいい放った。

「なくなってるわ！」エルシーが叫んだ。「すべてよ！　ダイヤのブレスレットも。父さんからもらったネックレスも。それからエメラルドやルビーの指輪も。それから、きれいなダイヤのブローチなんかも。あ、よかった、真珠は身に着けていて。パインさん、どうしたらいいの？」

「すまんが、あなた車掌を連れてきてください」パーカー・パイン氏がいった。「車掌が来るまで、わたしはこの女がこの個室から出ていかないように気をつけてますから」

「悪党！　けだもの！」スラブ系婦人が金切声を張り上げた。もっと汚い言葉を吐きつづけた。列車はベニスへと入っていった。

それからの三十分間の出来事は、簡単に要約したほうがよさそうである。パーカー・パイン氏は何人かのちがった係官といくつかのちがった言語で交渉した……が打ち負かされた。疑いをかけられた婦人は身体検査に応じた……しかし、人格に汚名を着せられるようなことは何もしていないとわかった。宝石類はこの女からは出てこなかった。

ベニスとトリエストのあいだで、パーカー・パイン氏とエルシーは事件について話し合っていた。

「あなたが実際に宝石類を最後に見たのはいつでした？」

「今朝です。昨日身に着けていたサファイアのイヤリングを取り外して、シンプルな真珠の一組を取り出したんです」

「そして、宝石類はそっくりあったんですね？」

「もちろん、すべてをじっくり調べたわけじゃありません。でも、いつもどおりのように見えました。指輪の一つか何かぐらいは、なくなっていたかもしれませんけど、それ以上のことはありません」

パーカー・パイン氏はうなずいた。「ところで、今朝、車掌が個室を片づけたときは？」

「ケースは自分で持って……食堂車に行ってました。あたし、いつもケースは自分で持ってるんです。先ほど駆け出したときはべつでしたけど、絶対に個室に置きっ放しにしたことはないんです」

「するとですね」パーカー・パイン氏がいった。「あの無実で侮辱を受けたとかなんとかいっているスバイスカ夫人が、泥棒にちがいないということになりますね。だが、一体全体、あの女はその盗んだ物をどう始末したんですかね？　あの女はこの部屋に、わずか一分かそこらしか入っていない……まあ、合鍵でケースを開け、物を取り出すだけの時間はあります……そうです、だが、そのあとは？」

「だれかに手渡したということはありませんか？」

「まずありえないですね。わたしは振り返ると、人を押し分けて廊下を戻ってきたんですからね。もしだれか、この個室から出てきた者があったら、見かけているはずです」

「じゃ、ひょっとしたらだれかに向かって窓から放り出したんじゃないかしら？」

「すばらしい考えです……ただですね、あの時間、列車は海の上を通過中だったということです。われわれは橋の上にいたのです」

「でしたら、どうしても客車内に隠されていることになりますね」

「探してみましょう」

エルシーはまさにアメリカ流の精力的なやり方で、そこらを探しまわった。パーカー・パイン氏も捜索には加わったが、いささか気のないやり方だった。それをとがめられると、彼はいい訳をした。

「わたし、ちょっと重要な電報をトリエストから打たなくては、とそれを考えてましてね」と説明した。

エルシーはその説明を冷やかに受けとめた。パーカー・パイン氏に対する夫人の評価はひどく下落していた。

「ジェフリーズ夫人、わたしにいらいらしていらっしゃるんじゃありませんか」すなおにいった。

「だって、あまりうまくやってくださってないじゃない」夫人がいい返した。

「しかしですね、奥さん、お忘れにならないでいただきたい。わたしは探偵じゃありませんからね。盗みとか犯罪はまったくわたしの専門外なんですよ。わたしの得意の分野は人間の心です」

「この列車に乗りこんだとき、あたしちょっとみじめな気持ちでした」エルシーがいった。「でも、今ほどみじめじゃなかったわ！　あたし、ワーワー泣きたい気持ち。あたしの大切な、大切なブレスレットや……婚約したときにエドワードがあたしにくれたエメラルドの指輪」

「しかし、もちろん盗難保険をかけておられたんでしょう？」パーカー・パイン氏が口を入れた。

「どうかしら？　わからないわ。ええ、かけていたと思うわ。でも、大切なのはあれに対する感傷なんですよ、問題は」

列車は速度を落としていた。パーカー・パイン氏は窓から外をのぞいて、「トリエストです」といった。「電報を打たなくては」

「エドワード！」エルシーの顔が急に明るくなった——スタンブール駅のプラットホームを彼女の夫が迎えに急いで来るのを見たときだった。しばらくは、自分の宝石類がなくなったことさえ頭から消えていたくらいだった。吸取紙についていた妙な言葉のことも忘れていた。何もかも忘れていた——ただ、夫に会った最後は二週間前だったこと、夫はまじめすぎて堅苦しくはあるものの、やはり一番惹きつけられる人だということだけが頭にあった。

二人が駅を出ようとしていると、エルシーはなれなれしく肩をたたかれたのを感じて、振り返ってみると、パーカー・パイン氏だった。柔和な顔には、人の好さそうな笑みがあふれていた。

「ジェフリーズ夫人」と彼がいった。「半時間ほどして、トカトリアン・ホテルのわたしのところまでおいで願えないでしょうか？　あなたにとっていいニュースをお知らせできると思うんですが」

エルシーは決しかねて、エドワードのほうを見ていた。それから紹介をはじめた。

「こちらが……その……あたしの夫です、パーカー・パインさん」

「奥様からあなたへ電報があったことと思いますが、奥様の宝石類が盗まれました」パーカー・パイン氏がいった。「それを取り戻すためのお手伝いを、わたしは及ばずながらやっておりました。半時間の内には、奥様にとってよいニュースが入ると思っております」

エルシーは、どうしましょうというふうにエドワードを見ていた。彼はすぐに答えた。

「行ったほうがいいよ。パインさん、トカトリアンとおっしゃいましたね？　わかりました、妻がうかがうようにいたしましょう」

それからちょうど半時間後、エルシーはパーカー・パイン氏の個室の居間へ案内された。彼は立ち上がって彼女を迎えた。

「ジェフリーズ夫人、きっとあなたはわたしに失望なさってますな」彼がいった。「いや、否定なさらなくてもよろしい。まあ、わたしは魔術師のふりをするわけじゃありませんがね、できるだけのことはいたしました。これの中をちょっとごらんになってください」

彼はテーブルの上を丈夫な厚紙でできた小さな箱を押してよこした。エルシーは箱を開けた。指輪、ブローチ、ブレスレット、ネックレス……みんなそこにあった。

「まあ、パインさん、信じられないわ！　なんて……まあ、すばらしいわ！」

パーカー・パイン氏は控え目な笑みを見せた。「あなたを失望させなくてよかったです、若奥様」

「あら、あたし、お恥ずかしいですわ！　トリエスト以来、ずっとあなたにはいやな仕打ちをしてしまって。それなのに……こんなにしていただいて。でも、どうやってこれ、手に入れられたんですか？　いつ？　どこで？」

パーカー・パイン氏は、何か考えがあるというふうに首を横に振って、「話せば長くなります」といった。「そのうち、お耳に入ることでしょう。いや、じつは、間もなくお聞きになれましょう」

「どうして今聞けないんでしょう？」

「それにはわけがあるんです」パーカー・パイン氏がいった。

そしてエルシーは、好奇心を満たされないまま立ち去らざるをえなかった。

彼女が行ってしまうと、パーカー・パイン氏は帽子とステッキを取って、ペラの通りへと出ていった。ひとりでにやにやしながら通りを歩いているうちに、小さなカフェへやって来た——そこからはゴールデン・ホーンが見渡せ、店内には客もいなかった。反対側にはスタンブールの回教寺院が細い尖塔を午後の空にそびえ立たせていた。すばらしく美しかった。パイン氏は腰をおろすとコーヒーを二つ注文した。コーヒーはこくがあり、香り高かった。ちょうどそのコーヒーを飲みはじめたとき、男が一人、向かい側の席へすべりこむように座った。エドワード・ジェフリーズだった。

「あなたのコーヒーも注文しておきましたよ」といって、パーカー・パイン氏は小さなカップを示した。

エドワードはコーヒーをわきへ押しのけた。テーブル越しに身を乗り出して、「どうしてわかったんです？」と訊いた。

パーカー・パイン氏は夢見ごこちでコーヒーを飲んでいたが、「奥さんから、吸取紙で発見したもののことは聞いてるんでしょう？　聞いていない？　ああ、じゃ奥さんが今に話すでしょう……ちょっと、忘れてるんですな」とエルシーが見つけたもののことを話した。

「さてと、それとベニスの少し手前で起きたあの妙な事件とがぴったりつながる。何かわけがあって、あなたは奥さんの宝石類を盗む計画を立てていた。しかし、〝ベニスの少し手前が最適のときだ〟という文句がどういうことなのか？　まったく意味のないことのようにも思えた。なぜ、あなたの手先の女に時と場所とを選ばせなかったのか？

　ところが、ひょいと核心がつかめたんです。あなたの奥さんの宝石類はあなたがロンドンを発つ前にすでに盗まれていて、模造品と取り替えられていたんだ。しかしこの解答ではあなたは満足しなかった。あなたは心がけのりっぱな、良心的な青年だ。使用人とか、あるいはまったく罪のない人に疑いがかかることをあなたは恐れた。盗難は実際に起きなくてはならない――それも、あなたの知り合いや家人のだれにも絶対に疑いがかからないような場所と方法でなくてはならない。

　あなたの共犯は、あの宝石箱の鍵と発煙筒をあてがわれた。正確に定められた時刻に彼女は騒ぎを起こし、あなたの奥さんの個室へ駆けこんで、宝石箱の錠を外し、模造品を海へ投げこむ。その女は疑いをかけられて身体検査をされるが、女に不利なことは何も証明されない、なぜなら宝石類を女は持っていないんですからね。

　さてここで、選ばれた場所の意味が明白になってくる。もし宝石類が単に線路わきへ投げ出されていたら、探し出されてしまうでしょう。そこで、列車が海の上を通過しているちょっとの間が重大になってくる。

さて一方、あなたはここで宝石類を売り払う手筈を決めておく。盗難が実際に起きたときに、あなたは宝石類を手渡しさえすればよい。しかし、わたしからの電報がちょうどうまく間に合ってあなたに届いた。あなたはわたしの指示に従ってくれて、宝石類の入った箱をわたしが到着するまでトカトリアン・ホテルに預けておいた、というのも、そうしなければわたしが問題を警察の手に任せると脅していたからだ。それからまた、あなたはここでわたしと会う指示にも従ってくれた」

エドワード・ジェフリーズは訴えるようにパーカー・パイン氏を見ていた。若いハンサムな男で、背が高く金髪で、丸いあごにくりくりした目をしていた。「どうしたらぼくのこと、わかっていただけるのかな？」彼があきらめたようにいった。「あなたにはぼくのことが、ただのこそ泥のようにしか見えないにちがいない」

「いや、そんなことはありませんよ」パーカー・パイン氏がいった。「それどころか、あなたは痛々しいくらいの正直者といえる。わたしは人物タイプの分類には慣れてるんです。あなたはね、被害者にされやすい部類の人なんだ。では、すべて話してみてください」

「一言でいえるんです……ゆすりです」

「え？」

「あなたはぼくの妻にお会いになって、あまりにも純真無垢なことがおわかりになったと思います……まったく、悪の知識も考えもないのです」

「ええ、ええ」

「妻はまったく驚くほどの清純な考えの持ち主なんです。もしも妻が、その……ぼくがやったことを少しでも知ったら、ぼくを捨ててしまうでしょう」

「さあ、それはどうですかね。いや、しかし問題はそこじゃない。いったい、あなたが何をやったかです、いいですか？　どうやら女性関係らしいが？」

エドワード・ジェフリーズはうなずいた。

「結婚してから……それとも、その前？」

「前です……ああ、前なんですよ」

「まあまあ、どんなことがあったのです？」

「何も、まったく何もないんですよ。ここのところが苦しい点なんです。西インド諸島のあるホテルでのことでした。ロシター夫人という、すごく魅力的な人が泊まっていました。彼女の夫は乱暴な男で、ものすごい凶暴なかんしゃくを起こすんです。ある晩、彼は夫人を拳銃で脅しました。夫人は彼から逃れてぼくの部屋へ逃げこんできました。恐ろしさに半狂乱になってました。夫人は……夫人はぼくに、このまま朝までここにいさせてくださいと頼むんです。ぼくは……ぼくは、ほかにどうしようもなかった」

パーカー・パイン氏は青年をじっと見つめ、青年は正直さを意識してじっと見返していた。パーカー・パイン氏はため息をついた。「簡単にいい換えると、ジェフリーズさん、あなたはわなにかけられたんだ」

「ほんとに……」

「そうですよ。昔からある古い手ですがね……この手は騎士気取りの若い男がうまく引っかけられる。たぶん、あなたの結婚が近づいたことが公表されたときに、脅しがかかってきたのでしょう？」

「そうなんです。手紙が来ました。もしぼくがある額の金を送らなければ、ぼくの義父となるべき人にすべてをばらすというんです。どんなにぼくが……この若い女の愛情をその夫からそらせてしまったか、彼女がぼくの部屋へやって来たところを、どんなふうに目撃されていたか、ということを。彼女の夫が離婚訴訟を起こそうとしているというんです。パインさん、まったくもう何から何まで、ぼくのことを汚い悪党に仕立てているんです」困り果てた様子で額をぬぐった。

「ああ、よくわかる。で、あなたは金を出した。するとまた、たびたび脅しがかかってくる」

「そうなんです。こんどはもう、破滅一歩手前でした。商売が不振で大きな打撃を受けていて、もうぼくには現金の調達ができなくなっていたんです。で、この計画を思いついたわけなんです」彼は冷めたコーヒーのカップを持ち上げ、放心したように見ていたが、ぐっと飲みほした。「どうすればいいでしょう？」哀れな様子でたずねた。「どうすればいいでしょう、パインさん？」

「わたしの指図どおりにすればよろしい」パーカー・パインが力強くいった。「あなたを苦しめているやつらはわたしが始末をつけます。あなたの奥さんのことだが、まっすぐ奥さんのもとへ戻って、本当のところを話しなさい……いや、少なくとも一部をね。ただ本当のところから外して話す点は、西インド諸島であった事実についてです。奥さんに隠しておかなくてはならないのは、あなたが前にもいったように、……わなにかけられたという事実です」

「しかし……」

「いいですかジェフリーズさん、あなたには女というものがわかっていない。かりに女が、だまされやすい男と女たらしのどちらかを選ばなくてはならないとすると、必ず女たらしのほうを選ぶものですよ。ジェフリーズさん、あなたの奥さんは美しくて、罪がなくて、気高い心の人ですから、あなたとの生活の中で何かスリルを味わうとすれば、奥さんが道楽者を改心させたと思い込むことぐらいのものですよ」

エドワード・ジェフリーズは開いた口がふさがらない様子で、パイン氏を見ていた。

「わたしは本気でいってるんですよ」パーカー・パイン氏がいった。「今は奥さんはあなたを愛している、しかし、わたしにはいくつかの兆候が見えるんですよ——もしあなたが、今のようなあまりにおとなしい、そのうえ、清廉潔白の見本みたいな姿を見せつづけていたら、それは退屈と同義語であって、奥さんは今のままではいなくなるかもしれないということです」

エドワードはいやな顔をした。

「奥さんのところへおいでなさい」パーカー・パイン氏が優しくいった。「何もかも告白すること……考えつく限り、たくさんのことを告白すること。それから釈明するんですよ、あなたは奥さんに会った瞬間から、そのような生活のすべてを捨て去ったのだと。そんなことが奥さんの耳に入らないようにと思って、盗みまでしたのだと。奥さんは心からあなたのことを許してくれますよ」

「でも、ほんとうに何も許してもらうようなことはしてないんですからね……」

「真実とはどういうものでしょう？」パーカー・パイン氏がいった。「わたしの経験からしますと、それはいつも、人生をめちゃめちゃにするものなんですよ！　結婚生活の基本原則は、女には嘘をつかなくてはならないということ。それを女は好みます。行って、許してもらいなさい。そして、末永く幸せに暮らしなさい。将来、奥さんは美しい女が現われるたびに、おそらくあなたに油断のない目を配るようになることでしょう……それを気にする男もいるのだが、あなたは気にもしないにちがいない」

「ぼくはエルシー以外の女には絶対、目もくれませんよ」ジェフリーズ氏は率直にいった。

「いや、ごりっぱだ」パーカー・パイン氏がいった。「しかし、わたしならそんなことを妻にはいいませんね。女というものは、骨の折れない仕事を引き受けてやってるとは思いたくないんですよ」

エドワード・ジェフリーズは立ち上がった。「あなたはほんとに、そう思ってるんですか……？」

「思ってるというより、わたしはよく知ってるんだ」力を込めてパーカー・パイン氏はいった。

The Gate of Baghdad

バグダッドの門

The Gate of Baghdad

〈四つの大門、ダマスカスの都にあり……〉

パーカー・パイン氏はフレッカーの詩句をそっと口の中で繰り返していた。

〈運命の抜け道、砂漠の門、災厄の洞窟、恐れのとりで、
われはバグダッドへの正門、ディアベーカーへの門口〉

彼はダマスカスの街頭に立って、オリエンタル・ホテルのわきに駐車している大型六輪のプルマン車を見ていた。その車は明日、砂漠を横断してバグダッドへ彼とその他十

一人の人々を運ぶことになっていた。

〈その下を通るなかれ、おお隊商よ、歌いつつ通るなかれ。
汝《なんじ》は聞きしか、かの静寂《しじま》を
鳥どもの死せる所なれど、鳥のごとく歌うもののあるを？
その下を通り抜けよ、おお隊商よ、非運の隊商よ、死の隊商よ！〉

今とは大ちがいだった。昔、バグダッドの門は死の門であった。砂漠の四百マイルを隊商で横切らなければならなかった。長い辛苦の、幾月もかかる旅だった。今ではもう、どこにでもいる石油食いの怪物が、その旅を三十六時間でこなす。

「今何をおっしゃったの、パーカー・パインさん？」

熱心なミス・ネッタ・プライスの声だった——観光客たちのなかで一番若く、一番きれいだった。ひげがあるんじゃないかと疑われそうな、やたらと聖書関係の知識を求めたがる堅物の叔母に妨げられながらも、ネッタはこの年上のミス・プライスがおそらく許さないような軽薄なことをして、けっこういろいろ楽しんでいた。

パーカー・パイン氏はフレッカーの詩句を彼女に暗唱して聞かせた。

「すごくスリリングだわ」ネッタがいった。

空軍の制服を着た男が三人、近くに立っていたが、そのなかの一人、ネッタの賛美者がわきから口を出した。

「今だって旅のスリルはありますよ。今日《こんにち》でもときどき、旅行団が盗賊に襲われたりしますからね。それから、道に迷うことだってあります……これもときどき起きてますね。そうすると、われわれが捜索に駆り出されるんですよ。砂漠で五日間も行方不明になっていた人だっています。その男は幸い、水をたくさん持ってたからよかったんですがね。それから、車の揺れがあります。ひどい揺れ方ですからね！　一人の人など死んでしまいましたよ。いや、ほんとの話！　この人は眠っていたんですが、頭を車の天井にぶつけて、そのために死んだんです」

「六輪自動車の中ででしょうか、オールアクさん？」年上のほうのミス・プライスが強い調子でたずねた。

「いや……六輪自動車じゃありません」若い男が認めた。

「それでもあたしたち見物しなくちゃ」ネッタが大きな声でいった。

彼女の叔母はガイドブックを取り出した。

ネッタはこそこそ逃げ出した。「叔母は、聖パウロが窓から吊り下げられた所かなんかに行ってみたいのよ」ネッタが声をひそめていった。「あたしは、市場がすごく見たいの」

オールアクはすぐさまそれに応じた。「ぼくについていらっしゃい。まずストレートという通りを下っていって……」

二人はすっと消えるように行ってしまった。

パーカー・パイン氏は、そばにいたヘンズリーという名のおとなしい男のほうを向いた。バグダッド市の土木建設課の職員だった。

「ダマスカスという所は、はじめて見る人にはちょっと期待外れですね」弁解するような調子でパイン氏がいった。「ちょっと文明化されすぎているようですね。路面電車とか近代的な家々とか商店などがね」

ヘンズリーはうなずいてみせた。口数の少ない男である。

「世界の果てまで……行き着いたと思っても、行き着いてはいないものです」彼が吐き出すようにいった。

もう一人の男がぶらりとやって来た——金髪の青年で、イートン校出身者の古いネクタイを締めていた。人好きのする顔だちだが、どこかぼうーっとしたところがあった。その顔は何か困った様子だった。彼とヘンズリーは同じ課の者だった。

「ようスミザースト」友だちがいった。「何かなくし物か？」

スミザースト係長は首を横に振った。ちょっと頭の回転の遅い青年だった。

「なに、ちょっと見てまわってるだけさ」とあいまいなことをいってから、急にはっとした様子で、相手に応じた。「今夜は大いにばか騒ぎでもしなきゃな。どうだ？」

二人の友人同士は一緒に行ってしまった。パーカー・パイン氏はフランス語で印刷された地方紙を買った。

あまり興味を惹くこともなかった。地方ニュースなどは彼にとってはなんの意味もなかったし、どこにも重大なことは起きていないようだった。〈ロンドン〉という見出しのある記事が二、三、目についた。

最初のは、財政問題に関する記事だった。二番目のは、預り金使い込みの金融業者サミュエル・ロング氏の行方に関する推測だった。その使い込み額は三百万ポンドにも上り、どうやら南米にたどり着いているらしいというわさである。

「三十歳をまわったばかりの男にしては、悪くない仕事だな」パーカー・パイン氏は独り言をいった。

「なんとおっしゃいました？」

パーカー・パイン氏が振り返ると、ブリンディジからベイルートまで同じ船に乗り合わせたイタリア人の顔に出会った。

パーカー・パイン氏は自分の発言の説明をした。そのイタリア人、ポーリ氏は、何度もうなずいてみせた。

「大した犯罪者ですね、あの男は。イタリアでも損害を受けてるんですよ。世界じゅうから信頼を受けていた男ですからね。なかなか育ちもいいということじゃありませんか」

「ええ、イートン校とオクスフォード大学に行ってますね」パーカー・パイン氏が慎重にいった。

「どうでしょう、捕まりましょうかね?」

「どれだけ彼の出足が早かったか、それによりますね。まだ英国にいるかもしれませんしね。いや、まったくどこにいるか……わかりませんからね」

「われわれと一緒かも?」とイタリア人は笑った。

「ありうることですね」パーカー・パイン氏はまだ真剣だった。「案外、このわたしがその男なのかもしれませんよ」

ポーリ氏はびっくりした目つきで彼を見た。それからオリーブ色の顔を、わかりましたよ、というふうにほころばせた。

「いや、こいつは面白い……いや、ほんとに面白い。しかし、あなたは……」
彼はパーカー・パイン氏のことを顔からだんだん下のほうへと目で追っていった。
パーカー・パイン氏はその目つきの意味をちゃんとくみ取っていた。
「人を見かけで判断しちゃいけませんよ」彼はいった。「ちょっと身体を肥らせること
ぐらい、簡単にできますし、それが齢をとった効果をよく出してもくれますからね」
パイン氏はさらに空想にふけるようにつけ加えた。「それに、いうまでもないですが、
毛を染めたり、顔のしみ、国籍だって変えられますからね」
ポーリ氏は不審そうな顔で引きさがった。英国人というものは、どこまで本気なのか
見当がつかない思いだった。
パーカー・パイン氏はその夜、映画を観に行って楽しんだ。そのあと、〈夜の歓楽宮
殿〉というところへ誘いこまれた。ここは宮殿とも歓楽とも思えなかった。いろいろな
女たちが生気も何もないダンスを踊っていた。拍手も熱意がなかった。
突然、パーカー・パイン氏はスミザーストの姿が目についた。青年は一人でテーブル
についていた。顔が真っ赤なのは適量以上の酒を飲んだのだなと、パーカー・パイン氏
にはわかった。そっちへ行って青年と一緒になった。
「人を侮辱してるよ、ここの女どもの客扱いは」スミザースト係長が陰気にいった。

「女どもに二杯……三杯……いや何杯も酒を飲まれちまった。それなのに、女のやつ、笑いながらイタリア人かなんかと行っちまいやがった。まさに侮辱だ」

パーカー・パイン氏は同情した。コーヒーでも飲もうと勧めた。

「今、注文しといたアラク酒ってのが来るとこだ」スミザーストがいった。「なかなかいけるんだよ。あんたもやってみるがいい」

パーカー・パイン氏はアラク酒に特有の効き目にはいささか心得があった。如才なく断わった。だが相手は聞き入れなかった。

「ぼくはちょっと困ってることがあってね」彼がいった。「元気づけてやらなくちゃね。あんただってぼくの身になってみりゃ、どうしたらいいか、わかるまいよ。ねえ、友だちを裏切るってわけにゃいかんもんね？　つまりだ……いややっぱり……いったい、どうしたらいいかね？」

彼ははじめてパーカー・パイン氏に気がついたように、じろじろ見た。

「おまえ、だれだ？」酒の上のぞんざいさで、きつく訊いた。「おまえ、仕事、何やってるんだ？」

「信用詐欺だよ」パーカー・パイン氏がそっといった。

スミザーストは強い関心を見せてじっと彼を見つめた。

「なに……おまえもか？」

パーカー・パイン氏は財布から新聞の切抜きを取り出した。それをスミザーストの目の前のテーブルの上に置いた。それにはこうあった――

――あなたは幸せですか？　そうでないならパーカー・パイン氏に相談を。――

スミザーストはそれに目の焦点を合わせるのにちょっと苦労していた。「へえ、こいつは驚いたな」大きな声を出した。「つまりその……みんなが、あんたんとこに、相談に来るってわけ？」

「そう……わたしのところへ秘密を打ち明けにね」

「ばかな女どもが、うんとやって来るんだろうな」

「女の人もたくさん来るがね」パーカー・パイン氏は認めた。「男も来る。どうだね、お若いの、きみは？　今、助言がしてほしいんじゃないかね？」

「うるせえな」スミザースト係長がいった。「あんたには関係のないことだ……他人には関係ねえことなんだよ。くそっ、アラクはどうした？」

パーカー・パイン氏は仕方なさそうに、首を横に振っていた。

困った先生として、スミザースト係長をあきらめた。

バグダッドへの旅行団は朝の七時に出発した。一行は十二人だった。パーカー・パイン氏、ポーリ氏、ミス・プライスとそのめい、三人の空軍将校、スミザーストとヘンズリー、それにペントミアンという名のアルメニア人の母と息子。

旅は何事もなくはじまった。ほどなくダマスカスの果樹林はあとに残された。空は曇っていて、若い運転手は一、二度、気がかりそうに空を見ていた。運転手はヘンズリーと言葉を交わしていた。

「ルトバの向こうはだいぶ降ってるようですよ。車が泥にはまり込まなきゃいいが」

正午に一時停車して、四角いボール箱のランチボックスが配られた。二人の運転手が茶をいれてくれ、紙コップで出された。車はふたたび、平坦な果てしない平原を走りつづけた。

パーカー・パイン氏は足の遅い隊商や、何週間もの旅のことに思いを馳せていた……ちょうど日没に、ルトバの砂漠とりでに到着した。大門が開かれ、そこから六輪自動車はとりでの中の内庭へと進入した。

「すごく興奮しちゃうわ」ネッタがいった。

手や顔などを洗ったあと、彼女は少し散歩に出たいとしきりにいった。空軍大尉のオールアクとパーカー・パイン氏がお供を申し出た。彼らが歩き出すと、マネジャーがやって来て、暗くなると帰りの道がわかりにくくなるから、あまり遠くへは行かないでくださいといった。

「ただ、ちょっとそこらまでしか行かないよ」オールアクが約束した。

散歩は周辺の様子がどこも同じなので、ちっとも面白くなかった。

パーカー・パイン氏はふとかがむと、何かを拾い上げた。

「それ、何?」ネッタが珍しそうに訊いた。

彼はそれを彼女の目の前にかざして見せた。

「有史以前の火打ち石です、錐《きり》にもなる」

「昔の人……それで殺し合いやったんですか?」

「いえ、もっと平和的な用途があったんです。しかし、やろうと思えば、これで人を殺すこともできたでしょうね。問題になるのは殺そうという意図で……道具そのものは問題じゃないですね。そうしようと思ったら、なんだって使えますからね」

暗くなりかけたので、彼らはとりでに駆け戻った。

バラエティに富んだいろいろなかん詰料理の夕食のあと、みんなは座って煙草に火をつけた。十二時に六輪自動車は発進することになっていた。

運転手は心配そうだった。「ここの近くにひどいぬかるみがあるんです」といった。

「車がはまり込むかもしれません」

一同は大型車に乗り込んで、それぞれに落ち着いた。ミス・プライスは自分のスーツケースの一つが見つけ出せないといって、いらいらしていた。

「わたしは、寝室用のスリッパがほしいんですよ」彼女がいった。

「それよりゴム長靴のほうが役に立ちそうだな」スミザーストがいった。「どうもぼくの勘じゃ、泥んこの海に車がはまり込んで動けなくなりそうだ」

「あたし、ストッキングの替えも持ってないのに」ネッタがいった。

「なに、大丈夫。あなたは車ん中にいればいいんです。男どもが外へ出て、車を持ち上げればいいんだから」

「替えの靴下はいつも持って歩くものだよ」ヘンズリーがコートのポケットをたたきながらいった。「どんなことがあるか、わからないからな」

電灯が消された。大型車は夜の中へと出ていった。

行路はあまり快適ではなかった。乗用車に乗っているほどには揺れなかったが、それでもときどきガクンとひどい振動に遭った。

パーカー・パイン氏は前部座席の一つに座っていた。通路を隔てた反対側には、アルメニアの婦人が肩掛けやひざ掛けにくるまっていた。彼女の息子はそのうしろにいた。

パーカー・パイン氏のうしろには二人のミス・プライス。ポーリ、スミザースト、ヘンズリーと、三人の空軍将校たちは後部席にいた。

車は夜の中を突っ走りつづけた。パーカー・パイン氏はとても寝つけなかった。窮屈な位置だった。アルメニア婦人の足が突き出されていて、彼の領域までも侵入しているのだ。婦人のほうは、いずれにしろ、楽にしていた。

ほかの者はみな眠っているようだった。パーカー・パイン氏がとろとろと眠気を催しかけていると、突然、ガクンと揺れがきて、車の天井に向かって突き上げられた。六輪車の後部から眠そうな苦情の声がした。「しっかりしろ。みんなの首でも折ろうってのか？」

それからまた眠気が戻ってきた。数分すると、彼の首がぎこちなく垂れてきた。パーカー・パイン氏は眠っていた……

突然、彼は目を覚まされた。六輪車は止まっていた。男たちの中の何人かは車から降りていた。ヘンズリーが手短にいった。

「車が動けなくなってる」

どうなっているのかたしかめに、パーカー・パイン氏はしぶしぶ泥んこ道へ降りた。もう雨は降っていなかった。月さえ出ていて、その月の光で運転手たちが車輪を持ち上げようと、ジャッキや石などで懸命になっているのが見えた。男たちの多くはその手伝いをしていた。六輪車の窓からは女三人が外をのぞいていた――ミス・プライスとネッタは興味をもって、アルメニア婦人は不快さを隠しきれない様子だった。

運転手の指揮におとなしく従って、男の乗客たちは車を持ち上げにかかった。

「あのアルメニア人の男はどこにいるんだ?」オールアクが鋭い調子でたずねた。「やつにもこっちへ出てきてもらおう」

「スミザースト係長もだ」ポーリがいった。「彼もいないぞ」

「ひどいやつだ、まだ眠ってるよ。ほら、見てみろ」

まさしく、スミザーストは座席に座ったまま、首を前へガクンと落として、身体全体をぐったりとだらしなく伸ばしていた。

「ぼくが起こしてくるよ」オールアクがいった。

彼はドアから飛びこんでいった。一分後には出てきた。声が変わっていた。

「いや、あの。どうも彼、病気かなんからしい。医者はどこにいる?」

飛行中隊長で、空軍軍医のロフタスは、物静かな顔つきの白髪まじりの男だったが、車輪のそばのグループから離れてやって来た。

「どうかしたのかね?」彼が訊いた。

「ぼ、ぼくには、わかりません」

医者が車内へ入っていった。オールアクとパーカー・パインがそのあとからついていった。医者はだらりとなっている男の上にかがみこんだ。一目見て、ちょっと触っただけで充分だった。

「死んでる」静かに彼がいった。

「死んでる？　だけど、どうして？」次々に質問が飛び出した。「まあ、恐ろしいこと！」それはネッタだった。

ロフタスはじれったそうにまわりを見まわした。

「きっと天井に頭をぶつけたのにちがいない」彼がいった。「さきほど、ひどい車の揺れがあったからな」

「あんなことで死にはしないでしょう？　何かほかに原因は？」

「本格的な検査をしてみなくちゃなんともいえん」ロフタスが吐き出すようにいった。

彼はいらいらした様子であたりを見まわした。女たちがそろそろと近寄っていた。車外にいた男たちも車内へぞろぞろ入りはじめていた。

パーカー・パイン氏は運転手に話しかけていた。運転手は力強いスポーツマンタイプの青年だった。女の乗客を一人一人抱え上げると、泥んこ地帯を越えて乾いた地面へと運んだ。マダム・ペントミアンとネッタは軽々と運んだが、がっちり重いミス・プライスにはちょっとよろめいた。

六輪車内は医者の検死のため、だれもいなくなった。

男たちは車の持ち上げ作業に戻った。やがて地平線上に太陽が昇った。すばらしいお天気だった。泥んこ地帯は急速に乾きはじめていたが、車はまだ泥にはまり込んだままだった。三台のジャッキがこわれてしまい、せっかくの骨折りも効果がなかった。運転手たちは朝食の支度にかかっていた——ソーセージの缶を開け、お茶のための湯を沸かしていた。

ちょっと離れたところで飛行中隊長のロフタスが検死の結果を発表していた。

「彼には外傷も痕もない。前にもいったとおり、天井に頭を打ちつけたのにちがいない」

「他殺ではないと確信してるわけですか？」パーカー・パイン氏が訊いた。

その言葉で、医者ははっとした様子でパイン氏を見た。

「一つだけ他殺の可能性がある」

「なんです？」

「それは、何者かが、彼の後頭部を砂袋のような物でなぐった可能性です」弁解めいたいい方だった。

「そんなことは、ありそうにないですね」もう一人の空軍将校ウィリアムソンがいった。無邪気な子供っぽい顔つきの青年だった。「つまり、そんなこと、われわれの目に留まらずにはできっこないですね」

「われわれが眠っていても？」医者がいった。

「眠っていることを確実に知ることはできませんよ」もう一人のほうが指摘した。「立ち上がるだけで、だれかが目を覚ましたでしょうしね」

「ただ一つ、方法があります」ポーリがいった。「それは彼のすぐ背後に座っている人間だ。自分の思ったときに、自分の席から立ち上がる必要さえない」

「だれだね、スミザースト係長のうしろに座っていたのは？」医者が訊いた。

オールアクがすぐに答えた。

「ヘンズリーです……でも、これはだめですね。ヘンズリーはスミザーストの親友ですから」

みな黙りこんでしまった。そのとき、パーカー・パイン氏が確信のこもった声をあげた。

「ウィリアムソン空軍大尉から、何かお話があるはずだと思いますがね」

「ぼくがですか？　ぼくは、その……」

「ウィリアムソン、いってしまえよ」オールアクがいった。

「べつに、なんでもない……ほんとに、なんでもないことなんだ」

「いうんだ」

「偶然、耳に入った会話の断片なんだ……ルトバで……あそこの中庭で。ぼくはシガレット・ケースを取りに六輪車の中へ戻ったんです。そこらをぼくは探していた。車のすぐ外で、二人の男が話をしていた。その一人がスミザーストだったんです。彼は、こんなことをいっていた……」

彼はためらった。

「さあ、さっさというんだ」

「何か、友だちを裏切るつもりはないとかいってました。とても困り果てたようないい方でした。それからこうもいってました――〝バグダッドまでは口をつぐんでいるが……そのあとは一分だって容赦しない。きみは早く逃げることだ〟と」

「で、もう一人の男は？」

「それはわかりませんでした。ほんとに、わかりませんでした。暗かったし、その男は一言か二言しかしゃべらなかったし、聞き取れませんでした」

「きみたちの中でスミザーストを一番よく知ってるのはだれだね？」

「まあ、友だちという言葉が当てはまるのは、ヘンズリーだけだと思います」オールアクがゆっくりといった。「ぼくもスミザーストは知ってますが、ほんのちょっとです。ウィリアムソンはこの地へ来て新しいし……ロフタス中隊長も同じです。二人とも、彼とは前に一度も会ったことはないと思います」

二人ともそれに同意した。

「あなたは、ポーリ？」

「あの青年とは、ベイルートから車に同乗してレバノンを横断するまでは会ったこともない」

「で、あのアルメニア人は？」

「あれは友だちになれるわけがありません」オールアクはきっぱりいった。

「わたしにも、ひょっとすると、一つ小さな証拠になるような付随的なことがありますよ」パーカー・パイン氏がいった。

ダマスカスのカフェでスミザーストと交わした会話のことを彼はくり返した。

オールアクも考えこむように、「彼は、〝友だちを裏切りたくはない〟という言葉を使ってました、それに悩んでましたよ」といった。

「どなたかほかに、もっとつけ加えておっしゃることはありませんか？」パーカー・パイン氏がたずねた。

医者がせき払いをして、「これはべつに関係ないことかもしれないですが……」と切り出した。

先をどうぞと勧められた。

「それは、スミザーストがヘンズリーにいってるのを聞いただけなんですがね、〝きみの課に使途不明金があるのは否定できまい〟と」

「それはいつのことです？」

「昨日の朝、ダマスカスを出発する直前のことです。二人はただ仕事の話をしているだけだとわたしは思ってました。まさかそれが……」彼は言葉を切った。

「これはおもしろいですな、みなさん」イタリア人がいった。「一つ一つ証拠が集まってくる」

「先生は砂袋といわれましたね」パーカー・パイン氏がいった。「そんな凶器は作れますかね？」

「砂はいくらでもありますからね」医者はそっけなくいった。そういいながら、砂を手ですくい上げた。

「靴下に砂を詰めたら……」とオールアクがいいかけて、あとをためらった。

　前の晩、ヘンズリーがいった短い二つの文句をだれもが覚えていた。「いつも替えの靴下を持ってますよ。どんなことがあるかわからないですからね」

　みんなが黙りこんだ。やがてパーカー・パイン氏が静かにいった、「ロフタス中隊長、ヘンズリー氏の替えの靴下が、今車内の彼のコートのポケットにあると思うんです」

　みんなの目が、地平線上をあちこち歩きまわっている、ふさぎこんだ人の姿のほうへとしばらく向けられた。ヘンズリーは死者が発見されてからは、みんなから離れて一人でいた。彼と死者とが友人同士だったことがわかっているので、彼が一人になりたがるだろうことをみんなも考慮していたのだ。

　パーカー・パイン氏がつづけた――「すまないが、その靴下を取ってきてはいただけませんか？」

　医者はためらっていた。「どうもね……」とぶつぶついった。もう一度、あちこち歩きまわっている人物のほうを見てから、「ちょっと卑劣なやり方では……」といった。

「持ってきていただきます、どうか」パーカー・パイン氏がいった。「異常な事態なんですからね。わたしたちはここに孤立状態になっている。そして、事の真相を明らかにしなければならない。例の靴下を持ってきてくだされば、真相に一歩近づけるかと思うんです」

ロフタスは素直に向こうへ行った。

パーカー・パイン氏はポーリ氏をちょっとわきへ連れ出した。

「たしかスミザースト係長とは、通路を隔てた向かい側にあなたは座ってましたね」

「そのとおりです」

「だれか立ち上がって、車内を歩いたものはいなかったでしょうか？」

「あの英国婦人の、ミス・プライスだけでしたね。車の後部のトイレへ行きました」

「つまずいたりは全然しませんでしたか？」

「もちろん、車の動きでちょっとはよろめきはしましたがね」

「あなたが動いているのを見かけたのは、彼女だけですね？」

「そうです」

イタリア人は不審そうにじっとパイン氏を見ながらいった。「いったい、あなたはなんだね？　指揮を執っているが、軍人でもないのに」

「わたしはいろいろな人生をたくさん見てきてますのでね」パーカー・パイン氏がいった。

「旅行なども多くしてるのかね、え？」

「いいえ」パーカー・パイン氏がいった。「わたしはオフィスに座ってます」

ロフタスが靴下を持って戻ってきた。パーカー・パイン氏はそれを受け取って調べた。その片方の内側にはまだ湿った砂がこびりついていた。

パーカー・パイン氏は一つ深く息をした。

「もうわかりましたよ」彼がいった。

みんなの目が一斉に地平線上をあちこち歩きまわっている人影のほうへ向いた。

「よかったら、死体を見させていただきたいんですがね」パーカー・パイン氏がいった。

彼は医者と一緒に、スミザーストの遺体が防水布をかけられて横たえられているところへ行った。

医者がカバーを取りのけた。「べつに何も見るべきものはありませんよ」と医者がいった。

だが、パーカー・パイン氏の目は死者のネクタイに釘づけになった。

「なるほど、スミザーストはイートン校出身者だったのか」彼がいった。

ロフタスは驚いた様子だった。

それからさらに、パーカー・パイン氏はロフタスをもっと驚かせることになった。

「あの若いウィリアムソンのことを何か知ってますかね？」彼がたずねた。

「全然知らないですね。彼とはベイルートで出会っただけのことで。ぼくはエジプトから来たんです。しかし、それがどうしたというんです？　まさか……」

「いや、彼の証言ひとつで、一人の人間を絞首刑にすることになるんですからね、そうでしょ？」パーカー・パイン氏は陽気にいった。「慎重にしなければいかんのです」

彼はなおも死者のネクタイとカラーに関心があるようだった。彼はカラー・ボタンを外した。そして、ちょっと叫び声をあげた。

「あれが見えますか？」

カラーのうしろに小さな丸い血痕があった。

むき出しになった首を彼はもっと近づいてのぞきこんだ。

「この人は頭部打撲で死んだんじゃないですね、ドクター」とてきぱきいった。「刺されている……頭蓋骨の基底部を。小さな刺し傷が見えるでしょう」

「見落としてました、そいつは！」

「あなたには先入観があったんですな」パーカー・パイン氏が申し訳なさそうにいった。「頭部打撲という。これは見落としやすいですよ。ほとんど外傷が見えないんですからね。小さい、鋭利な道具ですばやく突き刺せば、即死です。被害者は叫び声をあげる間もない」

「短剣ということですか？　つまりあのポーリが……？」

「通俗的な考えからすると、イタリア人と短剣は結びつくが……やあ、車が来た！」

一台の観光バスが地平線上に現われた。

「よかった」といいながら、オールアクが二人のほうへやって来た。「ご婦人方はあれに乗っていけばいい」

「殺人犯人のほうはどうします？」パーカー・パイン氏が訊いた。

「ヘンズリーのこと……？」

「いえ、ヘンズリーのことじゃない」パーカー・パイン氏がいった。「たまたまわかったことだが、ヘンズリーは潔白ですよ」

「まさか……しかし、どういうわけで？」

「つまり、いいですか、彼の靴下の中に砂がついていたからです」

オールアクは目を見張った。

「いや、これは理屈に合わないことのように聞こえるのはわかってるんだがね、しかしじつは理屈に合ってるんです。スミザーストは頭を打たれたのではなくて、刺されたんだからね」とパーカー・パイン氏は静かにいって、ちょっと話すのをやめて、再びつづけた。

「わたしがあなた方に話した、カフェでのわれわれの会話のことをちょっと思い出していただきたい。人は、自分にとって意味ありげな文句を拾い出してくる。しかし、わたしの気になった文句はほかにあった。わたしが彼に〈信用詐欺〉をやっているというと、彼は〝なに、おまえもか？〟といった。ちょっとおかしいと気づきませんか？　役所の公金着服を、あなた方は〈信用詐欺〉とはいわないと思う。〈信用詐欺〉というのは、例えばいま逃走中のサミュエル・ロング氏のようなのが当てはまる」

医者はびっくりした様子を見せた。オールアクは、「そうですね……ひょっとすると……」といった。

「わたしは冗談に、ひょっとすると、ロング氏はわれわれ一行のなかの一人かもしれないといいましたね。それが本当だとしたらどうでしょう」

「なに……しかし、そんなことはありえない！」

「いや、とんでもない。いったい、人のことを知るのに、パスポートやその人自身が話すこと以外の何でわかりますかね？　わたしは本当にパーカー・パイン氏ですか？　ポーリ氏は本当にイタリア人ですかね？　また、はっきりいって、ひげそりが必要そうな年上のほうの男性的なミス・プライスはどうですか？」

「しかし彼……しかしスミザースは……ロングのことを知ってなかったじゃないです

か？」

「スミザーストはイートン校出身ですよ。ロングもやはりそうです。あなたにはそういわなかったでしょうが、スミザーストは彼を知っていたのかもしれない。彼はロングがわれわれのなかにいるのを認めたのかもしれない。そうだとすると、彼はどうしたでしょう？　彼はお人よしなので、このことを思い悩んだ。そしてそのあげく、バグダッドへ着くまでは何もいうまいと決心した。だが、そのあとではもう口をつぐんではいまい、と」

「あなたは、われわれのうちの一人がロングだと考えてるんですね」オールアクが、まだわけがわからないといったふうにいった。深々と息をした。

「あのイタリア人かな……そうにちがいない……それとも、あのアルメニア人はどうかな？」

「風態を外国人らしくしたり、外国のパスポートを手に入れるということは、英国人のままでいるよりはるかにむずかしいことですよ」パーカー・パイン氏がいった。

「ミス・プライスですか？」信じられないといったふうにオールアクが叫んだ。

「いや」パーカー・パイン氏がいった。「これが問題の人物！」

彼はわきにいる男の肩に、親しげにさえ見える様子で片手を置いた。だがその声には親しさなどはみじんもなく、その手は万力のように力強く肩をつかんでいた。

「中隊長ロフタス、またはミスター・サミュエル・ロング、どっちで呼んでもけっこう！」

「いや、そんなことはない……ありえない」オールアクがはげしくいった。「ロフタスは長年軍隊にいるんだ」

「しかし、あなたは以前に彼とは一度も会ったことがないんだ、そうでしょう？　あなた方のだれとも知り合いではない。つまり、彼は本物のロフタスではない」

黙りこんでいた男がやっと声を出した。「あんたはなかなか頭がいいんだな。いったい、どうやって推理した？」

「きみのばかげた言葉からだ――スミザーストは頭を天井にぶつけて死んだなどというね。昨日ダマスカスでわれわれが立ち話をしていたとき、オールアクの話からきみは思いついたんだ。これは簡単だ、ときみは考えた。われわれのなかで医者はきみだけだ……何をいおうと、きみのいうことは受け入れられる。きみはロフタスの手回りの荷物を手に入れていた。彼の医療器具類も手に入れていた。きみの目的にかなう具合のいい、小さな道具を選ぶなど、わけのないことだ。きみはスミザーストに話しかけるようにして身を寄せ、小さな凶器を突き刺した。きみはそれから一分か二分、よけいに話をつづけていた。車内は暗かった。だれに疑われることもない。

　それから死体の発見ということになる。きみは診断を下した。だが、事はきみの考えたほど簡単には運ばなかった。疑いが起きた。きみは第二の防衛線へと後退した。ウィリアムソンが偶然聞いた、きみとスミザーストとのあいだに交わされた会話のことを持ち出して話した。それはヘンズリーときみとの会話と受け取られたものだから、きみはヘンズリーの所属部所に公金使い込みがあるなどという、余計な不利な発明をつけ加えてしまった。そこで、わたしは最後のテストをやってみた。砂と靴下のことを持ち出したのだ。きみは一握りの砂を手にしていた。わたしはきみに、靴下を持ってくるように命じ、そのことで事の真相をわからせようとした。しかし、それはきみがわたしの意図と考えたこととはちがう意図だったのだ。わたしはそのときすでにヘンズリーの靴下を調べておいたのだ。靴下にはどちらにも砂はついていなかった。きみが砂を入れたのだ」

　サミュエル・ロング氏は煙草に火をつけた。

「おれの負けだ」彼がいった。「おれの運も尽きたよ。運がついてるあいだはうまくいってたがね。おれがエジプトに着いたころ、警察は必死になっておれの跡を追っていた。偶然、ロフタスに出会った。彼はバグダッドの部隊へ行くところだったが……彼はそっちの部隊にはだれも知り合いがいなかった。こいつは逃せない絶好のチャンス。おれは彼を買収した。おれにとって二万ポンドの出費だった。それくらいなんだろう？　ところが、くそ悪い運のおかげで……大ばかもんの見本みたいなスミザーストに出会ってしまった。やつはイートン校でおれの雑用をやらせていた下級生だ。そのころ、やつはおれのことをちょっとした英雄として崇拝してやがった。やつはおれの秘密をばらす気にはなれないんだ。おれはなんとかして、やつにバグダッドへ着くまでは何もいわないという約束を取りつけた。そのあと、おれにどんなチャンスがある？　まったくなしだ。たった一つだけ道がある……やつを消すこと。だが、ここではっきりいっときたいのは、おれはもともと人殺しじゃないってことだ。おれの才能は全然べつの方面にあるんだ」

彼の顔が変わった……収縮してゆがんだ。ふらふらとよろめいて、前のめりに倒れた。

オールアクがその上へかがみこんだ。

「たぶん青酸でしょう……煙草に入れてあったんだな」パーカー・パイン氏がいった。

「ギャンブラーが最後のさいころを振って何もかも失ってしまったね」

彼はあたりを見まわした……広大な砂漠を。太陽が彼の上にがんがん照りつけていた。彼らがダマスカスを……あのバグダッドの門を出たのは、つい昨日のことであった。

〈その下を通るなかれ、おお隊商よ、歌いつつ通るなかれ。汝は聞きしか、
かの静寂を、鳥どもの死せる所なれど、鳥のごとく歌うもののあるを？〉

The House at Shiraz

シーラーズにある家

The House at Shiraz

パーカー・パイン氏がバグダッドで一時着陸後、ペルシャへ出発したのは朝の六時だった。

小型単葉機の乗客用スペースは小さく、座席の幅の狭さはとてもパーカー・パイン氏の大きな身体に快適さを与えるものではなかった。同乗客は二人——おしゃべり癖のある人とパーカー・パイン氏が判定した血色のいい大男と、きりっと唇を結び、厳然とした態度のやせた女だった。

「どっちみち、わたしの仕事にかかわる相談など持ちかけてきそうな様子じゃないな」パーカー・パイン氏は思った。

事実、相談など持ちかけられなかった。小柄な女性はアメリカ人の宣教師で、厳しい仕事と幸せいっぱいの人だったし、血色のいい男はある石油会社の社員だった。二人は飛行機が出発する前に、自分たちの生活の概要を同乗客に話していた。

「わたしは残念ながら、ただの観光客でしてね」パーカー・パイン氏は申し訳なさそうにいった。「これからテヘラン、イスファハン、シーラーズに行くところです」

そして、その地名の単なる音調にひどく魅せられて、もう一度それを繰り返していった。テヘラン、イスファハン、シーラーズ。

パーカー・パイン氏は眼下の土地を眺めてみた。平らな砂漠だった。彼にはこの広漠として人影もない土地の神秘さが感じられた。

飛行機はケルマーンシャーでパスポートの検査と関税のため着陸した。パーカー・パイン氏のバッグも開けられた。小さいボール箱が相当な興奮状態で厳重な取り調べを受けた。いろいろと質問責めにあった。パーカー・パイン氏はペルシャ語が話せないし、わからないので、事がむずかしくなった。

飛行機のパイロットがそこへふらっとやって来た。金髪のドイツ人青年で、濃い青い目に日焼けした顔をしていた。「失礼ですが、どうされましたか？」と愛想よくたずねた。

パーカー・パイン氏は、いともすばらしい写実的なパントマイムを演じていたが、それもどうやらあまり成功でないようだったので、ほっとして彼のほうを向いた。「これは虫除けの粉剤なんですよ」彼がいった。「そう説明していただけませんか？」

パイロットはわからない様子だった。「失礼ですが？」

パーカー・パイン氏はドイツ語で願い事を繰り返した。パイロットはにっこりして、その文句をペルシャ語に通訳した。いかめしく真剣な係官たちは納得した――そのどこか悲しげな顔もゆるんで、にっこりした。なかには声を出して笑うものさえあった。なかなかユーモアのある考えだとわかったのだ。

三人の乗客は再び機内の座席について、飛行がつづけられた。飛行機はハマダンで郵便物を投下するため降下したが、着陸はしなかった。パーカー・パイン氏は下をのぞいてみた……ダリウス大帝がバビロニア語とメディア語とペルシャ語の三つの異なる言語を征服し、その帝国の広大さを記した、かの伝奇的な場所、ベヒストゥーンの岩が見えるかどうか試してみようとしたのだ。

飛行機がテヘランに着いたのは一時だった。またまた面倒な警察の手続きがあった。あのドイツ人パイロットがやって来て、パーカー・パイン氏がなんのことかわからない長たらしい尋問に答え終わるまで、にこにこしながらそばに立っていた。

「いったいわたしは、なんといってたんですかね？」ドイツ人パイロットに訊いた。

「あなたのお父さんの洗礼名は〈観光客〉で、あなたの職業は〈チャールズ〉で、あなたのお母さんの旧姓は〈バグダッド〉で、あなたは〈ハリエット〉から来た、といっておられましたよ」

「それでかまわんのですかね？」

「まったく問題ありません。ただ何かしら答えればいいんでして、向こうはそれで満足なんですよ」

パーカー・パイン氏はテヘランには失望してしまった。ひどく近代風なのだ。その次の日の夕方、パイロットのシュラーガル氏がちょうどホテルへ入ってくるところに出会った彼は、そのことを大いにしゃべった。事のはずみで相手を夕食に誘うと、ドイツ人はそれに応じた。

ジョージ王朝風なウェイターがやって来て、自分勝手な注文を通した。食事が来た。ようやくデザートまでたどり着くと、いささかべたべたしたチョコレート菓子〝ラ・トルテ〟が出た。ドイツ人氏がいった——

「ところで、あなたはシーラーズへおいでになるんですね？」

「ええ、飛行機で行きます。それからシーラーズから引き返して、イスファハン、テヘランへと道路を行きます。明日のシーラーズへの飛行機はあなたの操縦ですか？」

「あ、いや、ぼくはバグダッドへ帰ります」

「あなたはこちらには、もう長いこと？」

「三年です。まだわれわれの会社ができてから、三年にしかならないんです。これまでのところではまだ一度も事故はありません……くわばらくわばら《アンベルーフェン》！」彼はテーブルをさわった。

甘いコーヒーの入った厚いカップが運ばれてきた。二人は煙草をつけた。

「ぼくの最初の乗客は二人の婦人でしたよ」ドイツ人が思い出を語った。「二人の英国婦人でした」

「ほう？」パーカー・パイン氏がいった。

「一人の人、彼女はたいへん育ちのいい若いご婦人、あなたのお国の大臣の娘さんでした……こういう人のことをなんというか？……レディー・エスター・カーです。彼女はきれいでした、とてもきれいでした、しかし頭がおかしかった」

「頭がおかしかった？」

「まったく狂ってました。彼女、あすこのシーラーズの大きな民家に住んでいます。東洋風の服を着てます。決してヨーロッパ人とは会いません。あんな生活、育ちのいい婦人のする生活でしょうか？」

「ほかにもそういう人はいましたね」パーカー・パイン氏がいった。「レディー・ヘスター・スタンホープのような……」

「この人、頭が狂ってます」相手がいきなりいった。「目を見ればわかります。戦時中のぼくの潜水艦司令官の目とちょうど同じです。彼は今、精神病院に入ってます」

パーカー・パイン氏は考えこんだ。彼はレディー・エスター・カーの父、ミシェルドバー卿をよく覚えている。大柄な金髪で、陽気な青い目をしていた――卿が内務大臣だったころ、彼はその下で働いていたことがある。ミシェルドバー卿夫人にも一度会ったことがあるが……黒い髪にスミレ色の青い目、アイルランド美人として有名だった。二人ともりっぱで、正常な人たちだったが、にもかかわらず、カー家には精神の病の血筋があった。その病は一世代も消えていたあとで、ときどき現われた。その点をシュラーガル氏が強調していってるのは変だ、と彼は思った。

「それで、もう一人のほうの婦人はどうしました?」彼がなんとなく訊いてみた。

「もう一人の婦人は……死にました」

その声には、パーカー・パイン氏にはっと顔を見あげさせるようなものがあった。

「ぼくは気の毒に思います」シュラーガル氏がいった。「ほんとに気の毒です。そのご婦人、ぼくにとってはすごく美しい人でした。あなたにもわかると思います、こういう感じ、ほんとに急にやって来るような。彼女は花でした……花です」彼は深いため息をついた。「一度ぼく、二人に会いに行きました……シーラーズの家へ。レディー・エスターが、ぼくに来てくれと頼みました。ぼくのかわいい、ぼくの花、彼女は何かを恐がってました、ぼくにはそれがわかりました。その次にバグダッドからぼくが戻ってくると、彼女は死んだと聞かされました。死んだと！」

そこで話を切ると、やがて考えこむようにしていった。「もう一人の女が彼女を殺したのかもしれません。あの女、狂ってます、ほんとに」

彼はため息をついた、そこでパーカー・パイン氏はベネディクティン酒を二杯注文した。

「キュラソー、かしこまりました」とジョージ王朝風なウェイターはいって、二杯のキュラソーを持ってきた。

その次の日の正午ちょっと過ぎ、パーカー・パイン氏ははじめてシーラーズの景色を見た。飛行機は、あいだに狭い荒涼とした谷のある山岳地帯の上を飛んでいた——何もかも乾き切って、カラカラの荒れ地だった。すると突然、シーラーズが視野の中へ飛びこんできた——それは、荒れ地の真ん中にあるエメラルド・グリーンの宝石だった。

パーカー・パイン氏は、テヘランは楽しめなかったがシーラーズは大いに楽しめた。ホテルの旧式で不便なところにも、同じように古風な街々の様相にも驚きはしなかった。ちょうどペルシャの休日の最中だった。ナン・ルズの祭りがその前の晩からはじまっていた――ペルシャの人たちが十五日間にわたって〈新年〉を祝う祭りである。彼はぶらぶらと人のいない市場を通りぬけ、市の北側に広がる広大な共有広場へと出てみた。シーラーズじゅうがお祭り気分だった。

ある日、彼は町のちょっと外まで歩いたことがあった。詩人ハーフィズの墓まで行ったのだったが、その帰りに、ある一軒の家を見てひどく心を奪われた。全体が青とバラ色と黄色のタイル張りになっている家で、池とオレンジの木とバラのある青々とした庭の中に建っていた。夢の中の家だ、と彼は思った。

その夜、彼は英国領事と食事をしていたが、例の家のことを訊いてみた。

「ほれぼれするような家でしょう？　あれは金持ちのルリスタンの前知事が建てたものでしてね、彼は公職の地位を利用して金もうけしたんです。現在は、ある英国人婦人のものになっています。その婦人のことはきっとお聞きになったことがあるはずです。レディー・エスター・カーですよ。頭がまったくおかしいんです。完全にこの土地の人間になりきってますよ。英国とつながりのあるもの、または人とは全然関わり合おうとしないんです」

「若いんですか？」

「こんな馬鹿げたことをするほどの若さじゃありません。三十歳ぐらいでしょうか」

「その婦人と一緒に、もう一人の英国人女性がいたんじゃありませんか？　死んだという女性？」

「ええ、三年ほど前のことです。じつは、わたしがここへ赴任してきた、ちょうど翌日のことでしてね。先任のバラムが急死したものですからね」

「その女性の死の様子は？」パーカー・パイン氏が遠慮なくたずねた。

「中庭というか、二階のバルコニーから落ちたんですね。その女性はレディー・エスターのお手伝いだったか付き添いだったんだが、どっちだか忘れました。ともかく、朝食の盆を運んでいて、うしろへ下がりざまに足を踏み外したんですね。まことに気の毒でしたが、手の施しようがありませんでした……下の石だたみに当たって頭骨が折れてました」

「彼女の名は？」

「たしかキングとか、ウィルスとかいったと思いますが？　いや、それは女宣教師の名だ。なかなかの美人でしたよ」

「レディー・エスターはひどく取り乱してましたか？」

「ええ……いや、よくわからないですね。あの人はたいへん妙な人でしたから、なんともわたしには理解できませんでした。非常に、その……高慢な人なんですよ。まったくもって、えらそうなんです、おわかりになると思いますが。いやもう、わたしは彼女の頭ごなしの威圧的な様子や、その黒いキラキラ光る目が恐かったですね」

領事は半ば弁解めいた笑い方をしてから、相手を不審そうに見た。パーカー・パイン氏は明らかに宙をにらんでいたのだ。煙草をつけるためにすったマッチが、手の中で燃えているのにも気がつかないふうだった。マッチが指まで燃え切ると、痛さにあっと声をあげてマッチを落とした。そして、びっくりしている領事の顔に気づいて、にっこりした。

「どうも失礼しました」

「何かべつのことでも考えておられたようですね？」

「ええ、もちろんですとも」パーカー・パイン氏は謎めいたことをいった。

二人はまた、いろいろほかのことを話し合った。

その夜、小さな石油ランプの明かりで、パーカー・パイン氏は手紙を書いた。その文面作りに、彼はあれこれずいぶんためらっていた。しかし、しまいにはひどくシンプルなものになっていた。——

レディー・エスター・カーにパーカー・パインは敬意を表し、貴女がご相談を望まれますなら来る三日間はファーズ・ホテルに滞在いたしますことを謹んで申しあげる次第です。

彼はそれに、例の有名な広告の切り抜きを同封した。

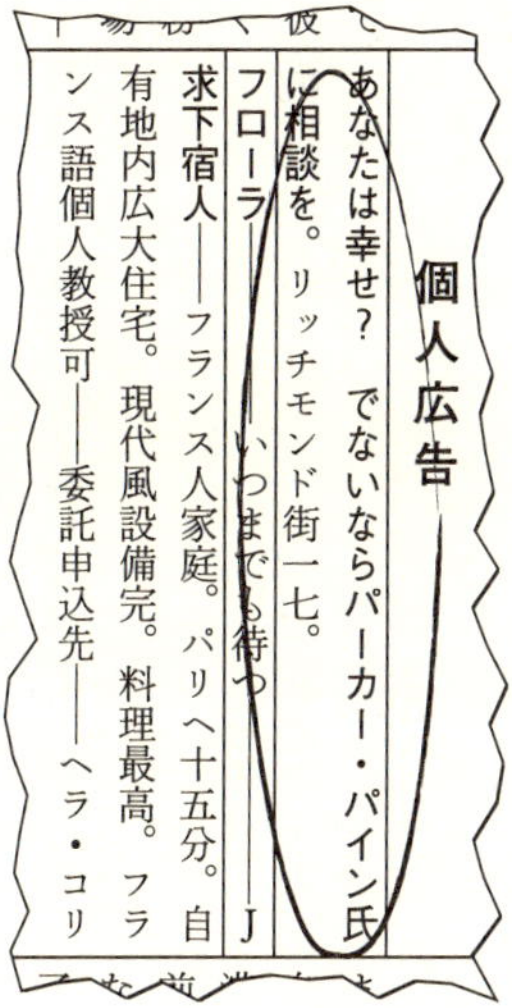

個人広告

あなたは幸せ？　でないならパーカー・パイン氏に相談を。リッチモンド街一七。

フローラ——いつまでも待つ——J

求下宿人——フランス人家庭。パリへ十五分。自有地内広大住宅。現代風設備完。料理最高。フランス語個人教授可——委託申込先——ヘラ・コリ

「これできっとうまくいく」パーカー・パイン氏は、あまり寝心地の良くないベッドへ

もぞもぞ入りながらつぶやいた。「ええと、かれこれ三年か……うん、きっとうまくいく」

次の日の四時ごろ、返事がきた。全然英語のわからないペルシャ人の使用人が、その手紙を持ってきた。

今晩九時、パーカー・パイン氏のご来訪あらばレディー・エスター・カーはまことに喜ばしく存じます。

パーカー・パイン氏はにっこりした。

その夜、彼を出迎えてくれたのは、同じ使用人だった。暗い庭を案内されて通り抜け、家の裏手へと通じている屋外階段を上っていった。そこのドアを開けて入ると、中庭というかバルコニーというか、夜空に向かって開けているところだった。大きな長椅子が壁際に置いてあって、ひどく目立つ人物がそれに寄りかかっていた。

レディー・エスターは東洋風の装いをしていた。彼女のこうした好みの理由の一つは、自分の豊かな東洋的美しさにぴったりだと思っているところにあるようだった。高慢な、と領事は彼女のことをいっていたが、まさにそのとおり、彼女は高慢に見える。あごをぐっと突き出し、尊大ぶった面がまえだった。

「あなたがパーカー・パインさん？　そこへお座りなさい」

手でクッションが山積みになっているほうを指さした。その薬指には、彼女の家柄の紋章を彫り込んだ大きなエメラルドがきらきらしていた。それは先祖伝来のもので、ひと財産ぐらいの値打ちのあるものにちがいない、とパーカー・パイン氏は踏んだ。

彼はおとなしく座りこんだが、ちょっと骨が折れた。彼のような体格の男にとって、床にじかに上品に座るなど容易ではない。

使用人がコーヒーを持って現われた。パーカー・パイン氏はカップを受け取り、ありがたくいただいた。

女主人は東洋流の無限の時間をゆったりと過ごす習慣を身につけていた。急いで話に取りかかったりはしない。彼女も、コーヒーをゆっくり、半ば目を閉じて、飲んでいた。やっと彼女が話しはじめた。

「そう、あなたは不幸な人たちを助けているわけ……まあ、少なくともあなたの広告にはそういっているわね」

「はい」

「わたしのところへなど、なぜあの広告を送ってよこしたんです？　それがあなたのやり方なの……旅行中に商売をする?」

彼女のいい方には、はっきりと無礼な感じがあったが、パーカー・パイン氏は気にもしなかった。率直に答えた。「いいえ。わたしの旅の目的は仕事から完全に離れて休日をとることなんです」

「では、なぜあの広告をわたしのところへ送り届けたんです?」

「それは、あなたが……不幸だと信じられるわけがあったからです」

ちょっとのあいだ沈黙があった。彼はたいそう好奇心をそそられていた。彼女はこれをどう受けとめるだろうか? その点を決めるのに彼女は一分間とかからなかった。それから笑い出した。

「たぶん、あなたはこう思っている——世間から離れ、同胞も自分の国も捨てて、わたしのような生活をしている人間はみな、不幸せなのでそうしているのにちがいないと! 悲しみや失望……何かこんなようなものが、わたしを異郷の生活に追いやったのだと、あなたは考えているのでしょう? ああ、どうしたらあなたにわかってもらえるかしら? あちら……英国では……わたしは水から上がった魚だった。ここでは、心身ともにわたしそのものでいられる。わたしは心底から東洋人。わたしはこの世間離れした生活を愛してる。はばかりながら、あなたにはわかるまい。あなたにはきっと、わたしのことが……」ちょっとためらった。「狂っていると見えるんでしょ」

「頭が狂ってるのではない」パーカー・パイン氏がいった。

その声は穏やかな確信でいっぱいだった。彼女は不思議そうに彼を見ていた。

「でも、世間じゃそういってるらしい。ばかものどもが！　世の中は、いろいろな人間ででき上がっている。わたしは、完璧に幸せ」

「なのに、あなたはわたしにここへ来るようにおっしゃいましたな」パーカー・パイン氏がいった。

「好奇心から、あなたに会う気になったのは認めましょう」彼女はためらっていた。

「それに、わたしは絶対にあちら……英国へは戻りたくない……が、やはり、ときにはどういうことになっているのか、話は聞きたい……」

「あなたが捨ててしまった世界のことをですか？」

その文句に彼女はうなずいて認めた。

パーカー・パイン氏は話しはじめた。心地良い、ソフトだが頼もしい声で静かにはじまり、やがて要所要所を強調するときにも、わずかにその声が高まるだけであった。

ロンドンのこと、社交界のゴシップ、有名人の男女のこと、新しいレストランや新しいナイトクラブのこと、競馬会や狩猟パーティ、地方貴族や地主のスキャンダルのことなどを話した。また、洋服のこと、パリのファッションのこと、見向きもされないような街中の小さな店で、すてきな掘出し物に出会える話などもした。

　また劇場や映画館のことも詳しく話したし、新しい映画の話、新しい田園都市構想のこと、球根類や園芸のことも話し、そして最後には、夕方のロンドンのごくありふれた光景のことも話した——路面電車やバス、一日の仕事を終えた人たちの群れが家路を急ぐ光景、その彼らを待っている小さな家庭のこと、そして英国人の家庭生活の妙にくつろげる様子などを語った。

　それはまことに見事な語り口で——話題は広範で、並々ならぬ知識を披露しており、事実の巧みな案内になっていた。レディー・エスターの首はうなだれ、その尊大で横柄な態度も消え去っていた。しばらくのあいだは声もなく涙を流していたが、パイン氏の話が終わった今、彼女はあらゆる見栄も捨てて手放しに泣き出していた。

　パーカー・パイン氏は一言もいわなかった。ただ座って、彼女をじっと見ていた。その顔には一つの実験をして、望んでいた結果をえた者の、満足した表情があった。

　やがて彼女は顔を上げて、「どう、これでご満足？」と苦々しげにいった。

「まあ……今のところは」

「どうしたら、これに耐えられるの、どうしたら？　絶対にここを離れることもなく、絶対にだれとも……二度と会わずに！」まるでしぼり出すような叫びだった。顔を真っ赤にして急にしゃんとすると、「それで？」と激しい調子で問いかけてきた。「お決まりのせりふをいわないの？　〝そんなに故郷へ帰りたければ、なぜそうしないのか？〟って」

「いいえ」パーカー・パイン氏は首を横に振った。「あなたにとっては、そのせりふのように簡単にはいかないからですよ」

ここではじめて、彼女の目に何かちらと不安の色が忍び入った。「わたしがなぜ帰れないのか、ご存じ？」

「わかっているつもりですが」

「いいえ」彼女が首を横に振った。「わたしが帰れないわけは、絶対あなたなんかに推測できませんよ」

「わたしは推測してるんじゃありません」パーカー・パイン氏がいった。「観察して……分類してるんです」

彼女は首を横に振った。「あなたには全然、何もわかってはいない」

「あなたの納得がいくように申しあげましょう」パーカー・パイン氏が愛想よくいった。「レディー・エスター、あなたはこちらへおいでになるとき、たしか、新設の航空便でバグダッドから搭乗してこられましたね」

「ええ?」

「シュラーガル氏という若いパイロットの操縦機でこちらへ来られたんだが、その後、彼はここへあなたに会いに来ましたね」

「ええ」

どこかちがう、何か言葉ではいい表わせない〝ええ〟だった……ちょっと優しい感じの〝ええ〟。

「それに、あなたには友だちというか、付き添いというか、そんな人がいたが……亡くなった」その声は今や鉄のように冷たく、攻撃的だった。

「わたしの付き添いです」

「その人の名は……?」

「ミュリエル・キング」

「あなたは彼女が好きだったのでしょうか?」

「好き、とはどういう意味?」いったん言葉を切って、感情を抑えた。「わたしにとって、彼女は役に立ちましたよ」

高慢にそういったので、パーカー・パイン氏は領事の言葉を思い出した。——〝彼女、まったくもってえらそうなんです、おわかりになると思いますが〟

「彼女が死んだとき、気の毒だと思われましたか？」

「そ、それは当然です！　パインさん、この話に深入りする必要がどこにあるんですか？」怒ったようにいって、返事も待たずにつづけた。「ご親切によく来てくださいましたね。でも、わたしちょっと疲れました。いかほど、お払いすればよろしいかしら……？」

しかしパーカー・パイン氏は動こうともしなかった。怒った様子もまったく見せなかった。静かに質問をつづけた。「彼女が死んでからは、シュラーガル氏はあなたに会いに来ておりませんね。もし彼がやって来たら、あなたはお会いになりますか？」

「もちろん、会いません」

「絶対に拒否されるんですね？」

「絶対に。シュラーガル氏は家へは入れません」

「なるほど」パーカー・パイン氏はじっと考えこんだ。「あなたはそれしかいえないんですね」

自己防衛の高慢さが少しばかり崩れた。何か頼りなさそうにいった。「わたし……わたしにはあなたがどんなつもりでいってるのかわかりません」

「レディー・エスター、若いシュラーガルがミュリエル・キングに恋していたことを、あなたはご存じでしたか？　彼は感傷的な青年でしてね。彼女の思い出をいまだに大事にしているんですよ」

「そう、彼が？」彼女の声は消え入りそうだった。

「彼女は、どんなふうでした？」

「どんなふうとは、どういうことです？　わたしにわかるわけないでしょう？」

「ときには、彼女のことを見ておられたにちがいないと思いますがね」パーカー・パイン氏が穏やかにいった。

「ああ、そういうこと！　なかなかきれいな娘でしたよ」

「あなたと大体同じ年ごろで？」

「ほとんど同じくらい」ちょっと間をおいてから、つづけた。「どうしてあなた……シュラーガルが彼女のことを愛していたと思うんですか？」

「彼がわたしにそういったからです。ええ、そう、たいへんはっきりした言葉で。前にもいいましたように、彼は感傷的な青年です。喜んでわたしに秘密を打ち明けました。彼女が死んだその死に方に、彼は非常に当惑しておりましたよ」

レディー・エスターはいきなり立ち上がった。「わたしが彼女を殺したとでも思ってるんですか？」

　パーカー・パイン氏はいきなり立ち上がったりはしなかった。彼はいきなり何かをするようなたちの男でない。

「いや、いいですか」彼がいった。「わたしはあなたが彼女を殺したとは思っていない、だからこんなお芝居はいいかげんによして、故国へ帰ったほうがいいと思いますね」

「お芝居とはどういうことよ？」

「ほんとうをいうと、あなたは怖気づいてしまった。そう、そのとおり。ひどく怖気づいてしまったのです。自分の雇い主を殺した罪を負わされるんじゃないかと思って」

　女は身体を震わせた。

　パーカー・パイン氏がつづけた。「あなたはレディー・エスター・カーではないんでしょ。ここへ来る前からわかっていたのだが、確信をえるためにあなたをテストしてみた」急に穏やかな、情け深い微笑をもらした。「先ほどわたしがちょっとした話をしているとき、わたしはあなたのことをじっとよく見ていたんだが、そのつどあなたは、エスター・カーとしてではなく、ミュリエル・キングとしての反応を示した。安売りの店、映画、新しい田園都市、バスや電車で家へ帰ることなど……これらのことすべてにあなたは反応を見せた。地方豪族たちのゴシップ、新しいナイトクラブ、ロンドン社交界のうわさ話、競馬会……これらはどれも、まったくあなたにはなんの意味もなかった」

彼の声は次第に説得調を増し、慈愛に満ちてきた。「腰をおろして、事情を話してごらんなさい。あなたはレディー・エスターを殺したのではないが、その罪を負わされるのではないかと思った。いったいどんなことがあったのか、話してごらんなさい」

彼女は深々と息をしてから、ふたたびもとの長椅子に身を沈めて話しはじめた。早口に、溢れ出るような話し方だった。

「そもそもの最初からお話ししなければなりません。わたし……わたし、彼女が恐かったんです。彼女は頭が狂ってました……すっかり狂ってるんじゃなくて……ほんのちょっと。わたしは彼女に連れられてここへ来たんです。まるでばかみたいに、わたしは喜びました。すごくロマンチックだと思ったんです。ちょっとしたおばかさん。ちょっとしたおばかさん、それがそのときのわたしでした。運転手のことでちょっとしたことがありました。彼女は男狂いでした……すごい男狂いでした。男のほうは全然その気もなかったんですが、そのことが外へ洩れて、彼女のお友だちがそれを知って笑い者にしたんです。それで、彼女は家族のところから逃げ出して、ここへ来たわけなんです。

それはすべて彼女の面目を保つための見せかけだったんです……砂漠の中での孤独となんとかいったことはみんな。少しのあいだそうしていて、それから帰るつもりだったんです。ところが、彼女はどんどんとおかしくなっていきました。そこへ、あのパイロットです。彼女は……あの人が好きになったんです。あの人は、わたしに会いにここに来たのに、彼女は自分のことと思って……あ、あの、おわかりいただけますね。でも、彼ははっきりと彼女に、ほんとうのことをいってしまったらしいんです……

　そうすると、彼女は突然、わたしにつらく当たるようになりました。ものすごく恐いんです。二度とわたしを故国へは帰さない、などといいました。わたしのことを彼女の思いどおりにしてやるというんです。わたしをどれいだというんです。ほんとにそのとおり……どれいでした。わたしの生死を彼女が握っていました」

　パーカー・パイン氏はうなずいてみせた。打ち明け話の情況が彼にはよく察せられた。レディー・エスターは、彼女の家系のほかの人たちがそれ以前にそうなったように、徐徐に正気の境を踏み越えていったのだ。そして怯えてしまったこの若い女性は、世間も知らず、旅をしたこともなく、彼女に向かっていわれたことをみな信じさせられてしまった。

「でもある日、わたしの中の何かが、とうとう音を立てて折れてしまったようでした。わたしは彼女に敢然と立ち向かいました。いよいよとなったら、彼女よりわたしのほうが腕力ではすぐれているんだ、といってやりました。階下の石だたみの上へ彼女を投げ落としてやるとも、いってやりました。彼女は怯えました、すっかり怯えきってしまいました。きっと、わたしのことを虫けらぐらいにしか思っていなかったんでしょうね。わたしは彼女のほうへ一歩詰め寄りました……わたしが何をしようとしてるのか、彼女がどう思ったかはわからないんですけど……彼女はあとずさりしました……彼女は……ベランダの端をうしろ向きのまま踏み外しました！」ミュリエル・キングは両手で顔を覆った。

「で、それから？」パーカー・パイン氏が優しく促した。

「わたし、すっかりあわてててしまいました。きっと、みんなはわたしが突き落としたというにちがいないと思いました。だれもわたしのいうことなんか聞いてくれないと思いました。きっと、この地の恐ろしい刑務所に放り込まれるにちがいないと思いました」唇が震えていた。パーカー・パイン氏には彼女のとりつかれた訳のわからない恐怖がよく理解できた。「そこで、ふと思いついたんです……もしあれがわたしだったら！　これんど新しい英国領事が来ることを、わたしは知ってました——わたしたちのどちらにも、一度も会ったことのない人です。もう一人の領事は亡くなってたんです。

使用人たちはわたしがなんとかうまく丸め込めると思いました。使用人たちにとっては、わたしたちは二人の頭の狂った英国婦人だったんですから。一人が死んで、もう一人がおかしなことをするというだけのことなんです。わたしは使用人たちにたっぷりお金を贈って、英国領事を迎えに行くようにいいました。領事がやって来ると、わたしはレディー・エスターとして出迎えました。指には彼女の指輪をはめていました。領事はたいへん親切で、万事うまく取り計らってくれました。だれ一人として、少しでも怪しむ者はなかったようでした」

パーカー・パイン氏はしみじみとうなずいた。名門の威信というべきか。レディー・エスター・カーは本当に気が狂っていたのかもしれないが、それでもやはりレディー・エスター・カーなのだ。

「それから、そのあとのことなんですけど」ミュリエルがつづけた。「わたしは、こんなことをしなければよかったと思うようになりました。わたし自身が気が狂っていたのだと気がつきました。お芝居をつづけながら、ここに滞在しなければならない罰をいい渡されたようなものです。どうしたら逃れることができるかわかりませんでした。今、わたしが真相を告白しても、かえって前より以上に、わたしが彼女を殺したように思われるにちがいありません。ああ、パインさん、どうしたらいいんでしょう？　わたし、どうしたらいいんでしょう？」

「どうするって？」パーカー・パイン氏は、その体型の許す限りのすばやさで立ち上がった。「いいかね、今からわたしと一緒に英国領事のところへ行くこと。領事はたいへん優しい、親切な人なんだから。相当不愉快な手続きをいろいろ通り抜けなくてはならないと思う。万事穏やかな航海をあなたに約束するわけにはいかないが、殺人罪で絞首刑にされることはないはずだ。ところで、話はべつだが、どうして朝食の盆が死体と一緒にあったんですかね？」

「わたしが上から投げ落としたんです。わたし……考えたんです、お盆があったほうがよけいにわたしらしく見えるにちがいないって。ばかなやり方だったんでしょうか？」

「なかなかうまい手でした」パーカー・パイン氏がいった。「実際のところ、その一点がひょっとするとあなたがレディー・エスターを殺したのではあるまいか、とわたしが不審を持ったところでした……もっとも、あなたに会うまでのことだが。あなたに会ってみて、あなたが生涯にどんなことをやるにしても、殺人だけは絶対にできない人だとわかりました」

「そうおっしゃるのは、それだけの度胸がわたしにはないっていうことですか？」

「あなたの反射神経はその方面へは向いていなかった」パーカー・パイン氏がほほえみながらいった。「さて、それでは出かけますかね？　これから不愉快なことに直面するようになるんだが、わたしがずっとお世話してあげましょう。そしてそれから……故郷のストレタム・ヒルへ……ストレタム・ヒルでしたな？　うん、そう思ってたんだ。わたしがある特別のバスのナンバーをいったとき、あなたが顔をゆがめるのを見ていたからね。さてきみ、行きますか？」

ミュリエル・キングは尻込みした。「きっとみんなは、わたしのいうことなんか絶対に信じないわ」神経質そうにいった。「彼女の家族の人たちやなんかは。彼女があんなふうなことをやっていたなんて、みんなは信じてくれないわ」

「わたしに任せておきなさい」パーカー・パイン氏がいった。「わたしは少々、あの一族の歴史を心得てるんでね。さあきみ、臆病者の役を演じていることはない。テヘランには胸がつぶれるほどに恋こがれている一人の青年のいることを忘れないで。その青年が操縦する飛行機であなたがバグダッドへ飛べるよう、手配することにしよう」

女はにっこりして顔を赤らめた。「わたし、心がまえができてます」それだけいった。それからドアのほうへ歩いていきながら振り返った。「あなたはわたしに会う前から、わたしがレディー・エスターでないことがわかっていたとおっしゃいましたね。いったい、どうしてそんなことがわかったんでしょう？」

「統計です」パーカー・パイン氏がいった。

「統計？」

「そう。ミシェルドバー卿も夫人も、二人とも青い目をしています。領事から夫妻の娘がキラキラした黒い目をしていると聞いたとき、何かこれは変なことがあるなとわかりましたね。茶色の目をした人たちからは青い目の子供が生まれることもあるが、この逆はないということです。科学的な事実で、まちがいはない」

「すばらしいお方だわ、あなたって！」ミュリエル・キングがいった。

The Pearl of Price

高価な真珠
The Pearl of Price

一行は長い、疲労の一日を過ごしていた。早朝にアンマンを、日陰でも九十八度という気温の中を出発して、あの異様で途方もない赤岩の都市ペトラの中心部に設けられたキャンプに、暗くなりかかるころやっと着いたのだった。

一行は七人——でっぷり肥ったアメリカ人の成功した事業家、ケイレブ・P・ブランデル氏。その秘書で、髪が黒く美男で、少々無口なジム・ハースト。疲れたような顔つきの英国政治家は、下院議員のドナルド・マーベル卿。世界的に有名な初老の考古学者、カーバー博士。雄々しいフランス人の、デュボス大佐。パーカー・パイン氏なる人物は——そう簡単にはその職業を分類できないが、英国人の堅実味を雰囲気として漂わせている。そして最後に、ミス・キャロル・ブランデル——美しくて、甘やかされ、六人の男たちの中で自分だけが女性だという意識を強く持っている。

一行の者は、それぞれに寝るためのテントか穴ぐらを選んだあと、大テントで夕食をとった。みんなは近東における政治情勢について話し合った――英国人は用心深く、フランス人は思慮深く、アメリカ人は少々ひとりよがりに、そして考古学者とパーカー・パイン氏はまったく何もいわなかった。この二人は、聞き手役のほうが好ましいようだった。またジム・ハーストもそうだった。

それから、みんなは訪れたこの町のことを話し合った。

「口でいえないくらいロマンチックね」キャロルがいった。「あの、ほら、なんといいましたっけ……ナバテア人ですか、あれがずっと昔、時がはじまったぐらいの大昔にここに住んでいたなんて思うと！」

「そんな昔じゃないですよ」パーカー・パイン氏がやんわりといった。「ね、カーバー博士？」

「ええ、ほんの二千年前のことで、また暴力団のことをロマンチックなどというんでしたら、まあナバテア人もそういえるでしょう。彼らは富裕なごろつきだったというべきでしょうがね、旅人たちに自分たちの隊商路を使うように強制する一方で、他のルートはみな危険になるように仕向けておくんです。ペトラの町は、こういう彼らの略奪品の倉庫だったんですよ」

「ただの略奪者だったとおっしゃるの？」キャロルがきいた。「ただのありきたりの泥棒？」

「泥棒という言葉はあまりロマンチックじゃありませんね、ミス・ブランデル。泥棒というと、けちなこそ泥を思わせます。略奪者といえば、もっと規模の大きさを思わせますよ」

「現代の資本家はどうですか？」パーカー・パイン氏がいたずらっぽくいった。

「あなたのことよ、お父さん！」キャロルがいった。

「金をもうける人間は、人類に恩恵をもたらします」ブランデル氏が金言でもいうようにいった。

「人類はあまり恩を感じてない」パーカー・パイン氏がつぶやいた。

「正直さとはいったいなんですか？」フランス人が詰問した。「それは微妙な差異、慣習ですよ。国のちがいで、ちがった意味になる。アラブ人は盗みを恥としない。嘘をつくことを恥としない。アラブ人にとっては、だれから盗むか、だれに嘘をつくかが問題なんです」

「それも一つの見解で――そうですな」カーバーが賛成した。

「つまり、東洋に対して西欧の優位がそこに示されているというわけだ」ブランデルがいった。「これらの貧しい者たちが教育を受けると……」

ドナルド卿がけだるそうに会話の中へ割りこんできた。「教育なんぞ、くだらんもんだ。なんの役にも立たんことばかり教えとる。つまり、わたしがいいたいのは、教育では人間は変えられん」

「というと？」

「まあ、こういうことだな、例えば、一度泥棒になったら、ずっと泥棒」

ちょっとのあいだ、まったくしんとなってしまった。やがてキャロルが蚊のことを一生懸命しゃべり出して、それに父親も加わった。

ドナルド卿は、ちょっと困った様子で、隣のパーカー・パイン氏にささやいた。「どうやらわたしはへまをやったらしいな……え？」

「変ですな」パーカー・パイン氏がいった。

しばらく、間の悪いふんい気だったが、一人だけまったくそれに気づかない人物がいた。考古学者は黙々と座りこんで、夢を見ているようなぽかんとした目つきをしていた。話の間ができると、彼はいきなり、さえぎるように話し出した。

「わたしは、その話に同意しますね……少なくとも、その反対の見地からですがね。人は基本的に正直であるか、それとも不正直かです。そこからはみ出すことはできない」

「すると、例えば、ふとした誘惑から、正直な人が犯罪者に変わるということは、信じられないというわけですか?」パーカー・パイン氏がいった。

「ありえないですね!」カーバーがいった。

パーカー・パイン氏は静かに首を振りながらいった。「わたしには、ありえないなどとはいいきれませんね。いろいろと考慮に入れなくてはならない要因がたくさんありますからね。例えば、限界点《ブレイキング・ポイント》です」

「限界点とは、どんなことをいっておられるんです?」若いハーストがたずねた。これがはじめての発言だった。深い、なかなか魅力のある声をしていた。

「脳には、相当な荷重に耐える適応性があります。危機に陥らせるもの……正直な人を不正直な人へ転換させるものは、ほんのちょっとしたことに過ぎないでしょう。だから多くの犯罪がばかげているというわけです。犯罪を引き起こす原因は、九割までが、ほんのわずかな過重なのです……一本のわらがラクダの背を折るというやつですね」

「今のお話は、まさに心理学だ」フランス人がいった。

「もし犯罪者が心理学者だったら、大した犯罪者になれますよ!」パーカー・パイン氏がいった。その考えを懇切ていねいに説きつづけた。「そのことを念頭において、あなたの会う十人の人について考えてみてください、そのうちの少なくとも九人は、適当な刺激を与えることによって、あなたの望みどおりのことをさせることができます」

「あら、そのことをもっとよく説明して！」キャロルが大きな声でいった。

「脅しのきく人があります。大声でどなりつければ、その人は従います。へそ曲がりの人がいます。あなたはその人に、あなたが行かせたいと思っている反対方向へ行くようにいえばいいのです。それから、暗示にかかりやすい人がいますが、これは最もよくあるタイプの人ですね。こういう人たちは、車の警笛を聞いて自動車が目に見える人です……郵便受けにストンという音がしたのを聞いただけで郵便配達が目に見える人です……人が刺されていると聞いて、傷にナイフが刺さっているのが目に見える人です……あるいはまた、人が射たれたという話を聞かされると、ピストルの音がその耳に聞こえる人ですね」

「あたしだったら、そんなようなことをだれからされても、暗示にはかからないわ」キャロルが信じられないというふうにいった。

「おまえは抜け目ないから、そんなことにはひっかからないね」彼女の父親がいった。

「まさにそのとおりです」フランス人が考えながらいった。「先入観が感覚を惑わします」

キャロルはあくびをした。「あたし、自分の穴ぐらへ行くわ。くたくたに疲れちゃった。明日の朝は早く出発するって、アバス・エフェンディがいってたし。どんなところか知らないけど、いけにえの場所ってのにあたしたちを案内するそうよ」

「それは、若くて美しい女の子をいけにえとして捧げる場所ですよ」ドナルド卿がいった。

「まあ！　あたしごめんんだわ！　じゃ、みなさんおやすみなさい。あら、あたしイヤリングを落としちゃった」

デュボス大佐が、テーブルの上をころがってきたイヤリングを拾い上げて、彼女へ返した。

「それは本物ですか？」ドナルド卿が不意に訊いた。ぶしつけをかえりみず、彼女のそれぞれの耳につけられている二つの大粒の真珠を見つめていた。

「ええ、本物ですわ」キャロルがいった。

「八万ドルしましたよ」彼女の父親が楽しそうにいった。「なのに、娘ときたらいいかげんにはめとるもんだから、すぐ落ちて、テーブルの上なんかにころがるってわけだ。おまえ、わたしを破産させるつもりか？」

「また新しいの買ってくれたって、お父さんは破産なんかしっこないわ」キャロルが甘えるようにいった。

「まあ、破産はしまいがね」と父親はそれに同意して、「同じイヤリングを三組買ってあげても、べつにわたしの銀行の収支にはちっともひびかないよ」と誇らしげにあたりを見まわした。

「いや、けっこうですな！」ドナルド卿がいった。

「さてみなさん、わたしももう寝ることにしますかね」ブランデルがいった。「おやすみなさい」若いハーストが一緒に行った。

あとの四人は、同じ思いに共鳴するように、お互いににやにやし合った。

「いやあ、どうも」ドナルド卿がものうげにいった。「彼が金を出さずにすんでよかった。ゼニ自慢のブタめ！」悪意を込めてつけ加えた。

「金の持ちすぎだな、ああいうアメリカ人どもは」デュボスがいった。

「なかなかむずかしいことですよ」パーカー・パイン氏が穏やかにいった。「金持ちが貧しい者に評価されることは」

デュボスが笑って、「羨望と敵意？」といった。「そのとおりだ、ムッシュ。わたしらはみな金持ちになりたがってる、真珠のイヤリングを何度でも買えるようなね。もっとも、こちらのムッシュはべつだが」

彼はそういってカーバー博士に向かってお辞儀をしたが、ご当人はいつも見せる表情で、またもやぽかんとしていた。何か手の中で小さな物をいじっていた。

「え？」と彼はわれに返った。「いや、わたしは大粒真珠など、むやみに欲しがったりはしませんね。金はつねに有益なもんですがね、もちろん」声が彼らしくもどった。

「しかし、まあこれを見てください。真珠より百倍も興味深いものがありますよ」

「何です？」

「これは黒いヘマタイトの円筒型印章で、謁見の場景が彫刻されています――神が一人の嘆願人をもっと上位の神に引き合わせているところです。嘆願人は供え物として子ヤギを一頭連れていて、尊厳なる神は玉座の上に御座《おわ》し、従僕がヤシの葉のハエ払いを絶えず動かして、ハエを追い払っている。この巧みな銘刻は、嘆願人がハムラビの召使であることを表わしているのであって、つまり、これは四千年前に作られたものにちがいないのです」

彼はポケットからひと塊の工作用粘土を取り出すと、その一部をテーブルにこすりつけてからワセリンをちょっと塗り、印章をその粘土の上に押しつけて、転がした。そうしてから、ペンナイフを使って粘土を四角に切り離して、そっとテーブルからはがした。

「ごらんのとおりね？」彼がいった。

彼が先ほど説明した場景が、ひろげられた工作用粘土の上にはっきりと鮮明に現われていた。

しばらくのあいだ、過去の魔力がみんなの上にのしかかった。するとそのとき、外からブランデル氏の耳ざわりな声があがった。

「おい、おまえたち！　おれの荷物をこのいまいましい穴ぐらから出して、テントへ移せ！　目に見えんやつがえらくおれにかみつくんだ！　これじゃ一睡もできんぞ！」

「目に見えんやつ？」ドナルド卿がたずねた。

「たぶん、サシチョウバエでしょう」カーバー博士がいった。

「目に見えんやつ、はよかったな」パーカー・パイン氏がいった。「そのほうがよっぽど、気分が出る名前ですよ」

翌朝一行は早く出発して、岩の色や模様などにいちいち感嘆の声をあげながら進んでいった。この〝バラのように赤い〟町は、疑いもなく、〈自然〉が最もぜいたくで華やかな気分のときに、気まぐれで創り出したもののようだった。一行は、カーバー博士がかがんで地面を見ながら歩き、ときには何か小さな物を拾い上げたりするものだから、のろのろと進んだ。

「考古学者はいつでもそうと見分けがつくな」にやにやしながら、デュボス大佐がいった。「決して空や丘や自然の美しさなど見ようともしない。かがみこんで、探しものをしながら歩く」

「そうね、でも何を探してるのかしら？」キャロルがいった。「カーバー博士、あなたが拾ってるものはなんですの？」

ちょっと微笑を浮かべながら考古学者が差し出したのは、泥のついた陶器の破片二つだった。

「そんながらくた！」キャロルがあざけるように大きな声でいった。

「陶器は黄金よりおもしろいもんですよ」カーバー博士がいった。キャロルは信じられないといった顔をしていた。

一行は急な曲がり角へ来て、二、三の古墳を通り過ぎていった。上り坂は相当にきつかった。ベドウィンのガイドたちが先に立って、片側の切り立った絶壁の下へは目もくれずに、平然と身体を左右へ振りながら、けわしい斜面を登っていった。

キャロルは少し青ざめた顔をしていた。一人のガイドが上から身体を乗り出して、手を差し伸べてやった。ハーストがすばやく上へ跳び上がって彼女の前へ出ると、持っていたステッキを険しい斜面に手すりのような具合に突き出した。彼女は目で感謝して、間もなく無事に広い岩道へ出た。ほかの人たちもゆっくりとそのあとにつづいた。もう太陽が高く昇っていて、熱さが感じられはじめていた。

やっと一行は、頂上近くの広い台地へたどり着いた。頂上の巨大な四角い岩盤まではわけなく登れる道がある。ブランデルがガイドに一行だけで上へ行くからと指示した。ベドウィンたちは岩に具合よく寄りかかって煙草を吸いはじめた。わずか数分でほかの者たちは頂上に達した。

そこは奇妙な、草木も何もないところだった。景色はすばらしかった——どちらの側にも谷を抱えこんでいる。みんなの立っているところは平たい長方形の地面で、わきにはいくつかの鉢が岩に彫って造ってあり、またいけにえを捧げる祭壇のようなものがあった。

「いけにえを捧げる神聖な場所ね」キャロルが熱を込めていった。「でも、ここまでいけにえになるものを運び上げるには、ずいぶん手間がかかったでしょうね！」

「もとは一種のジグザグの岩の道があったのです」カーバー博士が説明した。「その痕跡を、降りるときほかの道を通って、見てみることにしましょう」

みんなはそれからかなり長いこと、注釈をしたり雑談をしたりしていた。すると、小さなカチンという音がして、カーバー博士がいった——「ミス・ブランデル、またイヤリングを落とされたんじゃないですか」

キャロルはぱっと片手を耳にあてた。「あら、そうだわ」

デュボスとハーストがそこらを探しまわりはじめた。

「きっとこの辺にあるはずだ」フランス人がいった。「どこかへころがっていってしまうわけがない、だって、ころがっていくところがないからな。ここはまるで四角な箱の中みたいなところだもの」

「岩の割れ目なんかにころがりこんでるんじゃないかしら？」キャロルが訊いた。

「どこにも割れ目などないですな」パーカー・パイン氏がいった。「自分でごらんになってみるといい。この場所はまっ平らですよ。あ、大佐、何か見つかりましたか？」

「いや、ただの小石」デュボスはそういって、笑いながらそれを投げ捨てた。

だんだんと気分が変わってきた……緊張した気分が捜索にかぶさってきた。みんなは声に出してこそいわなかったが、〝八万ドル〟という言葉がだれの頭にもあった。

「キャロル、おまえ、たしかにイヤリングをつけていたのか？」彼女の父親がどなりつけた。「登る途中で落としたんだろう、きっと」

「みんながこの台地へ登ってきたときには、ちゃんとあったわ」キャロルがいった。

「なぜ知ってるかっていうと、カーバー博士があたしにイヤリングが取れそうになってるからって、ちゃんとネジを締めてくださったんだもの。そうでしたわね、博士？」

カーバー博士がそのとおりといった。みんなの頭にあったことを口に出していったのは、ドナルド卿だった。

「これはどうも、なんとも不愉快なことですよ、ブランデルさん。あなた昨夜、わたしたちにこのイヤリングがどれくらいの値段のものか話されましたね。片方だけでも、ちょっとした一財産ぐらいの値打ちがあると。もしもこのイヤリングが見つからなかった場合、それに、どうやら見つかりそうもないですから、われわれ一人一人が確実に疑いをかけられることになる」

「それでは、その一人としてわたしを調べてもらいたい」デュボス大佐が口をはさんだ。

「わたしは頼むのでなく、権利として要求する！」

「ぼくも調べてもらいます」ハーストがいった。その声にはきびしさがあった。

「ほかのみなさんはどう思っておられますか？」ドナルド卿が見まわしながらたずねた。

「よろしいですとも」パーカー・パイン氏がいった。

「けっこうなお考えです」カーバー博士がいった。

「みなさん、わたしもそのなかへ加えていただきますよ」ブランデル氏がいった。「わたしには、わたしの理由があってのことだが、その理由をことさらにいいたくはない」

「もちろんどうぞ、お好きなように、ブランデルさん」ドナルド卿が丁重にいった。

「キャロル、おまえは下へ降りて、ガイドたちと一緒に待っていてくれないか？」

何もいわずに彼女はそこを立ち去った。顔がこわばって、きびしい表情になっていた。その表情には絶望の色が浮かんでいて、少なくとも一行のなかの一人の注意を引いていた。彼は、いったいその表情は何を意味しているのだろう、と不審に思っていた。

調べは進められていった。手荒く、徹底的だった……そして完全に不満足なものだった。一つのことだけが確実になった。だれも問題のイヤリングを隠し持っている者はなかった。元気を失った小さな一隊は下りにかかったが、ガイドの説明や案内も上の空で聞いている始末だった。

パーカー・パイン氏が昼食のためにちょうど服装を整え終わったところへ、彼のテントの入口に人影が現われた。

「パインさん、入ってもよろしいでしょうか？」

「ええ、どうぞどうぞ、お嬢さん」

キャロルが入ってきて、ベッドに腰をおろした。彼女の顔には、その日の早くから彼が気づいていたのと同じきびしい表情があった。

「あなたは人が不幸せなとき、その人のために問題をきちんと片づけてあげると自任してらっしゃいますね？」迫るようにきいた。

「わたしは休暇中ですよ、ミス・ブランデル。どんな事件もお引き受けしません」

「でも、この件だけはお引き受けになって」彼女は穏やかにいった。「いいですか、パインさん、あたしどんな人よりも、今すごくみじめなんですよ」

「なぜ、そんなに苦しんでるんです？　例のイヤリングの件ですか？」

「それなんです。おっしゃるとおり。ジム・ハーストはあれを取ったりしていません、パインさん。あたしにはわかってるの、彼はやってないわ」

「あなたのおっしゃっていることが、わたしにはよくわからないのですよ、ミス・ブランデル。いったい、どうして彼が取ったなどと思ってる人があるんです？」

「それは、彼の経歴なの。ジム・ハーストは、かつて泥棒だったことがあるんです、パインさん。あたしたちの家で彼は捕まりました。あたし……あたし、彼が気の毒で。まだとても若くて、やけになっていて……」

「そして、たいへんな美男子で」とパーカー・パイン氏は思った。

「あたしお父さんにお願いして、償いをする機会を彼に与えてくれるよう説得したんです。父はあたしのためなら、どんなことでもしてくれます。父はジムに機会を与えてくれて、ジムは償いをしました。父は彼を信頼するようになって、事業上の秘密なども、すべて彼に任せるようになったんです。そして、やっとできるようになるところまできていた、といいましょうか、もしもこんどのことが起きなければ」

「やっとできる、とおっしゃると……？」

「つまり、あたしは彼と結婚しようと思っていますし、彼もあたしと結婚を望んでるんです」

「では、ドナルド卿は？」

「ドナルド卿は父の考えたことなんです。あの人、あたしの趣味に合わないわ。あたしがはく製の魚みたいなドナルド卿と、結婚を望んでるなんて考えられますか？」

若い英国人に対するこの描写については何も意見を述べずに、パーカー・パイン氏はたずねた――「では、ドナルド卿自身はどうなんです？」

「やせてしまったあの人の所有地には、あたしが役に立つとでも思ってるんでしょうよ」キャロルがあざけるようにいった。

パーカー・パイン氏は情況をよく考え合わせてみた。「あなたに二つのことについておききしたい」彼がいった。「昨夜、〝一度泥棒になったら、ずっと泥棒〟という意見が出ましたね」

女はうなずいた。

「その意見がもたらしたらしい当惑の理由が、今わかりましたよ」

「そうなんです、ジムにとって……それからあたしや父にとっても、具合の悪いことだったんです。あたしはジムの顔色でも変わったらと心配になって、あわてて何か口から出まかせのことをいったのでした」

パーカー・パイン氏は思いやり深くうなずいた。それからたずねた——「今日、あなたのお父さんが自分も調べてくれと主張されたのは、どういうわけからだったのでしょう？」

「おわかりにならなかったかしら？　あたしにはわかりました。父の頭には、この事件は自分がジムを陥れるためにすべてでっち上げたものだとあたしが思いはしないか、そういう考えがあったんですね。ご存じのように、父はあたしがあの英国人と結婚することを熱望してるんですから。つまり、父はジムに対して卑怯なことはしていない、ということをあたしに見せたかったわけなんです」

「いやどうも、これで事情がすっかり明らかになりました。一般的な意味では、ということですが。しかしこんどの事件については、どうもあまり役に立ちませんね」

「そのことからは手を引いてしまうおつもり？」

「いえいえ」しばらく黙りこんでいたが、やがていった。「ミス・キャロル、あなたがわたしにしてもらいたいことは、はっきりいってなんです？」

「あの真珠を盗んだのがジムでないってことを、証明してもらいたいの」

「そしてもしも……失礼だけど……ジムだったとしたら？」

「そう思ってるんだったら、あなたのまちがい……絶対に大まちがいよ」

「なるほど、しかしあなたは、この事件をほんとによくよく考えてみましたか？　こんなことを考えませんでしたか——あの真珠がハースト氏にふとした出来心を起こさせたんじゃないかと？　売り払えば大金が手に入る……まあ、投機をする元手とでもいいますか？……それで独立できるし、そうすれば、あなたのお父さんの承諾があろうとなかろうと、あなたと結婚することができる」

「ジムは盗んでなんかいません」彼女がきっぱりといった。

こんどはパーカー・パイン氏も彼女の言葉を受け入れた。「まあ、わたしにできるだけのことはやってみましょう」

彼女はぞんざいなうなずき方をして、テントから出ていった。パーカー・パイン氏が彼女に代わって自分のベッドへ腰をおろした。考えに耽《ふけ》りだした。そして突然くすくす笑いだした。

「わたしとしたことが、頭が悪くなってきたもんだ」声を出していった。昼食の席ではたいへんに機嫌がよかった。

何事もない午後が過ぎていった。たいていの人が眠っていた。パーカー・パイン氏が四時十五分過ぎに大テントへやって来たときには、カーバー博士しかいなかった。博士は陶片などを調べていた。

「やあ！」パーカー・パイン氏は声をかけて、椅子をテーブルへ引き寄せながらいった。「ちょうど、あなたにお目にかかろうと思っていたところなんですよ。あなたがいつも持ち歩いてる、例の工作用粘土を少しわたしに分けていただけませんか？」

博士はポケットをさぐると、棒状になっている粘土を取り出して、パーカー・パイン氏に差し出した。

「いや」パーカー・パイン氏はそれを手ぶりで断わった。「わたしがいってるのは、それじゃないんです。昨夜持っておられたひと塊のほうが欲しいんですよ。はっきりいうと、わたしの欲しいのは粘土じゃないんです。その中身なんですがね」

ちょっと間があって、それからカーバー博士が穏やかにいった。「わたしにはどうも、あなたのおっしゃることがよくわかりませんがね」

「おわかりになってるはずですよ」パーカー・パイン氏がいった。「わたしが求めているのは、ミス・ブランデルの真珠のイヤリングなんです」

一分ほど重苦しい沈黙があった。それからカーバーはポケットへ手を突っこむと、形の崩れた工作用粘土のひと塊を取り出した。

「なかなかあなたは、目がおききになりますね」パーカー・パイン氏がいった。その顔は無表情だった。

「ことの次第をお話し願いたいですね」彼がいった。指は忙しく動いていた。ちょっとうめくと、少し汚れた真珠のイヤリングを抜き出した。「ただの好奇心からなんですよ、わかったのは」弁解するようにつけ加えた。「でも、ことの次第をお聞かせ願いたいものです」

「お話しいたしましょう」カーバーがいった。「しかし、いったいどうやってわたしだと決められたのか、それを話してもらってからのことです。あなたは、何もその目で見られたわけじゃないんですね？」

パーカー・パイン氏は首を振って、「考えついただけのことですよ」といった。

「そもそものはじまりは、まったくの偶然の出来事だったんです」カーバーがいった。「今朝ほどわたしはずっと、みなさんのうしろにいたんですが、偶然あのイヤリングがわたしの目の前にあるのを見つけました……ちょっと前に、あの娘の耳から落ちたのにちがいありません。彼女は気づいていなかったんですね。だれも気づいていなかった。わたしはそれを拾い上げてポケットへ入れ、あとで彼女に追いついたら返してあげようと思っていたんです。しかし、わたしは忘れてしまった。

それから、あの登りの途中、わたしは考えはじめました。この真珠はあのばか娘にとってはなんの価値もないものだ……父親が値段のことなど気にもせずに、またべつのを買ってやることだろう。しかし、わたしにとってはたいへんなしろもの。あの真珠を売れば探険隊の一つぐらい配備することができる」彼の無表情な顔が急にひきつって、生き生きしてきた。「当節、発掘事業のために寄付金を募ることがどんなに困難か、おわかりだろうか？　いや、おわかりになってない。あの真珠を売ることで、あらゆることが容易になる。わたしが発掘したいと願っている遺跡があるんですよ……バルチスタンに。そこには発見されるのを待っている歴史のひとこまがまるまる埋もれているんです

……

あなたが昨夜いわれたことが思い出されてきたんです……暗示にかかりやすい証人のことです。あの女はそんなタイプだとわたしは思いました。わたしたちがあの頂上に達したとき、わたしは彼女にそのイヤリングがゆるんでいるといってやりました。それをわたしはしっかり締めてやるふりをしたんです。実際にわたしがやったことといえば、小さな鉛筆の先を彼女の耳に押しつけただけでした。それから数分後、わたしは小石を一つ落としました。それで彼女はそれまでイヤリングはちゃんと耳につけていて、たっ

た今落としたんだと完全に思いこんだわけです。一方、わたしはポケットの中の工作用粘土の塊の中に、その真珠を押し込みました。これがわたしの話です。あまりためになる話じゃありませんね。さてこんどはあなたの番です」

「わたしのほうにはあまり大した話はありませんよ」パーカー・パイン氏がいった。「地面から物を拾い上げる人は、あなただけだったですからね……それがあなたのことを考えさせるきっかけになったんです。そしてあの小石のことが暗示的だとも気がつきましたよ。あれが、あなたが演じたトリックを暗示してましたね。それから……」

「おつづけください」カーバーがいった。

「ええ、まあ、昨夜、あなたはちょっと熱心すぎるくらい正直さについて話してましたね。いい張りすぎたのです……シェークスピアもいってるようにね。何か、あなた自身にいい聞かせているようなふうでした。また、金について、あなたはちょっと軽蔑しすぎてましたよ」

　目の前の男の顔にしわが寄り、疲れ果てたように見えた。「いや、これで決着ですな」彼がいった。「わたしもこれでおしまい。その見かけ倒しをあの女に返していただけますね？　妙なもんですな、装飾に対する原始的な本能。遠く旧石器時代までもさかのぼれますからね。女性最初の本能の一つです」

「あなたはミス・キャロルに対する評価を誤っておられる」パーカー・パイン氏がいった。「彼女は頭がいいし……それ以上に、暖かい心があります。こんどのことは、彼女だけの胸にしまっておいてくれると思いますね」

「でも、あの父親はだめでしょう」考古学者がいった。

「あの人も秘密にしておいてくれますよ。〝お父さん〟にはお父さんなりのわけがあって、内密にしますよ。このイヤリングには、一つ四万ドルの値打ちなどまったくないんですよ。ただの五ポンド紙幣一枚で充分です」

「まさか……？」

「そうなんですよ。あの娘は何も知らないのです。彼女はあれがまったくの本物だと思ってるんです。わたしは昨夜不審感を覚えたんです。ブランデル氏は自分の持っている金のことをあまりにもしゃべりすぎてましたよ。事がうまくいかなくて、事業が不振に陥ったとなると……そうです、表面を取りつくろって、からいばりをするのが上策なんですね。ブランデル氏は大ぼらを吹いとったわけです」

急にカーバー博士はにやにやしはじめた。人の心を惹きつける少年のような微笑で、初老の男の顔にそれを見るのは不思議な感じだった。

「すると、われわれはみんな、同じ哀れなやつだったというわけですね」彼がいった。

「まさにそのとおり」とパーカー・パイン氏はいって、次の句を引用した——「〃仲間意識はすばらしい〃ですね」

Death on the Nile

ナイル河の殺人
Death on the Nile

レディー・グレイルはいらいらしていた。蒸気船〈ファユーム〉号に乗船した途端、何から何まで文句をつけていた。船室が気に入らない。朝の太陽はがまんもできるが、午後の太陽はがまんならない。姪のパメラ・グレイルが反対側の自分の船室を快く譲ってやった。レディー・グレイルはぶつぶついいながら、それを受け入れた。

夫人は付き添い看護婦のミス・マクノートンがまちがったスカーフを渡したといってがみがみいい、小さな枕を出しておかずにしまいこんでしまったといってはがみがみいった。夫のジョージ卿にもかみついた――ちがう石のネックレスを買ってきてしまったといって。夫人が欲しかったのはカーネリアンではなくてラピスラズリだった。ジョージはばかなんだわ！

ジョージ卿ははらはらしながら、「すまん、どうも、すまん。引き返して、取り替えてもらってくるからね。まだ時間はたっぷりある」

夫人は、夫の個人秘書バージル・ウェストにはがみがみいわなかった、というのも、だれもバージルにがみがみいう者はいないのだ。いう前に彼の微笑で骨抜きにされてしまう。

だが、最悪のがみがみは、まちがいなくガイド兼通訳へ降りかかる——どんなことにもびくともしないような、豪奢な服装をした、堂々たる人物なのだが。

レディー・グレイルは、肘かけ椅子に腰かけている見知らぬ人物が同乗客だとわかると、その憤激は洪水のように溢れ出した。

「事務所の人たちは明確にわたしにいいましたよ、乗客はわたしたちだけだって！　観光シーズンも終わりだから、ほかには乗船する者はいないって！」

「そのとおりでございます、奥様」モハメッドが穏やかにいった。「奥様ご一行と一人の紳士のお方だけ、それだけでございます」

「でも、わたしたちだけだって聞かされましたよ」

「はい、まことにそのとおりで、奥様」

「ちっともそのとおりじゃありませんよ！　嘘じゃありませんか！　あの男、ここで何をしてるの？」

「あの人、遅くいらっしゃいました、奥様。奥様が切符を買ったあとです。あの人、今朝になって来ることを決めたのです」

「まったくインチキよ！」

「大丈夫です、奥様。あの人、たいへんおとなしい紳士、たいへんよい人、とてもおとなしいです」

「あんた、ばかよ！　なんにも知っちゃいないくせに。ミス・マクノートン、どこにいるの？　ああ、そこにいたの。何べんいえばわかるの、いつもわたしのそばにいなさいっていってるのに。わたし、いつ卒倒するかわからないじゃないの。船室へわたしを連れてってちょうだい、そしてアスピリンをくださいな、それからモハメッドをわたしのそばへ近寄らせないで。あの男は〝そのとおりで、奥様〟のいいつづけで、わたし、しまいに悲鳴をあげたくなるんだから」

ミス・マクノートンは何もいわずに、片手を支えに差し出した。彼女は三十五歳ぐらい、背の高い女性で、黒い髪のおとなしい美人だった。レディー・グレイルを船室に落ちつかせて、いくつかのクッションで身体を支えてやり、アスピリンを飲ませて、まだちょろちょろと流れ出てくるぐちに耳を傾けた。

レディー・グレイルは四十八だった。彼女は十六歳のときからずっと、あり余る金を持ちすぎている苦情を訴えつづけている。彼女は非常に貧しい准男爵のジョージ・グレイル卿と十年前に結婚していた。

彼女は大女で、顔立ちは決して悪くはないのだが、いつもいらいらしてしわが多かったし、施している厚化粧がかえって時の経過と気性の欠点を強調していた。髪はプラチナ・ブロンドと赤褐色とに代わるがわる染めていた結果、張りを失っていた。着飾りすぎだし、宝石類もつけすぎだった。

「だんな様にそういっておくれ」と夫人がやっと文句をやめた――ミス・マクノートンは無表情な顔で黙って待っていた――「だんな様にいっとくれ、あの男を船からおろしてちょうだいって！　わたしはプライバシーがほしいの。まったくもうわたし、やりきれない……」夫人は目を閉じた。

「はい、奥様」ミス・マクノートンはそういって、船室を出た。

ぎりぎり一分前に駆けこんできて、人を怒らせている乗客は、まだデッキチェアに腰をおろしていた。ルクソールのほうへ背を向け、ナイル河の向こうをじっと見つめていた――そこには、はるかかなたの山々が深緑の線上に金色に見えていた。ミス・マクノートンはその男の前を、品定めをするようにちらと横目で見て通った。

　ジョージ卿はロビーにいた。一連のネックレスを手にして、決定しかねた様子でそれを見ていた。「どうだろうね、ミス・マクノートン、これでいいだろうかね？」

　ミス・マクノートンはラピスラズリのネックレスをちらと見て、「たいへんけっこうですわ」といった。

「奥様の気に入ると思うかね……え？」

「あ、いいえ、それはなんとも申しあげられませんわ、だんな様。奥様の気に入るものなんてございませんもの。ほんとにそうなんです。それはそうとしまして、奥様の伝言で参りました。奥様は、あの飛び入りの乗客を追い払ってくれとおっしゃってるんです」

　ジョージ卿は口をあんぐり開けた。「そんなことがぼくにできるわけないだろう？あの人に、いったいなんといえばいいんだ？」

「もちろん、そんなこと、だんな様にはおできになりません」エルシー・マクノートンの声はてきぱきとして、優しかった。「どうしようもないとおっしゃればよろしいですわ」励ますように付け加えた。「それで大丈夫です」

「大丈夫と思うかね、え？」その顔はおかしいくらい哀れっぽかった。

　エルシー・マクノートンの声は、ますます優しくなった。「だんな様はこんなこと、あまり真剣に気にかけなくてもよろしゅうございますよ。お身体のせいなんですから。あまり深くお考えにならないで」

「きみ、ほんとに妻の具合は悪いと思うかね？」

暗い影がちらと看護婦の顔をよぎった。それに答える声に何か妙なものがあった。「はい、奥様のご容態はあまり好ましいものでは、ございません。でも、どうぞご心配なさいませんように、だんな様。決してご心配はいりません。ほんとに、ご心配はいりませんん」彼女は親しみのある笑顔を見せて、出ていった。

涼しそうな白服のパメラが、ひどくつまらなそうに入ってきた。「まあ、おじさま」

「よう、パムか」

「何を持ってるの？　ああ、すてきね！」

「いや、そう思ってくれるとうれしいよ。おまえの叔母もそう思うと思うかね？」

「叔母様はどんなものでも好きになることができない性分よ。叔父様、どうしてあんな人と結婚なさったのかわからないわ」

ジョージ卿は黙りこんでしまった。入り乱れたパノラマのような情景が彼の心の目の前に立ち現われる——負け競馬、迫ってくる債権者たち、そして横柄だが美しい女。

「叔父様、お気の毒ね」パメラがいった。「仕方なくそうしたんでしょう。でも、叔母様ったら、あたしたち二人ともひどい目に遭わせてるわね？」

「彼女が病気になってからというもの……」ジョージ卿がいいかけた。

それをパメラがさえぎった。「叔母様は病気じゃないわ！　ほんと、病気じゃない。なんだって思うこと、いつでもやれるんだわ。だってね、叔父様がアスワンに行ってるあいだ、叔母様はまるで……ええと、コオロギみたいにぴんぴんはしゃいでたわ。きっとミス・マクノートンだって、叔母様が仮病だってこと知ってるにちがいないわ」

「ミス・マクノートンがいなくちゃ、ぼくらどうやっていいかわからないからね」ジョージ卿がため息まじりにいった。

「あの人、そりゃなんでもできる人よ」パメラが認めた。「でも、叔父様ほどあたしはあの人を買わないわ。いえ、叔父様はすっかり惚れこんでらっしゃるわ！　否定してもだめ。叔父様は彼女のこと、すばらしいと思ってる。ある意味では、そうでしょうよ。でも彼女、底の知れない人だわ。彼女、何を考えてるのか全然わからないもの。それでも、意地悪叔母様はとてもうまく扱ってるわ」

「おいおい、パム、自分の叔母のことを、そんなふうにいうもんじゃないよ。ともかく、きみにはたいへんよくしてるじゃないか」

「そう、あたしたちの費用は、みんな叔母様が払ってくれてるんじゃない？　でも、すごくいやな暮らし」

ジョージ卿はもう少し身にこたえない話題へと移った。「この旅行に入りこんできたあの男はどうしたもんかね？　きみの叔母はこの船を自分たちだけのものにしたがってるんだ」

「そんなのだめよ」パメラが冷やかにいった。「あの人、とてもりっぱな人よ。名前はパーカー・パイン。そんなものがあるかどうか知らないけど、たしか記録文書局のお役人だった人よ。何か変なんだけど、どこかであの人の名前、聞いたような気がするの。あ、バージル！」ちょうど秘書が入ってきたところだった。「パーカー・パインって名前、どこで見たのかしら？」

「《タイムズ》紙の第一面、個人広告欄ですね」青年はすぐに答えた。「〝あなたは幸せですか？　そうでないならパーカー・パイン氏に相談を〟ですよ」

「ほんと！　すごくおもしろいわ！　あたしたちの困ってること、カイロへ行く途中、あの人に話してみましょうよ」

「ぼくには困ったことなんかありません」バージルがはっきりといった。「わたしたちは黄金のナイル河を下って、いろいろと神殿を見ることになっています」彼はちらりとジョージ卿のほうを見たが、彼は新聞を取り上げたところだった。「みなさんご一緒にです」

最後の言葉はささやきになっていたが、パメラはちゃんと聞き取っていた。彼女と彼の目が合った。

「そのとおりね、バージル」彼女がそっといった。「生きてるってすてきね」

ジョージ卿は立ち上がると出ていった。パメラの顔を暗い影が覆った。

「どうしたの、ねえ？」

「あたしの大きらいな義理の叔母が……」

「心配しないで」バージルが急いでいった。「叔母さんがなんと思っていようとかまわないじゃないか？　叔母さんに逆らっちゃいけないよ。わかるね」彼は笑った。「それがうまいカムフラージュなんだから」

パーカー・パイン氏の親切そうな姿がロビーへ入ってきた。そのあとから、珍奇な姿のモハメッドが、きまり文句を並べ立てるべくやって来た。

「紳士、淑女のみなさま、これより出発いたします。数分で、右手にカルナックの神殿前を通過します。ここで一つ、みなさまに物語をお聞き願います、それは父親のために子羊の焼肉を買いにいった少年の話でありまして……」

パーカー・パイン氏は額の汗をふいた。デンデラの神殿を見物して帰ってきたばかりだった。ロバ乗りは、彼のような体格には不似合いの運動だと思う。カラーを外そうとしていると、化粧台に立てかけてある手紙が目についた。開けてみた。こうあった——

拝啓、貴殿がアビドス神殿の見物を中止され、船内におとどまりくださって、私の相談に応じていただけますなら、まことにありがたく存ずる次第であります。

敬具

アリアドネ・グレイル

パーカー・パイン氏の大きな柔和な顔に微笑のしわが寄った。便箋に手を伸ばし、万年筆のキャップを取った。

レディー・グレイル様（と書いた）、ご期待にそむき遺憾に存じますが、目下小生、休暇中にて、一切の職業上の業務は致しておりません。

署名をすると、その手紙をスチュワードに持たせてやった。着替えをすませたころ、またしても手紙が届けられた。

パーカー・パイン様——貴殿が休暇中のことは尊重いたしますが、わたしといたしましてはご相談料として百ポンドお支払い申しあげる用意がございます。

敬具

アリアドネ・グレイル

パーカー・パイン氏の眉が上がった。考えこみながら万年筆でこつこつと歯をたたいていた。アビドス神殿は見物したいが、百ポンドは百ポンドである。またエジプトというところは、想像していた以上にやたらと金のかかるところでもあった。

レディー・グレイル様（と書いた）——小生アビドス見物は中止いたします。

敬白

J・パーカー・パイン

パーカー・パイン氏の上陸辞退はモハメッドにとって大悲嘆のもとであった。

「とてもりっぱな神殿。わたしの案内する紳士方、みなこの神殿を見ること望みます。わたし、あなたに乗り物用意します。わたし、あなたに椅子用意して、船員にかつがせる」

パーカー・パイン氏は、これらの心惹かれる申し出をみな断わった。

ほかの人たちは出発していった。パーカー・パイン氏は甲板で待っていた。やがてレディー・グレイルの船室のドアが開いて、レディー自身が足を引きずるようにして甲板へ出てきた。

「お暑うございますね」彼女が上品にいった。「あなた、お残りになってくださいましたのね、パインさん。まことにけっこうでした。ご一緒にラウンジでお茶でもいかが？」

パーカー・パイン氏はすぐさま立ち上がると、夫人のあとに従った。好奇心をそそられたことは否めない。

レディー・グレイルは要点を切り出しかねているようだった。あの話題この話題と、うろうろしていた。だがしまいに話し出したときには、声が変わっていた。

「パインさん、これからわたしがお話しすることは極秘のことなんです！　おわかりいただけますね？」

「もちろんです」

夫人はちょっと言葉を切って、深々と息をした。パーカー・パイン氏は待っていた。

「わたしが知りたいのは、わたしの夫がわたしを毒殺しようとしているかどうかということです」

パーカー・パイン氏はいろいろと予想はしていたものの、これではなかった。驚きを率直に現わした。「それはきわめて重大な罪の告発ですね、レディー・グレイル」

「わたしはね、ばかでもありませんし、生まれたばかりの赤ん坊でもありません。もう大分前からわたしは疑いを持っておりました。ジョージがどこかへ出かけているときは、わたしの身体の具合がいいのです。食あたりをすることもありませんし、自分でもまるでちがった人間のような気分になるのがわかります。これには何かわけがあるはずです」

「おっしゃることはまことに重大です、レディー・グレイル。ご記憶願いたいのは、わたしは探偵ではないということです。わたしは、まあいうなれば、心の専門医とでも申しましょうか……」

夫人がそれをさえぎった。「あの……それでは、こういういろいろなことがわたしの悩みの種とはお考えにならないんでしょうか？　わたしは警官を求めているのではありません……自分のことは自分で始末します、どうぞおかまいなく……わたしはたしかな事実をつかみたいんです。ぜひとも知りたい。パインさん、わたしは意地悪な女じゃありません。わたしのことを公正に扱ってくれる人には、わたしも公正にいたします。取引は取引です。わたしはわたしの分を果たしてきました。夫の借財も返却しましたし、夫にお金の出し惜しみをしたこともありません」

パーカー・パイン氏はジョージ卿がちょっとかわいそうになってきた。

「それから、あの娘ですが、服やパーティ、あれやこれや、そのほかなんでもしてやりました。ただわたしはありきたりの感謝の気持ちしか求めてはおりません」

「感謝の気持ちというものは、注文してできるものではありませんよ、レディー・グレイル」

「ばかばかしい！」レディー・グレイルがいった。そしてつづけた。「まあ、こんなわけなのよ！　わたしのために事実を探り出してください！　もしわかったら、わたし……」

パイン氏は夫人を興味深くじっと見つめた。「もしもわかったら、それからどうなさいます、レディー・グレイル？」

「あなたの知ったことじゃありません」彼女はきっと唇を結んだ。

パーカー・パイン氏はちょっとためらっていたが、やがていった——「失礼ですが、レディー・グレイル、あなたはわたしに何もかも打ち明けてはいらっしゃらない印象をわたしは受けております」

「とんでもない。わたしはちゃんと、あなたに見つけてもらいたいことをこまごまとお話ししましたよ」

「ええ、でもどうしてという理由はお話しになっていませんね？」

二人の目が合った。夫人のほうが先に目を伏せた。

「理由は、自明のことと思います」夫人がいった。

「いいえ、というのも、わたしには一つの点について疑問があります」

「なんです、それは？」

「あなたはご自分の疑惑が正しいか、それとも誤っているかを、証明したいと思っておられるんですね？」

「なんですって、パインさん！」夫人は立ち上がると怒りに身を震わせていた。

パーカー・パイン氏は静かにうなずきながら、「なるほど、なるほど」といった。

「しかし、それではわたしの質問の答えになっておりませんね」

「まあ！」夫人は言葉を失ったらしかった。部屋からさっさと出ていってしまった。

一人になると、パーカー・パイン氏はしきりに考えこんでいた。あんまり考えに耽っていたものだから、だれかが入ってきて、向かい側に座ると、自分でも自覚できるほどビクッとした。それはミス・マクノートンだった。

「みなさんずいぶん早く帰りましたね」パーカー・パイン氏がいった。

「ほかの人たちはまだ帰っておりませんの。あたし頭痛がするといって、一人で早く帰ってまいりました」彼女はためらいながらいった。「レディー・グレイルはどこにいらっしゃるんでしょう？」

「船室で横になっておられると思いますが」

「ああ、じゃよろしいんです。あたしが帰ってきたこと、知られたくないんです」

「では、夫人のために帰ってきたんじゃないんですね？」

ミス・マクノートンは首を横に振った。「いいえ、あたし、あなたにお目にかかるために帰ってまいりましたの」

パーカー・パイン氏はびっくりさせられた。ミス・マクノートンは他人の助言など求めなくても、自分の問題は自分の力で充分に対処できる人だと、今すぐにでもいうところだった。どうやら判断の誤りだったようだ。

「あたし、みなさんが乗船なさってからずっと、あなたのことを気をつけて見ておりましたの。あなたは経験がお広くて、判断のたしかな方だと思いました。で、あたし、助言していただきたいことがあるんです」

「それにしても……失礼だがミス・マクノートン……あなたは助言を求めるようなタイプの人じゃないでしょう。自分自身の判断に充分頼れる人だと思いますよ」

「普段ならそうなんです。でも、あたし、とても妙な立場にあるんです」彼女はちょっとためらいを見せた。「普通ですと、あたし自分の患者のことはおしゃべりいたしません。でもこの場合は、やむをえないと思います。パインさん、あたしがレディー・グレイルと一緒に英国を離れましたときには、夫人は簡単な患者さんでした。率直に申しますと、まったく悪いところなしのお身体でした。でも、完全にそうだとはいえないかもしれませんが。暇とお金のありすぎが、身体の病的な状態をもたらします。毎日少しでも床磨きをし、五人か六人の子供の面倒を見ることで、レディー・グレイルは完全な健康を取りもどし、もっと幸せな女性になれるのです」

パーカー・パイン氏はうなずいた。

「病院勤めの看護婦なら、だれでもこんな神経病みの患者を大勢見るものです。レディー・グレイルは自分の身体が悪いということを楽しんでるんです。あたしの役目は、こうした夫人の悩みを小さく見ないようにすること、できるだけ手際よくやること……そしてあたし自身、できるだけ旅を楽しむことです」

「なかなか分別がありますね」パーカー・パイン氏がいった。

「でもパインさん、事情がこれまでのようにはいかなくなってきました。今レディー・グレイルが訴えている苦痛は本当のもので、気持ちの上のものではないんです」

「ということは？」

「レディー・グレイルは毒を飲まされてるんじゃないかと、あたし疑いを持つようになりました」

「いつごろから、そういう疑いを持つようになったんです？」

「三週間ぐらい前からのことです」

「だれか……ある特定の人物に疑いを持ってはいませんか？」

彼女は目を伏せた。ここではじめて彼女の声が正直さを失った。「いいえ」

「ミス・マクノートン、一つ率直にいわせてもらいたいんだが、あなたはたしかにある特定の人物を疑っている、そして、その人物はジョージ・グレイル卿ですね」

「いいえ、いいえ、いいえ、あの方だなんて、とても信じられません！　あのお方はとてもお気の毒で、邪気のない人です。とてもそんな、毒を盛るような冷血な人じゃありません」その声には苦しそうな調子があった。

「なのにあなたは、ジョージ卿がいないときは彼の妻の身体の具合が良く、彼女の病気の期間が卿の戻りと一致していることに気づいている」

彼女は答えなかった。

「どんな毒物の疑いがあるとあなたは思っていますか？　砒素？」

「そういった種類、砒素かアンチモンかでしょう」

「で、あなたはどんな処置を取ってるんです？」

「レディー・グレイルの飲み物や食べ物に最大の注意を払っております」

パーカー・パイン氏はうなずいた。「レディー・グレイル自身、何か疑いを持っていると思いますか？」何気なく訊いた。

「あ、いいえ、夫人はまったく疑っていないと思います」

「それがまちがい」パーカー・パイン氏がいった。「レディー・グレイルははっきり疑っています」

ミス・マクノートンは驚きをあらわにした。

「レディー・グレイルはあなたが思っているより、はるかに手際よく秘密を守ることが上手なんですな」パーカー・パイン氏がいった。「自分の胸の内を明かさない法を心得ている人ですね」

「あたし、とても驚きました」ゆっくりとミス・マクノートンがいった。

「もう一つ質問をさせてください、ミス・マクノートン。レディー・グレイルはあなたのことが好きだと思いますか？」

「あたし、そんなこと全然考えたこともありませんわ」

そこへじゃまが入った。モハメッドが満面の笑顔で、服をひらひらさせて入ってきた。

「レディーがあなたの帰ってきたのを聞きました。あなたのこと探してます。どうしてあなたはレディーのところに来ないのかといってます」

エルシー・マクノートンはあわてて立ち上がった。パーカー・パイン氏も立ち上がった。

「明日早朝、話し合いたいが、都合はよろしいですか？」

「はい、一番都合のいい時間です。レディー・グレイルは朝寝坊ですから。とにかく、あたし、よくよく気を配っていることにいたします」

「きっとレディー・グレイルも気を配っていることと思いますよ」

ミス・マクノートンはいなくなった。

パーカー・パイン氏は夕食のちょっと前まで、レディー・グレイルを見かけなかった。夫人は煙草を吸いながら座って、手紙らしいものを燃やしていた。夫人はまったくパイン氏のほうに目を向けようともしなかったことから、まだ夫人が怒っているなと彼は見当をつけた。

夕食後、彼はジョージ卿、パメラ、バージルたちとブリッジをやった。みんな、ちょっと上の空の様子で、ブリッジ・ゲームは早々にお開きとなった。

それから何時間かあと、パーカー・パイン氏はたたき起こされた。やって来たのはモハメッドだった。

「あの老婦人、彼女たいへん具合悪い。看護婦さん、彼女、たいへん驚いてる。わたし、お医者探してくる」

パーカー・パイン氏はあわてて服をひっかけた。レディー・グレイルの船室の入口へ着いたのはバージル・ウェストと一緒だった。ジョージ卿とパメラは室内にいた。エルシー・マクノートンが患者の上から懸命に手当てをしていた。パーカー・パイン氏が来たときには、気の毒に、最後のけいれんが婦人を捕えていた。身体を弓なりに反らし、もがき、硬直した。それから、ぐったりと枕へ落ちた。

パーカー・パイン氏はパメラをそっと室外へ連れ出した。

「恐いわ！」娘は半ばすすり泣いていた。「恐いわ！　叔母は、叔母はもう……？」

「死んだか？　そう、残念ですが、万事終わりですね」

パイン氏は彼女をバージルに任せた。ジョージ卿が茫然自失の態で客室から出てきた。「妻がほんとに病気だったなんて、思ってもみなかった」彼はつぶやいていた。「まったく、そんなことは思ったこともなかった」

パーカー・パイン氏は卿を押しのけるようにして船室へ入っていった。

エルシー・マクノートンの顔は青白くひきつっていた。「医者は呼んでくださったのでしょうか？」彼女がたずねた。

「ああ」そしてパイン氏はいった。「ストリキニーネだね？」

「ええ。あのけいれんで明白です。ああ、あたし信じられない！」彼女は椅子に泣き崩れた。パイン氏が肩を軽くたたいてやった。

そのとき、彼は何か思いついたようだった。急ぎ足で船室を出ると、ラウンジへ行った。灰皿の中に燃え残りの紙片があった。ほんの数語だけ見分けがついた——

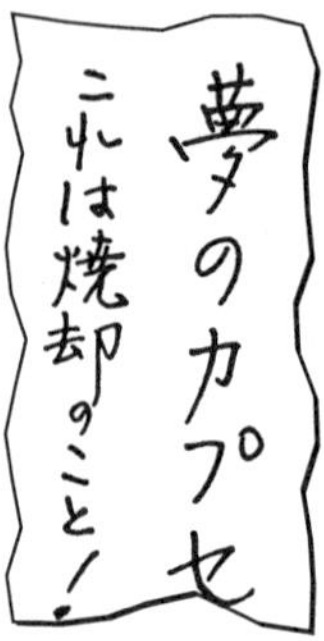

「うん、これはおもしろくなってきました」パーカー・パイン氏がいった。

パーカー・パイン氏はカイロの高級官吏の部屋に座っていた。「つまり、それが証拠だというわけですな」彼が考えこみながらいった。

「そう、完全ですね。男は大ばか者にちがいありませんね」

「ジョージ卿は決して頭のいい方じゃありませんがね」

「どちらにしても同じです！」相手が要点を繰り返した——「レディー・グレイルは牛肉エキスの〈ボヴリル〉をくれといった。看護婦がそれをこしらえた。それから夫人は、その中へシェリー酒を垂らしたいという。ジョージ卿がシェリー酒を渡した。二時間後、レディー・グレイルはストリキニーネ中毒の明らかな徴候で死亡した。ストリキニーネの薬包が一つジョージ卿の船室から発見されているし、もう一つは卿の夜会服のポケットにあった」

「まことに明確で」パーカー・パイン氏がいった。「ところで、そのストリキニーネの出所はどこでしょうか？」

「その点ちょっと疑問はあります。看護婦が少し持っておりました……レディー・グレイルの心臓発作に備えてのことですが……彼女は一、二度食いちがったことをいっている。最初は、持ち合わせのストリキニーネは手も触れずにあるといっていたのに、今はそうではないといっている」

「彼女が不正確なことをいうとは、彼女らしくないことです」パーカー・パイン氏の評だった。

「彼らは共謀したと、わたしは考えている。お互い愛し合ってるよ、あの二人は」

「おそらくそうでしょう、しかし、もしミス・マクノートンが殺人を企図していたとしますと、もっと手際よくやったにちがいありません。なかなかの腕ききですから彼女は」

「さあ、そこです。わたしの考えでは、ジョージ卿が一枚加わっている。彼にはまったくチャンスがなかったからね」

「さてと」パーカー・パイン氏がいった。「わたしにも、どれだけのことができるかやってみましょう」

彼は美人の姪を探し出した。

パメラは顔色を変えて憤慨した。「叔父様は絶対そんなことできっこないわ、絶対、絶対……絶対に！」

「では、だれがやったんでしょうな？」パーカー・パイン氏は落ちついていった。

パメラが詰め寄ってきた。「あたしがどう思ってるかわかる？　叔母は自分でやったのよ。このごろ叔母はすごく変だったもの。いつも幻覚を見てたわ」

「どういう幻覚を？」

「変なものよ。例えば、バージルのこと。叔母はいつも、バージルが自分に恋をしてるってほのめかしてたの。だけど、バージルとあたしは……あたしたちは……」

「そのことはわかってます」ほほえみながらパーカー・パイン氏がいった。

「バージルについてのことは、みんなまったくの幻想なんです。きっと叔母は、かわいそうに叔父様のことがきらいになってたんだと思うの、そして叔母は作り話をこしらえてあなたに話し、それからストリキニーネを叔父の船室とポケットの中へ入れておいて、自分で毒を飲んだんだと思うわ。よく人はそんなことをするもんじゃないんですか？」

「そう、やりますね」パーカー・パイン氏は認めた。「しかし、レディー・グレイルはやらないと思いますね。失礼なことをいうようですが、夫人はそうしたタイプの人ではありませんでしたよ」

「でも、妄想のほうはどうですの？」

「そう、そのことについては、ウェスト氏に訊いてみることにしましょう」

青年は自室にいるのが見つかった。バージルは快く彼の質問に答えた。

「ばかばかしい話かもしれませんが、夫人はぼくのことが好きでした。ですから、ぼくはなんとしてもパメラとぼくのことを夫人に知られたくなかったんです。知れたら、夫人はぼくのことをジョージ卿にいってクビにしてしまったことでしょう」

「ミス・グレイルの説を、ありそうなことだと思いますか？」

「まあ、ありうることだと思います」青年はあいまいだった。

「しかし、充分な説ではないですな」パーカー・パイン氏が穏やかにいった。「そう、何かもっと可能性のある説を考え出さなくちゃ」と一、二分のあいだ瞑想に耽っていた。そして「やはり自白が最もいい」と力強くいった。彼は万年筆のキャップを取り、用箋を取り出した。「ちょっときみ、書いてくれませんか？」

バージルはあっけにとられて彼を見つめていた。「ぼくがですか？　いったいこれはどういうことです？」

「まあま、お若いの」パーカー・パイン氏はまるで父親のような調子でいった。「わたしはすべて知っているんだよ。きみがあの婦人にどうやって愛を求めたか。どんなに夫人がためらったか。きみがあの美しいが文無しの姪と、どうやって恋仲になったか。どう計画を立てたか。徐々に効いてくる毒薬。それを使えば、胃腸炎による自然死ということで見過ごされてしまう……もし、そうはいかなくても、ジョージ卿のしわざとされてしまう、なぜなら、きみはちゃんと卿が居合わせる時間に発作を起こさせるようにしていたんだからね。

ところがきみは、夫人が疑いを抱きはじめて、そのことをこのわたしに話したことを知った。急いで行動を起こさなくては！　きみはミス・マクノートン手持ちのなかから、ストリキニーネを若干量盗み取った。そのいくつかをジョージ卿の船室とポケットにそっと入れ、充分な量をカプセルに入れて、夫人への手紙に同封し、〝夢のカプセル〟などと書いておいた。

なかなかロマンチックな思いつきだね。夫人は看護婦が立ち去ったあと、すぐにそれを服《の》んだ、そしてだれ一人そんなことに気づく者はいない。だがお若いの、きみは一つ、まちがいをやっている。ご婦人方に手紙を焼却するよう求めてもむだな話だよ。ご婦人方というものは、決して手紙を燃やしてしまうものじゃない。わたしはあのすばらしい手紙の文面のすべてを、カプセルについての部分も含めて、手に入れてるんだ」

バージル・ウェストは真っ青になった。美しい顔つきがみな消え失せてしまった。まるでわなにかかったネズミのような様子になった。

「ちくしょう！」とうなるようにいった。「そうか、何もかもわかったのか。このくそおせっかいの、いまいましいパーカーめ」

パーカー・パイン氏は、半分閉じたドアの外から聞き耳を立てているように、前もってちゃんと手筈を決めておいた証人たちの出現で、暴力沙汰から救われた。

パーカー・パイン氏はこの事件について、ふたたび彼の友人の高官と話し合っていた。

「そして、わたしは証拠のひとかけらも持っていなかった！　ただ、ほとんど判読不能の〝これは焼却のこと！〟とある紙の切れっぱしだけ。わたしは全体の話を推理して、彼を試してみた。その効きめがあった。偶然、事実に出くわしたわけです。あの手紙が効いたんです。レディー・グレイルはこれまで彼が書いたものは、すべて焼き捨てていたんですが、そんなことは彼は知らなかったんですね。

夫人はたいへんに変わった人でした。わたしのところへ来たとき、わたしはまごつきましたよ。夫人のご主人が夫人を毒殺しようとしていることをたしかめてくれというんです。もしそうだったら、若いウェストと駆け落ちするつもりだったんでしょうね。なのに公明正大な行動を取りたいってわけですからね。不思議な性格ですよ」

「あの若い女は気の毒に、苦労しなきゃなりませんね」相手がいった。

「なに、彼女は乗り越えることでしょう」パーカー・パイン氏は冷やかにいった。「若いんですから。わたしが望んでやまないのは、ジョージ卿が手遅れにならないうちに、少しでも人生を楽しんでくれることですね。十年間も、まるで虫けらのような扱いをされていたんですからね。ま、エルシー・マクノートンがきっと大いに優しくしてくれることでしょう」

彼はひどく明るい顔をした。それから、ため息をついた。「ギリシャには名前を隠して行くことを考えてますよ。ほんとに、こんどこそ休暇を取らなくちゃ！」

The Oracle at Delphi

デルファイの神託
The Oracle at Delphi

ウィラード・J・ピーターズ夫人は、じつのところギリシャなどに関心はないのであった。またデルファイの古都についても、内心、いうべき言葉も見つからなかった。

ピーターズ夫人の心のふるさとはパリ、ロンドン、そしてリヴィエラなのだ。夫人はホテル生活を喜ぶような女だったが、そのホテルの寝室についての認識は、柔らかい毛のカーペット、豪華なベッド、シェードつきのベッドわきのランプも含めて、それぞれの配置によってそれぞれにちがう豊富な電灯、潤沢な水と湯、そしてベッドわきの電話、その電話でお茶、食事、ミネラル・ウォーター、カクテルなどが注文できて、友だちともおしゃべりができるということだった。

デルファイのホテルには、こういったものは何一つなかった。窓々からはすばらしい景色が眺められ、ベッドは清潔で、白塗りの部屋も同じく清潔だった。椅子、洗面台、たんすもあった。入浴は予約制だったが、その湯については、しばしば満足がいかなかった。

デルファイの古都へ行ってきたと話すのは、いい気分のものだろうとピーターズ夫人は思っていたので、古代ギリシャに大いに興味を持ってやろうと努力してみたのだが、あまりうまくいかなかった。古代ギリシャ彫刻はあまりにも未完成のものが多いように思えた――頭がなかったり、手や脚が欠けていたり。夫人は心ひそかに思った――亡夫ウィラード・ピーターズの墓の上に建てられている、翼なども完全についている大理石の天使像のほうが、よっぽどましだと。

しかし、こうした考えは用心深く他言しないことにしていた、というのは、息子のウィラードに軽蔑されるおそれがあったからだ。そのウィラードのために、夫人はここへ来ているのである――この寒々しくて居心地のよくない部屋、仏頂面のメイド、いつでも近くにやって来そうな、うんざりする運転手。

ウィラード（最近まで、彼がひどくきらっていた呼び名の〝ジュニア〟と呼ばれていた）はピーターズ夫人の十八歳になる息子で、気も狂わんばかりに夫人が熱愛している息子だった。この過去の芸術に異常な情熱を抱いているのは、そのウィラードだった。

やせて、青白く、眼鏡をかけ、胃弱気味のウィラードこそ、敬愛するその母親をこのギリシャ周遊観光旅行へ引っぱり出してきた張本人なのだ。

二人はオリンピアへ行ってきたが、ピーターズ夫人にはひどく乱雑な場所に思えた。そして、夫人にとってパルテノンは楽しめたが、アテネはどうしようもない町に見えた。そして、コリントとミケーネ行きは、夫人にも運転手にもえらい苦しみだった。

ピーターズ夫人は、デルファイの古都は完全に無価値なところ、とみじめな気持ちで思っていた。まったくのところ、ただ道を歩いて廃墟を見るだけだった。ウィラードは長いことひざまずいて、ギリシャ語の碑銘文を判読してはいうのだ。「ねえお母さん、これをよく聞いて！ すばらしいでしょう？」そして、ピーターズ夫人にとっては退屈の典型のようなものを、読んで聞かせるのであった。

今朝、ウィラードはビザンチン時代のモザイクを見に、早々と出かけていった。ピーターズ夫人は、ビザンチン時代のモザイクなるものは、きっと寒気がしてくるにちがいないと本能的に感じて（文字どおりに、また精神的意味においても）、行くのを辞退した。

「お母さん、ぼくにはわかってるんだ」ウィラードはいっていた。「あの大劇場か、それとも競技場にひとりで座って、全体を見おろして印象を深めようっていうわけだね」

「そうなのよ、いい子ね」ピーターズ夫人がいった。

「ここがお母さんの気に入ってるのが、ぼくにもわかるんだ」そういって、ウィラードは得々として出かけていったのだった。

さてと、ため息をついて、ピーターズ夫人は起き上がって朝食を食べにいく気になった。

食堂へ来てみると、がらんとして人は四人しかいなかった。ピーターズ夫人にはひどく変わった服装に見える母とその娘は、ダンスにおける自己表現法について論じ合っていた。それから、彼女が列車から降りるときにスーツケースを下ろす手伝いをしてくれた、トムスンという名の丸々肥った中年紳士。そして、昨晩やって来たばかりの新しい客、禿頭の中年紳士。

この人物は朝食の部屋に最後まで残っていて、ピーターズ夫人と間もなく口をきき合うようになった。夫人は人なつっこい人で、だれかとおしゃべりがしたかった。トムスン氏は、はっきりその態度からして相手にならない（ピーターズ夫人はこれを英国風慎みと呼んでいる）、そして母親と娘はひどくお高くとまっていて、インテリぶっていた……もっとも娘のほうはウィラードとちょっと仲よくなっていた。

ピーターズ夫人にとって、新来の客はなかなか気持ちのいい人物だった。インテリぶらない物知りだった。彼はギリシャ人について、いくつかのちょっとした親身な話を夫人にしてくれ、おかげで夫人は、彼らが本の中から出てきた退屈な単なる歴史ではなく、生きた人間だというような気がしてきた。

ピーターズ夫人はこの新しい友人に、ウィラードのことを洗いざらい、彼がどんなに賢い子か、そしてミドル・ネームを〝教養《カルチャー》〟とでもしたらよかった、などという話をした。この柔和で親切そうな人物には、何か人に気安く話をさせるものがあった。

この人自身、何をやっているのか、名はなんというのか、ピーターズ夫人にはわからなかった。彼が旅をしていること、そして仕事（なんの仕事なのか？）から離れて完全に休養中であること以外、自分自身のことについてはしゃべりたがらなかった。

ともかく、予期したよりもずっと早く時間が過ぎた。あの母親と娘、それからトムスン氏は、相変わらずつき合いにくかった。ピーターズ夫人とその新しい友人は、博物館から出てきたトムスン氏と出会ったが、すぐに彼は反対方向へ向かって行ってしまった。

ピーターズ夫人の新しい友人は、ちょっと額にしわを寄せて男のあとを見送っていたが、「はて、あの男はだれだったかな！」とつぶやいた。

ピーターズ夫人がその名前を教えてやったが、それ以上の説明は何もできなかった。

「トムスン……トムスンと。いや、どうやら前に会ったことはなさそうだが、どうもなんとなくあの顔には見覚えがあるような気がする。しかし、見当がつかん」

午後には、ピーターズ夫人は日陰で静かな昼寝を味わった。夫人が読もうと持ってきた本は、息子がすばらしいと勧めてくれたギリシャ美術の本ではなくて、あろうことか『遊覧船ミステリー』という題の探偵小説だった。そのなかには四件の殺人があり、三件の誘拐、それに危険な犯罪者どもの様々な集団が出てくるのだった。ピーターズ夫人はそれを読むことで活気づけられ、また気分を和らげられもした。

夫人がホテルへ戻ったのは四時だった。このころにはウィラードも帰っているものと思っていた。だから夫人はなんの不吉な予感もないまま、午後に見知らぬ男が夫人宛に置いていったとホテルの主人からいわれた手紙を、開封するのも忘れるところだった。

それはひどく汚れた手紙だった。ゆっくり破って開封した。はじめの数行を読むと顔色が青ざめ、身体を支えるために片手を差しのべた。筆跡は外国人風だったが、言葉は英語だった。


奥様（と手紙ははじまっていた）――本書状はご令息がわれわれの手により、しかるべき場所に絶対なる安全下に監禁されていることを告知するためにお届けするものである。もしも誠実に命令に従われるならば、尊敬すべき若き紳士にはいかなる危害も及ぶことはない。令息の身代金としてわれわれは英貨一万ポンドを要求する。このことをホテルの主人または警察またはその他の人物に口外した場合、令息は殺害されるであろう。熟慮を願う。金額の支払い方法については明日指示する。指示に従わない場合は、尊敬すべき若き紳士の耳が切り落とされ送り届けられるであろう。また翌日にも従わない場合、令息は殺害されるであろう。ふたたびいう、これは生半可な脅しではない。祈りをもって熟慮されよ、ふたたびいう、とりわけ他言無用のこと。

〝黒眉の〟ディミトリアス

この気の毒な婦人の気持ちを記すのはむだである。常識外れで子供っぽい字句の脅迫状ではあったが、無慈悲な感じが婦人の胸にこたえた。ウィラード、彼女の息子、彼女のいとし子、繊細な子、まじめな子ウィラード。

夫人はすぐさま警察へ行こう、隣の部屋の人たちに急を告げようと思った。だが、そうしたらおそらく……夫人は身震いした。

それから夫人は奮起すると、ホテルの主人を探しに部屋から飛び出した……ホテルじゅうで英語がわかるのはこの主人だけだった。

ほ」「もうこんなに遅いっていうのに、息子がまだ帰らないのよ」夫人がいった。

愛想のいい小男の主人は、にこにこと笑顔を見せて、「さようですな。ご令息はロバをお返しになりました。歩いてお帰りになるおつもりですな。もう間もなくお帰りになりましょうが、途中でちょっとぶらぶらしておられるんでしょうよ」と気楽そうにほほえんだ。

「ちょっとうかがいたいのだけど」ピーターズ夫人がだしぬけにいった。「この近所にいかがわしい人物はいないの？」

いかがわしい人物などという言葉は、この小男の知っている英語のなかには含まれていなかった。ピーターズ夫人はその意味をもっとはっきり説明してやった。その答えとして夫人が受け取ったのは、デルファイの住民はたいへん善良な、たいへん穏やかな人たちばかりで……外国の人にはみな好意を持っているという確言であった。

舌の先に言葉がこぼれ落ちそうになったが、夫人はやっとそれを食い止めた。あの不吉な脅し文句が夫人の舌をしばっていた。あれはただのこけおどしなのかもしれない。だが、もしそうでなかったとしたら？　アメリカにいる夫人の友人が子供を誘拐されたことがあったが、それを警察へ通報した途端にその子は殺されてしまった。実際にそんなことが起きているのだ。

夫人はもう気も狂わんばかりであった。どうしたものか？　一万ポンドなど――ウィラードの安全とくらべたら夫人にとってなんでもないことではないか？　だが、どうやってこのような大金を手に入れることができるだろうか？　現在、金と現金の引き出しについては果てしない面倒さがあった。数百ポンドの信用状が夫人の持っているすべてだった。

このことを盗賊どもはわかってくれるだろうか？　やつらは物わかりのいい連中なのだろうか？　待ってくれるだろうか？

係のメイドがやって来ると、夫人はやみくもに追い払った。夕食のベルが鳴ると、気の毒に夫人は追い立てられるように食堂へ行った。機械的に食事をした。だれも目に入らなかった。彼女に関する限り、食堂はまるで人がいないも同然だった。

果物が出されるのと一緒に、夫人の前に一通の手紙が置かれた。夫人は縮み上がったが、見るも恐ろしい筆跡とはまったくちがう、正確なきれいな英国風な文字だった。あまり関心もなしに開封したのだったが、その内容はきわめて興味深いものだった――

デルファイではもはやご神託に相談を求めることはできないが、パーカー・パイン氏には相談が求められます。

その下には広告の切抜きが用箋にピンで留めてあり、用箋の一番終わりにはパスポートの写真が付けてあった。その写真は夫人が今朝ほど友だちになった禿頭の人のものだった。

ピーターズ夫人は切抜きの印刷文字を二度読んだ。

あなたは幸せ？　でないならパーカー・パイン氏に相談を。

幸せ？　幸せ？　こんなに不幸せなことってあるものじゃない。まるでこれは、祈りへの答えのようだった。

大急ぎで夫人は、たまたまバッグの中に持ち合わせていた紙に走り書きした——

どうぞ私をお助けください。十分したらホテルの外で会ってくださいませんか？

夫人はそれを封筒に入れると、ウェイターに命じて、窓際のテーブルにいる紳士のところへ届けさせた。十分後、毛皮のコートにくるまって、なぜならその夜は冷えてきていたからだったが、ピーターズ夫人はホテルから出て、遺跡のほうへゆっくりと歩いていった。パーカー・パイン氏は夫人を待ち受けていた。

「ここへ来てくださるなんて、ほんとに神様のお恵みですわ」ピーターズ夫人が息を切らせていった。「でも、どうしてわたしがこんな恐ろしい事態になってるのが、おわかりになったんです？　まず、それを教えてください」

「人の顔色ですよ、奥さん」パーカー・パイン氏が優しくいった。「わたしにはすぐ何かあったなとわかりましたがね、それがなんなのか、あなたがお話しくださるのを待っているわけです」

その話が洪水のようにあふれ出てきた。夫人は問題の手紙をパイン氏に手渡し、パイン氏は懐中電灯の光でそれを読んだ。

「ウーム」と彼がいった。「異様な文書ですな。まことに異様な文書だ。注目すべき点が若干ある……」

だがピーターズ夫人は、その手紙の細部についての議論など聞く気はない様子だった。ウィラードのことをどうしたらいいか？　わが愛する、か弱いウィラード。

パーカー・パイン氏は慰めにかかった。ギリシャ盗賊団の目覚しい実態をまざまざと語って聞かせた。彼らはその人質を特別に大事にするにちがいない、なぜならウィラードは潜在的な金鉱に相当するのだから。彼は少しずつ夫人を落ちつかせた。

「でも、わたし、どうしたらいいんでしょう?」ピーターズ夫人が嘆いた。

「明日までお待ちなさい」パーカー・パイン氏がいった。「つまり、今すぐに警察へあなたが行かないのならですよ」

ピーターズ夫人は恐怖の悲鳴を上げて彼の話をさえぎった。愛するウィラードはすぐにも殺されてしまうに決まっている!

「あなたはわたしにウィラードを安全無事に取り戻せるとお思いでしょうか?」

「疑いの余地はありませんよ」パーカー・パイン氏が慰め顔にいった。「ただ一つ問題は、一万ポンドを支払わずに取り戻せるかどうかですね」

「わたしの望んでいるのは息子だけです」

「ええ、そうでしょう」パーカー・パイン氏が落ちつかせるようにいった。「ところで、あの手紙を持ってきたのはだれです?」

「ホテルの主人の知らない男だそうです。よそ者ですね」

「ああ! それなら見込みがありますよ。明日、手紙を持ってくる男を尾行しましょう。あなたはホテルの人たちに令息がいないことをなんというつもりです?」

「わたし、考えていませんでした」

「さて、どうしたものかな」パーカー・パイン氏が考えこんだ。「こうしたらどうでしょうか……ごく自然に、あなたは令息がいなくなったことの驚きと心配とを現わす。捜索隊を派遣してもいい」

「あの悪魔たちが……?」夫人は先がいえなかった。

「いやいや、誘拐とか身代金とかいった言葉を使わない限り、やつらはひどいことはできない。とにかく、あなたが令息の失踪をまったく大騒ぎしないでいるのは考えられないことですからね」

「あなたに万事お任せしてよろしいでしょうか?」

「それがわたしの仕事ですからね」パーカー・パイン氏がいった。

二人はふたたびホテルへと戻りはじめたが、すんでのところで、がっしりした体格の男に出会ってしまうところだった。

「あれはだれでしたか?」パーカー・パイン氏が鋭くたずねた。

「トムスン氏だったと思います」

「ああ!」パーカー・パイン氏が考え込みながらいった。「トムスンでしたか? トムスンか……うーん」

ピーターズ夫人はベッドへ入って、パーカー・パイン氏のあの手紙についての考えはとてもいいと思った。あれを持ってきた者は、必ず盗賊どもと接触するはずだ。夫人は気が安まるのを覚えて、思いがけない早さで眠りについた。

翌朝、夫人は身支度をしながら、ふと窓際の床の上に何かあるのに気がついた。それを拾い上げて……夫人は心臓の鼓動が止まった。同じ汚い安っぽい封筒、同じいやな書体だった。夫人は封筒を破って開けた。

おはよう、奥さん。よく考えてみたかね？　おまえの息子は元気で無事だ……今までのところは。だが、われわれとしては金をもらわなくてはならないんだ。この金額をそろえるのは容易でないかもしれないが、おまえはダイヤモンドのネックレスを持参していると聞いた。大そうりっぱな石だと。代わりとして、われわれはそれでもけっこうだ。いいか、こうしてもらいたい。おまえか、またはおまえが選んでよこすやつは、そのネックレスを持って〈競技場〉へ来ること。そこから、大きな岩のわきに一本の木があるところへ上っていくこと。やって来るのが一人の人間だけかどうか、見張っているからな。そうしたら、おまえの息子とネックレスとを引き換えにしてやる。時刻は、明日太陽が昇った直後の朝六時。そのあと、われわれに警官を差し向けたら、おまえが駅へ向かう車の中の息子を射殺する。

これがわれわれの最後の言葉だ、奥さん。もし明朝、ネックレスをよこさなかったら、おまえの息子の耳を送り届けてやる。次の日、息子には死んでもらう。

敬礼をもって、奥さん
ディミトリアス

ピーターズ夫人は大急ぎでパーカー・パイン氏を探しに出ていった。彼はその手紙を念入りに読んだ。

「ダイヤのネックレスのことはほんとうですか？」彼がたずねた。

「まったくそのとおりです。主人が十万ドル出したものです」

「なかなか情報通の泥棒どもだな」パーカー・パイン氏がつぶやいた。

「なんとおっしゃいました？」

「ちょっとこの事件のある局面を考えていたところです」

「まあ、パインさん、局面なんか考えてるひまはありませんよ。息子を取り戻さなくては」

「しかし、ピーターズ夫人、あなたは勇気のあるお方だ。あなたは一万ポンドを脅され、だまし取られようとしても平然としていられるんですね？　あなたは悪党どもにダイヤモンドをおとなしく渡してやって平然としていられるんですね？」

「ええ、もちろん、あなたの言葉どおり！」ピーターズ夫人の心の中で、勇気ある女性と母親とが取っ組み合いをやっていた。「わたし、あの卑劣な畜生どもに、きっと仕返ししてやるわ！　息子を取り戻したら即刻、わたしはこの近辺の全警察を彼らに差し向けてやりますよ、パインさん。そして必要なら、ウィラードとわたしを駅まで送ってもらうために装甲車でも雇います！」ピーターズ夫人は真っ赤になって復讐心に燃えていた。

「はい、はい」パーカー・パイン氏がいった。「でもいいですか、奥さん、残念ながらやつらもまた、あなたのそうした手には備えているにちがいありません。ひとたびウィラードがあなたの手に戻されたら、あなたが大っぴらに近所全体で騒ぎ立てることをやつらだって知ってますよ。そういう手には、彼らも備えをしていると考えてよいと思いますね」

「じゃ、あなたはどうなさろうというわけ？」

パーカー・パイン氏はにっこりした。「わたしの考えた、ちょっとした計略があるんですよ」と食堂内を見まわした。だれもいなかったし、部屋の両端のドアも閉まっていた。「ピーターズ夫人、じつはわたしの知っている男がアテネにいるんですがね……宝石商なんです。彼は良質の人造ダイヤモンド……一級品を得意としているんです」彼の声は囁くような小声になっていった。「電話で彼を呼ぶことにしましょう。今日の午後にはこちらへ来られます……選り抜きの良質の石を持ってね」

「とおっしゃると？」

「本物のダイヤを抜き取って、人造ダイヤと取り換えるのです」

「まあ、わたしいまだかつて、そんなに抜け目のないこと聞いたこともないわ！」ピーターズ夫人はほれぼれとパイン氏を見つめていた。

「シッ！　そんな大きな声を出しちゃいけません。一つ、あなたにお願いがあるんですがね？」

「ええ、どうぞ」

「電話のところから話が聞こえる範囲に人が来ないよう、見ていてください」

ピーターズ夫人がうなずいた。

電話は支配人室にある。支配人はパーカー・パイン氏が電話番号を探すのを手伝ってから、快く部屋を出ていってくれた。部屋を出ると、外にピーターズ夫人を見つけた。

「パーカー・パインさんをちょっとお待ちしてるんです」夫人がいった。「散歩に一緒に出かけますのでね」

「あ、さようですか、奥様」

トムスン氏も玄関ホールにいた。二人のほうにやって来て、支配人と話をはじめた。デルファイには貸し別荘はないだろうか？　ないかね？　でも、ホテルの上のところにたしか一つあるようだが。

「あれはギリシャのある紳士の持ち物なんです、ムッシュ。貸したりはなさいません」

「ほかに別荘はないのかね？」

「一つ、アメリカのご婦人のものがございます。村の反対側になっております。今は閉め切られたままになっております。それからもう一軒、ある英国紳士で画家のお持ちのものがございますが……それはイテアを見下ろす断崖のはずれにあります」

ピーターズ夫人が話の中へ割りこんだ。生まれつきの大声を夫人はわざと大きくして、

「どうしてかしら、ほんとわたしもこの土地に別荘を持ちたいと思いますわ！　まったく損なわれていない、自然そのまま。ほんと、わたしこの土地にすっかりほれこんじゃいましたよ、あなたはいかが、トムスンさん？　もちろん別荘を求めてらっしゃるんですから、そうに決まってますわね。こちらへははじめてで？　そうではございませんわね」

夫人は、パーカー・パイン氏が事務室から出てくるまで、断固としてしゃべりつづけた。パイン氏はほんのちょっとほほえみかけて、賞賛を現わした。

トムスン氏はゆっくりと玄関ステップを降りて外へ出ると、例のつんと澄ましこんだ母娘と一緒になったが、母親はむき出しの腕が冷たい風に吹かれて寒そうだった。

万事うまくいった。宝石商は観光客をいっぱい乗せた車で、ちょうど夕食前にやって来た。ピーターズ夫人はネックレスを宝石商の部屋へ持っていった。彼はうなり声をあげて賞賛した。それからフランス語でいった。

「マダム、ご安心を。うまくやりますから」彼は小さなバッグからいろいろな小道具を取り出すと、仕事に取りかかった。

十一時に、パーカー・パイン氏がピーターズ夫人のドアを軽くたたいた。「ほら、できましたよ！」

夫人に小さなセーム革のバッグを手渡した。夫人が中をのぞいて見た。

「あ、わたしのダイヤ！」

「しっ。これは本物のダイヤの代わりに模造品をはめこんだネックレスですよ。どうです、うまくできてるでしょう？」

「ほんと、すばらしいわ！」

「アリストパウロスは、なかなか器用な男ですからね」

「彼らに怪しまれないでしょうか？」

「なぜ疑うんです？　やつらは、あなたがネックレスを持ってきていることを知っています。それをあなたが手渡す。トリックだと怪しむでしょうか？」

「とってもすばらしいわ」ピーターズ夫人は繰り返しいって、ネックレスを彼へ返した。「これをあなたが彼らに届けてくださいますか？　でも、こんなことお願いするの、あんまり虫がよすぎるでしょうか？」

「もちろんわたしが持っていきますよ。例の手紙をわたしにください、そうすれば、指示がはっきりしますから。ありがとう。では、おやすみなさい、そして元気を出して。令息は、明日の朝食にはあなたとご一緒になれますよ」

「ああ、ほんとにそうなればいいんですけど！」

「いや、心配はご無用。万事わたしにお任せください」

ピーターズ夫人はよく休めなかった。眠るとひどい夢を見た。武装した盗賊団が装甲車に乗って、パジャマ一つで山を駆け降りてくるウィラードに向かって、一斉射撃を加えている夢だった。夫人は眠れないのがありがたかった。やっと夜明けの最初の微光が現われた。ピーターズ夫人は起きると、服を着た。座って……待っていた。

七時に、ドアに軽いノックがあった。のどがひどく乾いて、声が出ないくらいだった。

「お入り」夫人がいった。

ドアが開いてトムスン氏が入ってきた。夫人はじっと彼を見つめていた。口がきけなかった。不吉な災厄の予感を覚える。なのに、話しはじめた彼の声はまったく自然で、事務的だった。豊かな、穏やかな声だった。

「おはようございます、ピーターズ夫人」彼がいった。

「あなた、厚かましいじゃありませんか！　なんて厚かましい……」

「早朝、勝手にお訪ねした失礼をお許しください」トムスン氏がいった。「しかし、処理しなければならない用件がありましてね」

ピーターズ夫人はとがめるような目つきで身を乗り出した。「そう、あなただったの、わたしの息子を誘拐したのは！　盗賊団なんかじゃなかったのね！」

「さよう、盗賊団ではありませんでした。あれは、問題のあるやり方だったと思っています。まずい、とでも申しましょうか」

ピーターズ夫人は一途な人だった。「わたしの息子はどこ？」彼女は怒った虎のような目つきで迫った。

「じつをいいますと」トムスン氏がいった。「ドアのすぐ外です」

「ウィラード！」

ドアがぱっと押し開けられた。青ざめた顔に眼鏡をかけ、明らかにひげも剃っていないウィラードが、母親の胸にしっかりと抱きかかえられた。トムスン氏はそれをおとなしく見ていた。

「それはそうと」とピーターズ夫人は急にわれに返ると、トムスン氏に向き直った。「わたしはこのことで、あなたを訴えます。ええ、必ず訴えますからね」

「お母さんはかんちがいしてるよ」ウィラードがいった。「この人、ぼくを助けてくれた人なんだよ」

「おまえ、どこにいたの？」

「断崖の突端の家。ここから一マイルぐらいのとこ」

「それから、失礼ですが、ピーターズ夫人」とトムスン氏がいった。「あなたの所有物をお返しいたします」

彼は薄紙にだらしなく包んだ小さな包みを夫人に手渡した。紙がはがれて、中からダイヤのネックレスが現われた。

「ピーターズ夫人、もう一つのダイヤの入った小さなバッグは、もう大切にしまっておかれる必要はありません」トムスン氏はにっこりした。「本物のダイヤはちゃんと元どおり、ネックレスについております。セーム革のバッグにはすばらしい模造ダイヤが入ってます。あなたの友人がいっていたように、アリストパウロスは大した腕前の持ち主ですよ」

「わたしには何が何やら、まったくわけがわかりませんね」ピーターズ夫人が力なくいった。

「この事件をわたしの立場から見てくださることですよ」トムスン氏がいった。「わたしは、ある特定の名前が使われているのに注意を引かれたんです。まことに勝手でしたが、わたしはあなたとあなたの肥ったお友だちが外へ出られるのを尾行して……率直に申しますが、あなた方のたいへんに面白い会話を聞かせていただきました。その話し合いがあまりにもことありげだったものですから、支配人にことを打ち明けました。支配人は、口先のうまいあなたのお友だちが電話した先の番号を書き留めておいて、さらにまた、ウェイターに命じて、今朝の食堂でのあなた方の話し合いを立ち聞きさせたんです。

すべてはたいへんよく考えられていました。あなたは二人の宝石泥棒の被害者にされていたんです。二人はあなたのダイヤのネックレスのことをよく知っていました、そして、ここまであなたのあとを追ってきて、あなたの令息を誘拐し、ちょっとおかしな

〈盗賊団〉からの手紙を書き、あなたがこの策略の主謀者に秘密を打ち明けるように仕組んだんですね。

そのあとは、もうまことに簡単です。あの親切な紳士があなたに偽ダイヤのバッグを渡して……彼の相棒とドロンを決めこむ。今朝になってもあなたの令息が姿を見せないとなると、あなたは狂気のようになるにちがいない。あなたのあの友人が姿を見せないのも、同じく誘拐されたのだろうとあなたは思いこむ。彼らはだれかに明日、あの別荘へ行くように手配しておいたのだろうと思います。その人はあなたの令息を発見する、そしてそのときになってはじめて、あなたと令息は額を寄せ集めて、どうやら策略に気づくという寸法です。だがもうそのときにはすでに、悪党どもは雲隠れしているというわけですね」

「で、今は？」

「ああ、今やつらは厳重に拘禁されております。そうわたしが手配しておきました」

「悪党」ピーターズ夫人は自分が信頼をおいたことに、激しい怒りを覚えながらいった。

「もっともらしい、口先だけの悪党め」

「どうにも、いいやつじゃありませんでしたね」トムスン氏が賛意を表した。

「ぼく、感心しちゃったな、どうしてあんなことがわかったのか」ウィラードが敬服の様子でいった。「すごく頭がいいんですね」

それを否定するように、相手は首を横に振りながら、「いやいや」といった。「匿名で旅行しているときに、自分のほんとの名前が勝手に使われてるのを聞いたりしますとね……」

ピーターズ夫人が目を丸くして、彼を見ながら、「あなた、一体どなた？」と鋭い調子でたずねた。

「わたしがパーカー・パインですよ」その紳士が説明した。

解　説

小説家
小熊文彦

中年世代の男の映画ファンにはおなじみのクイズに、一九六〇年のアメリカ映画《荒野の七人》で七人のガンマンを演じた男優を挙げよ、というものがある。

ユル・ブリンナー、スティーブ・マックイーン、チャールス・ブロンソン、ジェームス・コバーン、ロバート・ヴォーン、とここまでは誰もが答えられるが、ドイツ出身の当時の人気者ホルスト・ブッフホルツについては、ブリンナーにあしらわれて逆上する若者の姿は浮かんでも、その堅苦しい名前を思い出すのは、今となってはちょっと手間どるかもしれない。

そして最後に、他の六人とはちがって生涯スターと呼ばれることのなかったブラッド・デクスター。

この名前がスラスラと口から出るようならあなたは立派な映画ファン、となるわけで、天邪鬼なファンになると、わざと最初にこの名前を持ち出してにやりとしてみせるところなのだが、さて、本書『パーカー・パイン登場』の主人公パーカー・パインは、アガサ・クリスティーが創造した探偵の中のブラッド・デクスター、といった位置にいる人物である。

クリスティーの探偵たちを挙げよ、と問われて、まっ先にパインの名を口にするミステリ読者は世界のどこにもいないだろうし、もしもそんな人がいたとしたら、それはウケを狙った天邪鬼の行為と見て間違いない。

クリスティーといえば、まずはポアロかミス・マープル、次におしどり探偵のトミー&タペンス、それからこの世の人ではない謎のハーリ・クィンへと続くのが良識あるファンの頭に浮かぶ探偵たちの順序であって、スコットランド・ヤードのバトル警視については、脇にまわることの多い地味な存在だけに思い出すのにちょっと手間どるかもしれないが、その出演作に屈指の名作『ゼロ時間へ』があるのだから、「記憶にない」と口にするファンはよもやいないだろう。

そして、最後にパーカー・パイン。

本書の十二篇と『黄色いアイリス』に収録されている「レガッタ・デーの事件」と

「ポリェンサ海岸の事件」の、計十四篇の短篇に登場するだけのこの人物は、クリスティーの膨大な作品群にまぎれ込むとなかなか見つけにくく、ついつい挨拶をかわすことなく通り過ぎてしまいがちなのだが、しかしひとたびその作品に触れるとこれがなかなかどうして一筋縄ではいかず、七人の中でじつは最も人間くさく味わい深いガンマンだった《荒野の七人》のブラッド・デクスターと同様に、パーカー・パインもじっくりと向きあってその魅力をあれこれ考えてみたい、気になる男なのだった。

それでは、いったいパーカー・パインの魅力とは何か？

クリスティーはとりあえず、パインを次のような人物に設定している。

彼は三十五年間の官庁勤めを無事に終えた後、不幸な人の悩みを解決する仕事を第二の人生に選んだ初老の男で、外見は度のきつい眼鏡をかけた禿頭の大男とかなり極端なのだが、なぜかその姿には人を安心させる力があり、そのため彼の事務所を訪れる依頼人は悩みをあっさりと打ち明けるのだった。

そしてその悩みをパインがいかにして解決するか、が作者クリスティーの腕の見せどころになるわけだが……意外なことに、パイン自身はなにもしないのである。

彼は事務所に腰をすえたまま若いスタッフに指示を出すだけで、実際に現場で活躍するのは、ハンサムなダンサーのクロード・ラトレルや、頭から爪先まで非の打ちどころがない妖婦型の美女マドレーヌ・ド・サラなのだから、なんとこのシリーズは《スパイ大作戦》や《チャーリーズ・エンジェル》の趣向——謎の男の指令を受けた有能なスタッフが、あの手この手で事件を解決するという例のあれの、じつは先駆だったのだ。

中でも第三話の「困りはてた婦人の事件」は、パーティー会場に潜入したラトレルとサラが、本物のダイヤの指輪と贋造品をすり替えようとするシーンが見せ場になっていて、本書の白眉の一篇と呼んでいいだろう。

しかし、残念ながら、クリスティーはこの趣向をうまく定着させることができず、第七話の「あなたは欲しいものをすべて手に入れましたか?」から、パインを中東旅行へ旅立たせ、行く先々で彼が事件に巻き込まれてそれを推理するという、トラベル・ミステリに方向転換をする。つまりこれが『メソポタミヤの殺人』や『ナイルに死す』の前身になるわけだが、もちろんそれらの長篇ではポアロが探偵役を勤め、パインはお役御免となった。

かくして、彼はミステリ界のスターになることなく、姿を消す。けれど、残したものはけっこう大きい。

名探偵の宝庫

〈短篇集〉

クリスティーは、処女短篇集『ポアロ登場』（一九二三）を発表以来、長篇だけでなく数々の名短篇も発表し、二十冊もの短篇集を発表した。ここでもエルキュール・ポアロとミス・マープルは名探偵ぶりを発揮する。ギリシャ神話を題材にとり、英雄ヘラクレスのごとく難事件に挑むポアロを描いた『ヘラクレスの冒険』（一九四七）や、毎週火曜日に様々な人が例会に集まり各人が体験した奇怪な事件を語り推理しあうという趣向のマープルものの『火曜クラブ』（一九三二）は有名。トミー＆タペンスの『おしどり探偵』（一九二九）も多くのファンから愛されている作品。

また、クリスティー作品には、短篇にしか登場しない名探偵がいる。心の専門医の異名を持ち、大きな体、禿頭、度の強い眼鏡が特徴の身上相談探偵パーカー・パイン（『パーカー・パイン登場』一九三四　など）は、官庁で統計収集の事務を行なっていたため、その優れた分類能力で事件を追う。また同じく、ハーリ・クィンも短篇だけに登場する。心理的・幻想的な探偵譚を収めた『謎のクィン氏』（一九三〇）などで活躍する。その名は「道化役者」の意味で、まさに変幻自在、現われてはいつのまにか消え去る神秘的不可思議的な存在として描かれている。恋愛問題が絡んだ事件を得意とするというユニークな特徴をもっている。

ポアロものとミス・マープルものの両方が収められた『クリスマス・プディングの冒険』（一九六〇）や、いわゆる名探偵が登場しない『リスタデール卿の謎』（一九三四）や『死の猟犬』（一九三三）も高い評価を得ている。

51 ポアロ登場
52 おしどり探偵
53 謎のクィン氏
54 火曜クラブ
55 死の猟犬
56 リスタデール卿の謎
57 パーカー・パイン登場
58 死人の鏡
59 黄色いアイリス
60 ヘラクレスの冒険
61 愛の探偵たち
62 教会で死んだ男
63 クリスマス・プディングの冒険
64 マン島の黄金

灰色の脳細胞と異名をとる

〈名探偵ポアロ〉シリーズ

本名エルキュール・ポアロ。イギリスの私立探偵。元ベルギー警察の捜査員。卵形の顔とぴんとたった口髭が特徴の小柄なベルギー人で、「灰色の脳細胞」を駆使し、難事件に挑む。『スタイルズ荘の怪事件』（一九二〇）に初登場し、友人のヘイスティングズ大尉とともに事件を追う。フェアかアンフェアかとミステリ・ファンのあいだで議論が巻き起こった『アクロイド殺し』（一九二六）、イニシャルのABC順に殺人事件が起きる奇怪なストーリーが話題をよんだ『ABC殺人事件』（一九三六）、閉ざされた船上での殺人事件を巧みに描いた『ナイルに死す』（一九三七）など多くの作品で活躍し、最後の登場になる『カーテン』（一九七五）まで活躍した。イギリスだけでなく、イラク、フランス、イタリアなど各地で起きた事件にも挑んだ。

映像化作品では、アルバート・フィニー（映画《オリエント急行殺人事件》）、ピーター・ユスチノフ（映画《ナイル殺人事件》）、デビッド・スーシェ（TVシリーズ）らがポアロを演じ、人気を博している。

1 スタイルズ荘の怪事件
2 ゴルフ場殺人事件
3 アクロイド殺し
4 ビッグ4
5 青列車の秘密
6 邪悪の家
7 エッジウェア卿の死
8 オリエント急行の殺人
9 三幕の殺人
10 雲をつかむ死
11 ABC殺人事件
12 メソポタミヤの殺人
13 ひらいたトランプ
14 もの言えぬ証人
15 ナイルに死す
16 死との約束
17 ポアロのクリスマス
18 杉の柩
19 愛国殺人
20 白昼の悪魔
21 五匹の子豚
22 ホロー荘の殺人
23 満潮に乗って
24 マギンティ夫人は死んだ
25 葬儀を終えて
26 ヒッコリー・ロードの殺人
27 死者のあやまち
28 鳩のなかの猫
29 複数の時計
30 第三の女
31 ハロウィーン・パーティ
32 象は忘れない
33 カーテン
34 ブラック・コーヒー〈小説版〉

訳者略歴　1906年生，1930年青山学院商科卒，2000年没　作家，翻訳家　訳書『アガサ・クリスティー自伝』クリスティー，『ロアルド・ダールの幽霊物語』ダール（共訳），『チャイナ・オレンジの秘密』クイーン（以上早川書房刊）他多数

パーカー・パイン登場《とうじよう》

〈クリスティー文庫 57〉

二〇〇四年一月十五日　発行
二〇二四年二月二十五日　五刷

（定価はカバーに表示してあります）

著者　アガサ・クリスティー
訳者　乾《いぬい》信《しん》一《いち》郎《ろう》
発行者　早川　浩
発行所　株式会社　早川書房

郵便番号一〇一 - 〇〇四六
東京都千代田区神田多町二ノ二
電話　〇三 - 三二五二 - 三一一一
振替　〇〇一六〇 - 三 - 四七七九九
https://www.hayakawa-online.co.jp

乱丁・落丁本は小社制作部宛お送り下さい。
送料小社負担にてお取りかえいたします。

印刷・星野精版印刷株式会社　製本・株式会社明光社
Printed and bound in Japan
ISBN978-4-15-130057-8 C0197

本書は活字が大きく読みやすい〈トールサイズ〉です。